대상보거리

대상보 거리

지은이 가브리엘 루아 ㅣ **옮긴이** 이세진

초판 1쇄 인쇄 2009년 10월 15일 ㅣ **초판 1쇄 발행** 2009년 10월 22일

펴낸이 송성호 ㅣ **펴낸곳** 이상북스 ㅣ **책임편집** 김영주 ㅣ **표지디자인** 민진기

출판등록 제313-2009-7호(2009년 1월 13일) ㅣ **주소** 서울특별시 마포구 망원2동 431-15 102호

이메일 esangbooks@gmail.com ㅣ **전화** 02-6082-2562 ㅣ **팩스** 02-3144-2562

ISBN 978-89-93690-01-9 03860

*책값은 뒤표지에 표기되어 있습니다. *파본은 구입하신 서점에서 교환해 드립니다.

이 도서의 국립중앙도서관 출판시도서목록(CIP)은 e-CIP 홈페이지(http://www.nl.go.kr/cip/php)에서
이용할 수 있습니다.(CIP 제어번호: CIP2009003026)

가브리엘 루아 소설
Gabrielle Roy

이세진 옮김

데샹보 거리

Rue Deschambault

이상북스

일러두기
이 책에 실린 이야기 중 몇몇 상황은 실제로 있었던 일이다. 그러나
등장인물이나 그들에게 일어나는 사건은 대부분 상상력의 소산이다.

차례

데샹보 거리

Rue Deschambault

두 흑인

1

아버지는 우리 집을 지으면서 이 작은 데샹보 거리의 한 채 뿐인 다른 집을 모델로 삼았다. 데샹보 거리는 보도도 없었고 산사나무 숲으로 난 오솔길처럼 그지없이 상쾌한 곳이었다. 4월에는 개구리 노랫소리가 쩌렁쩌렁했다. 엄마는 이 거리가 조용하고 공기도 맑아서 애들 키우기 좋다고 만족스러워했지만 이웃집을 굴욕적으로 빼다 박은 집을 짓는 데에는 반대했다. 더구나 그 이웃인 길베르 씨는 아버지의 식민청 동료였지만 정치적 입장은 상극인 사람이었다. 아버지는 로리어*를 열렬하고 충실하게 따랐던 반면 길베르 씨는 보수당이 정권을 잡자 손바닥을 뒤집었다. 아버지와 아저씨는 정치 이야기만 나오면 서로 말꼬리를 잡고 생떼를 부리기 일쑤였다. 아버지는 자그마한 클

✛ 1896년 캐나다 자치령의 총리가 된 프랑스계 캐나다인 윌프리드 로리어 경을 가리킨다. 보수당 정부에 맞서 자유당의 당수로서 총선을 승리로 이끈 바 있다.

레이파이프를 질겅질겅 씹으면서 그 집에서 돌아오곤 했다.

"이제 끝이야! 저 집엔 발도 들이지 않을 거야. 빌어먹을 영감탱이, 빌어먹을 보든** 정부!"

엄마도 아버지를 거들었다.

"아무렴요, 그러니 걸핏하면 싸움 만들러 가지 말고 집에나 붙어 계세요."

아버지와 길베르 아저씨만 티격태격하는 게 아니라 엄마도 길베르 아줌마만 만났다 하면 입씨름을 벌였다.

길베르 아줌마는 퀘벡 주 생 티아생트 출신이었고, 그것을 몹시 자랑스럽게 여겼다. 하지만 아줌마는 무엇보다 주책없을 정도로 자식 자랑이 많은 사람이었다. 제 새끼들 신통한 것만 아는 나머지 우리 엄마의 자식들은 고깝게 보는 것 같기도 했다.

"우리 뤼시앵은 열심이 좀 지나쳐요. 신부님들이 이렇게 성실한 애는 처음 봤다고 하시지 뭐예요."

그러면 엄마는 이렇게 받아쳤다.

"바로 어제도 신부님들이 우리 제르베는 너무 똑똑해서 딱히 공부할 것도 없다고 하셨어요. 너무 영리해도 좋은 일은 아닌 것 같아요."

우리 엄마는 길베르 아줌마의 이른바 '독침'에 맞서 멋지게 방어전을 치렀다. 하지만 이 모든 사정에도 불구하고 ―어쩌면

++ 로리어 경에 뒤이어 총리가 된 보수당의 당수 로버트 보든을 가리킨다.

바로 그 때문에 — 두 집안은 서로 떼려야 뗄 수 없는 사이였다.

가끔 저녁나절에 엄마는 널찍한 우리 집 앞의 탁 트인 회랑으로 나가서 오데트 언니에게 이렇게 말했다.

"저녁 준비 끝났다. 아버지가 아직도 길베르 아저씨네 계시니까 어서 와서 저녁 드시라고 해라. 또 한바탕 티격태격하기 전에 빨리 모시고 와."

오데트 언니는 들판을 가로질러 달려갔다. 길베르 아저씨네 가보니 아버지는 파이프를 입에 꼭 물고 그 집 가로대 문짝에 기대어 아저씨와 함께 장미나무, 사과나무, 아스파라거스에 대해 차분하게 환담을 나누고 있었다. 이런 주제로 두 분이 대화를 나눌 때는 걱정할 일이 없었다. 원예에 관한 한 길베르 아저씨는 우리 아버지가 한수 위라고 생각해서 기꺼이 아버지 의견에 고개를 끄덕이곤 했으니까 말이다. 그런데 오데트 언니는 마침 그 집 창문에서 내려다보고 있는 지젤 언니의 얼굴과 맞닥뜨렸다. 지젤 언니가 큰소리로 말했다.

"기다려, 오데트. 나 금방 내려갈게. 내가 짠 태팅 보고 가."

당시 오데트 언니와 지젤 언니는 꼭 둘이 동시에 뭔가에 푹 빠지곤 했다. 그게 피아노든가 아니면 '태팅tatting'이라고 부르는 바늘—아마 내 기억이 맞다면—로 짜서 만드는 레이스든가 그랬다.

엄마는 도대체 아빠와 오데트 언니가 왜 오질 않나 싶어 다시 제르베 오빠를 보냈다. 제르베 오빠는 들판 끝에서 학교 친구 뤼시앵 길베르를 만났다. 뤼시앵 오빠는 우리 오빠를 낡은

헛간 뒤로 끌고가 함께 담배를 피웠다. 물론 길베르 아줌마는 항상 우리 오빠가 뤼시앵 오빠를 꼬드겨서 담배를 가르쳤다고 주장했지만 말이다.

식구들을 기다리던 엄마는 마침내 화가 머리끝까지 나서 내게 아빠와 언니 오빠를 끌고 오라고 했다. 하지만 나는 가는 길에 길베르 아저씨네 개와 맞닥뜨렸고, 그래서 신나게 놀아버렸지 뭔가. 우리 집 식구들과 그 집 식구들은 가끔 치고받고 싸우기도 하고 가끔은 좋아 지내기도 했지만, 아마도 나와 그 집 개만은 변함없이 좋은 관계를 유지했던 것 같다.

기어이 엄마가 앞치마를 벗어던지고 오솔길로 나와 우리에게 호통 치기에 이르렀다.

"밥 차린 지 한 시간이나 됐다고요!"

그때 길베르 아줌마가 그 집 회랑에서 나와 사근사근한 말투로 말했다.

"어서 와요! 온 김에 우리 집에서 저녁 먹어요. 어차피 자기네 집 식구들 다 우리 집에 와 있잖아요."

길베르 아줌마는 아줌마의 우선권과 훌륭한 가문을 인정해주기만 하면 참으로 친절한 사람이었다.

그렇지만 저녁 시간 내내 윌프리드 로리어 경이 도마에 오르지 않을 수는 없었다. 아니면 어느 집 아들이 다른 집 아들을 먼저 꼬드겨 담배를 태우게 했는지 따지고 넘어가지 않을 수 없었다. 요컨대 우리는 그렇게 화기애애한 저녁을 함께 보내다가 길베르 아저씨네 식구들과 완전히 심사가 틀어져 돌아온 적이 한두 번이 아니었다.

어쨌든 우리는 그렇게 모두들 제법 행복하게 지냈더랬다. 그러던 우리네 삶에 낯선 이가 좀더 수월찮지만 한결 흥미진진한 인간관계를 기상천외하게 몰고 왔다!

2

그 시절에는 어느 집도 풍요롭지 않았다. 가난은 이따금 우리를 호되게 할퀴고 지나갔고 엄마는 습관처럼 이렇게 말했다.

"방을 하나 세놓아서 어떻게 수를 내봐야겠어. 집만 휑하니 크면 뭐하냐고."

그러나 엄마는 우리 집에 수상쩍은 사람이나 딱한 막일꾼이 시커먼 흙투성이 몰골로 매일 저녁 들어오는 꼴을 봐야 한다는 것이 못내 두려웠다.

엄마가 그런 말을 하면서 길베르 아줌마의 비난에 괜히 움츠러드는 기색을 보이는 것이 우리가 보았을 때는 좀 우스웠다. 다른 때 같았으면 엄마는 고개를 꼿꼿이 치켜들고 '나는 양심에 조금도 거리낄 게 없어' 라든가 '나중에는 내가 거리낌 없이 당당했다고 좋게들 말할 걸' 이라고 선언했을 텐데 말이다.

엄마가 바라는 세입자의 이상은 점점 더 높아졌다. 세입자는 일찍 잠자리에 들어야 하고, 술을 많이 마셔서도 안 되며,

성품이 차분하고, 너무 젊어서도 안 되고 너무 늙어서도 안 되었다. 그리고 가급적이면 집안도 좋은 사람이라야 했다.

엄마는 길베르 아줌마의 집안 타령을 귀에 못이 박히도록 듣다보니 그런 말을 질색하면서도 엄마 자신이 좋게 해석할 수 있는 선에서 집안을 따지는 사람이 된 셈이었다.

그렇지만 방세를 꼬박꼬박 내면서 우리 식구를 조금도 방해하지 않을 그 귀하신 몸을 어디서 찾겠는가! 엄마가 바라는 대로 기품이 남다르지만 투명인간처럼 있는 듯 없는 듯한 그 세입자는 누가 될런가!

그때 로베르 큰오빠가 열에 들떠서 돌아왔다. 큰오빠는 길베르 아저씨네 큰아들 오라스 오빠와 마찬가지로 여왕폐하를 위해 위니펙-에드먼턴 구간 화물열차에서 일했다. 우리 큰오빠는 진짜 못 말리는 천방지축이었다. 길베르 아줌마는 사사건건 큰오빠와 자기 아들 오라스 오빠를 비교했다. 오라스 오빠는 앞날을 철저하게 의식하고 준비하는 청년이라 버는 돈은 꼬박꼬박 저축하고 스카치위스키는 한 방울도 입에 댄 적 없다나…….

"어머니가 구하던 세입자를 찾았어요, 완벽한 조건이에요!"

큰오빠가 엄마에게 말했다.

"정말이니?"

"그럼요."

"술을 안 마시는 사람이야?"

"한 방울도 안 마셔요."

"담배도 안 피워?"

"크리스마스에나 시가 한 대 피우는 정도?"

"아이고, 우리 자기. 신통해라!"

엄마는 이렇게 내뱉었다가 길베르 아줌마의 말버릇을 무심코 따라한 것을 깨닫고는 얼굴에 핏기가 싹 가셨다.

"더 좋은 점이 있어요. 그 사람은 방세는 다 지불하지만 방은 일주일에 하루이틀밖에 쓰지 않을 거예요."

"그럼 방을 안 쓸 때는…… 어디서 지내겠다는 거냐?"

"여기저기요."

로베르 큰오빠는 엄마의 안색을 보고 웃으며 말했다.

"어떨 때는 밴쿠버에 가 있고요…… 어떨 때는 에드먼턴에서 지내고요. 하지만 염려 마세요. 캐나다태평양철도회사에 근무하는 우수한 일꾼이니까요."

"아! 그래…… 네가 사람됨을 잘 아니?"

"사장님 같은 분위기예요…… 독실한 신자고요."

"사장님 같은 사람이 독실하기까지 하다. 이름은 뭐니?"

"잭슨이요."

"영국계?"

"어느 나라 말을 쓰느냐로 따지면 그렇지요…… 그런데 사실은 아주 살짝 걸리는 점이 하나 있다면요, 잭슨은 흑인이에요."

"흑인이라니! 아, 아니야! 말도 안 돼. 절대로 안 돼!"

엄마는 옆집으로 시선을 던졌다. '길베르 부인이 알면 어떻게 생각하겠어.' 라고 말하는 것 같았다. 그래서 우리도 모두 한참이나 심각한 얼굴로 그쪽을 바라보았다.

그럼에도 엄마는 곧 평정을 찾았다. 내 생각에는 엄마의 호기심이 여타의 감정들을 모두 눌렀던 것 같다. 이런 감사할 데가! 엄마는 길베르 아줌마 못지않게 궁금한 건 못 참는 성격이었다. 그로부터 얼마 지나지 않은 6월의 눈부신 어느 날에 우리 식구들이 모두 창문에 매달려 —나는 제일 높은 다락방 창문을 차지했다— 우리의 흑인 세입자가 들어오는 광경을 지켜본 기억이 난다.

엄마는 조금 앞으로 나서서 중얼거렸다. "그래도 밤에 왔으면 좀 좋았을 것을!"

대낮에, 지나가는 사람도 별로 없는 작은 거리에서, 더구나 햇빛이 찬란한 날에 머리끝부터 발끝까지 검은색으로 차려 입고 '포터porter' 가방을 손에 든 키 크고 잘생긴 흑인의 외모는 눈에 잘 띄다 못해 너무 튀었다.

흑인 아저씨는 우리 집에 잘 도착한 것이 기분 좋아 보였다. 아저씨는 흘끗 눈짓 한 번으로 꽃 핀 사과나무 세 그루, 흔들의자들이 줄지어 놓인 널찍한 회랑, 산뜻하게 칠한 벽, 그 아저씨를 엿보는 내 얼굴까지 대번에 접수했다. 아저씨는 나를 향해 유난히 하얀 흰자위를 굴려 보였다. 나는 엄마가 흑인 아저씨를 어떻게 맞이하는지 보기 위해 계단을 쿵쾅쿵쾅 몇 칸씩 뛰어 내려갔다. 엄마는 품위 있게 흑인을 맞이해야 한다는 당혹감을 느끼며 존중의 제스처로 손을 내밀었다가 살짝 거둬들이며 영어로 말했다.

"잘 오셨어요. 캐나다태평양철도회사의 미스터 잭슨이시죠?"

그러고 나서 엄마는 흑인 아저씨를 방으로 안내했다. 엄마는 금방 내려왔다. 드디어 일은 성사됐다. 흑인 아저씨는 우리 집에 살게 된 것이다. 우리는 엄마가 시키는 대로 곧 다른 일에 매달리거나 딴 생각으로 넘어갈 수 있었다. 그런데 그날 하루 종일 흑인 아저씨는 꼼짝도 하지 않는 것 같았다. 흑인 아저씨가 너무 조용해서 되레 자꾸만 그쪽에 신경이 쓰였다.

"아마 주무시나 보지"라고 누가 말했다. "성경을 읽는 거야"라는 말도 나왔다. 아녜스 언니가 한숨을 쉬며 이렇게 말했다. "그 아저씨는 아마 되게 심심할 거야." 그러면 엄마는 눈살을 찌푸렸다. "그래도 괜히 부추겨서 벌써부터 밥 먹으러 내려오게 하면 안 된다." 엄마는 이따금 길베르 아저씨네 쪽으로 난 창문을 내다보며 그쪽에서 무슨 일이 일어나는지 살폈다. 그쪽도 고요하기는 마찬가지였다.

"저집 여자가 오겠지. 우리 집으로 들어오는 흑인을 틀림없이 봤을 거야. 지금쯤 자기 집 창문에 달라붙어서 '도대체 그 흑인이 누굴까?' 이러고 있겠지."

실제로 오후 네 시를 즈음하여 길베르 아줌마가 침착하게 들이닥쳤다. 들판만 건너오면 우리 집이건만 아줌마는 일요일에 교회 갈 때처럼 모자까지 갖춰 쓴 모습이었다. 아줌마는 정보를 얻으러 왔다. 아줌마는 우리 집에 앉아서 훌륭한 가문 출신답게 직접적인 질문은 삼가면서 호기심을 충족하기 위한 절차를 평소대로 밟았다.

"그래서요?"

엄마는 아줌마 애간장을 태우는 데 일가견이 있었다. "아, 그래, 어쩌자고 벌써부터 이렇게 덥대요? 아직 6월 18일밖에 안 됐는데 말이에요……."

"그래요, 정말 더워요. 그래서 말인데, 벌써부터 올 여름 손님들을 치르는 건 아니잖아요? 그런데 누가 이 집에 작은 트렁크를 갖고 들어가는 것 같던데…… 커튼을 치다가 얼핏 봤어요."

"아, 손님이라면 손님이죠. 방을 하나 세놓기로 작정했거든요."

"아, 그런 거였군요. 그런데 아까 햇빛이 정면으로 들어오는 바람에 눈이 부셔서…… 그러니까 그 사람, 아니 부인의 세입자가 이 거리 끝에서 나타나는데…… 잠깐이지만 흑인인 줄 알았지 뭐예요."

"그래요, 아마 눈이 부셨겠지요. 그런데도 제대로 보셨네요. 그 사람은 정말 흑인이니까요."

엄마는 그러면서 선수를 쳤다. 엄마는 전혀 새로운 역할을 아주 편안하게 맡고 있었다.

"꼭 백인에게 방을 빌려주어야겠다고 마음먹었다면 백 번 천 번도 더 빌려줬을 거예요. 하지만 우리 집에서 바라는 사람은 백인이 아니에요. 음, 부인도 아시겠지만 흑인이라는 이유만으로 사람 취급도 못 받는 경우가 많잖아요. 그런 딱한 사람에게 방을 내주는 게 훨씬 더 인간적이고 기독교 신자다운 행동이라고 깨달았을 뿐이라고 해두죠. 사실 흑인도 영혼을 지닌 인간이잖아요, 그런가요 안 그런가요?"

길베르 부인은 처음에는 그냥 멍해 있었지만 말 받아치는 감을 기어이 되찾았다.

"어, 저, 그러니까…… 지금 나보고 우리 동네에 흑인을 들여놓은 처사가 부인의 숭고한 인류애 때문이라고 믿으라는 건가요?"

"아니죠…… 아마 그건 아니겠죠." 엄마는 미소를 지으며 아주 우아하게 말했다. "하지만 고백해야겠어요, 길베르 부인. 이미 흑인을 세입자로 맞아들인 지금은요, 제가 처음부터 부인 말마따나 순수한 인류애에서 이 사람을 받아들였더라면 얼마나 좋았을까라는 생각이 든답니다. 그만큼 참 잘한 일이지 싶어요."

그 순간 길베르 아줌마는 아주 호의 넘치는 눈으로 엄마를 주시하는 듯했다. 아줌마는 모자를 다시 쓰고 아무런 꿍꿍이도 없는 듯 이런 말을 슬쩍 남겼다.

"사실은…… 일주일에 하루이틀만 머물면서 방값은 다 낸다면…… 아주 수지맞을 거예요. 내 생각이지만요!"

엄마는 절대로 살림살이 좀 펴보겠다고 흑인에게 방을 내준 사람이 아니었기 때문에 여전히 미소를 지으며 흡족해했다. 그러면서 우리에게도 이렇게 말했다.

"선한 행실에 보상까지 따르다니, 참 놀랍지! 이게 신의 섭리란다."

3

혹인 아저씨! 아저씨는 세상에서 제일 너그러운 영혼의 소유자였다. 바로 그 아저씨 덕분에 우리는 무덥고 죽죽 늘어지던 그해 여름, 무사태평한 진짜 여름을 끔찍한 궁핍 속에서도 너무 힘들지 않게 넘겼다.

아저씨가 우리 집으로 다시 돌아와 지내던 중 저녁에 방에서 내려왔다. 계단 끝까지 내려온 아저씨는 문에 친 모기장에 얼굴을 대고 우리에게 물었다. 그때 우리는 모두 회랑에 나와 바람을 쐬는 중이었다. 아저씨는 깊게 울리는 목소리로 우리 곁에 같이 앉아도 괜찮을지 물었다. 밴쿠버에서 기차를 타고 오는 동안 더워서 죽을 뻔했다고 했다. 하지만 아저씨는 자기는 그냥 현관 아래 계단에나 앉으면 된다고 했다. 엄마는 아저씨에게 의자를 하나 내주었다. 그러자 혹인 아저씨는 우리에게 주었던 수많은 선물 중 첫 번째를 그때 꺼냈다. 하얀 장갑 한 켤레였다. 아저씨는 우리 자매 중에서 제일 수줍음 많고 마음씨 따뜻한 아녜스 언니에게 그 장갑을 선물로 주었다. 우리는 모두 꽤 난처했다. 그렇지만 이 혹인 아저씨의 첫 선물을 받지 않았다면 아저씨는 상처를 받았을 것이다. 뿐만 아니라 아녜스 언니는 그 장갑을 굉장히 갖고 싶어했다.

이런 일은 계속되었다. 흑인 아저씨는 매번 우리 집에 체류할 때마다 어김없이 회랑에 나와 앉곤 했다. 엄마가 사방으로 꽃무를 심어놓았기 때문에 밤이면 그 향기가 진동했다. 흑인 아저씨는 오드콜로뉴eau de cologne와 싸구려 분 냄새 너머로 살아 있는 꽃 가운데 가장 섬세한 그 향기를 몇 모금이고 들이마셨을 것이다. 그런 저녁에 아저씨는 엄지손가락을 조끼 주머니에 찔러 넣은 채 그 큰 눈알을 굴리면서 행복에 겨워 감탄했다.

"냄새가 정말 좋군요!"

그리고 이런 말도 했다.

"캐나다 땅덩어리를 누비고 다니지 않으니 참 좋네요."

그리고는 주머니에서 우리 엄마에게 줄 하얀 비단스카프를 꺼냈다. 이어서 아녜스 언니에게 줄 하얀 비단양말이 또 나왔다…… 선물은 거의 매번 하얀색이었다. 한편 나는 흑인 아저씨에게 프랑스어를 가르쳐주는 선생님이 되었다. 아저씨는 나에게 손가락으로 나무, 집, 의자 따위의 물건을 가리켜 보였다. 나는 '나무' '집' '의자'라고 말했다. 그러면 아저씨는 10센트짜리 동전을 꺼내어 내 저금통 구멍에 밀어 넣었다. 나는 단어 세 개를 가르쳐줄 때마다 10센트를 받았다. 프랑스어 선생으로 떼돈을 벌 생각도 슬쩍 해보았다.

그러나 길베르 아저씨네는 형편이 말이 아니었다. 아저씨가 퇴직을 해야만 했기 때문이다. 우리 집만큼 널찍한 그 집은 저당 잡혀 있었다. 아이들 학비도 많이 들었다. 엄마는 아줌마가 곤경에 빠진 걸 알고는 무척 조심스럽게 배려했다. 하루는 우리 집에 토끼고기가 너무 많다면서 그 집에 보냈다. 또 한 번은 시골에 사는 우리 삼촌이 닭을 열 마리도 넘게 보내줬는데, 우리 집 식구들만으로는 얼른 먹어치울 수가 없어서 결국 고기를 버리게 될 거라는 핑계로 그 집에 절반이나 보냈다. 아버지도 이제 길베르 아저씨를 보든 정부에 팔려간 인간이니 빌어먹을 영감탱이니 하지 않았다. 그저 딱한 양반이라고 부를 뿐이었다. 그러던 어느 날, 우리 엄마는 아줌마에게 이렇게 제안했다.

"길베르 부인, 그 집도 방을 세주면 어때요? 그게 뭐 부끄러운 일도 아니잖아요."

"그래요, 나도 생각해봤답니다. 하지만 이 동네에서, 다 큰 아들들이 있고 어린 딸들이 있는 집에 모르는 사람을 들인다는 게 쉬운 일은 아니잖아요. 잘 알다시피……."

아줌마는 넋두리했다.

"그럼요, 쉬운 일이 아니지요. 하지만 낯선 사람이 우리들 생각처럼 그렇게 이질적인 경우는 드문 것 같아요."

그러자 아줌마도 솔직하게 까놓고 말했다.

"실은 신문에 광고를 냈는데 아무도 보러 오지 않네요. 아시다시피 세월은 모질고 세입자는 찾기 힘들고…… 우리가 사는 이 작은 거리는 잘 알려진 동네도 아니잖아요."

그러고는 아줌마가 이렇게 물었다.

"그런데 그 집에 세든 흑인 말이에요, 그 사람 괜찮아요?"

"괜찮다마다요. 더 이상 만족스러울 수 없을 정도죠! 길베르 부인, 생각해보세요. 그 사람은 침대도 자기가 직접 정리한 답니다."

그러자 아줌마는 조금 뾰족해져서 이렇게 대꾸했다.

"그건 이해가 가네요. 그 사람은 '포터' 잖아요. 남들 침대도 정리해주는 사람 아닌가요. 그런데 자기 침대를 정리하는 게 뭐 그리 대수겠어요!"

"그래요. 하지만 정리라도 해줄 게 있나 싶어 방을 들여다보면 무엇 하나 손댈 게 없어요. 아무렇게나 널브러진 넥타이 한 장, 양말 한 켤레가 없다니까요. 길베르 부인, 분명히 말하는데 나는 흑인들이 세상에서 제일 청결하고 꼼꼼한 사람이지 싶어요."

"몸뚱이도 그렇던가요?"

길베르 부인은 코를 살짝 쥐면서 물었다.

엄마는 소리 내어 웃었다.

"그게 그 사람의 유일한 결점이지 싶네요. 목욕탕에 살림이라도 차리는지 우리 집 더운 물이 남아나지 않을 지경이에요."

"그래도 자기 처지에 맞게 행동하는 사람이죠?"

"처지? 무슨 뜻으로 하는 말인지 모르겠네요. 물론 그 사람은 자기 처지에 맞게 행동하죠…… 길베르 부인, 모두들 살아가면서 각자 자기 입장이란 게 있잖아요? 어떤 사람들에 비하면 가난하지만 또 어떤 사람들에 비하면 그래도 형편이 나을 수 있는 거죠."

　그 시절에 데샹보 거리 사람들은 촌사람들처럼 살았다. 하지만 우리 거리와 이어지는 데뫼롱 거리 역시 사람이 많이 살지 않았는데도 15분마다 노란 전차가 지나갔다. 데샹보 거리에 내리는 사람은 별로 없었다. 보통 오후 6시쯤이면 아버지가 직장에서 돌아왔다. 혹은 오라스 오빠나 로베르 큰오빠가 목요일마다 외출허가를 받아서 함께 돌아오곤 했다. 그리고 물론 우리의 흑인 아저씨도 금요일이면 항상 데샹보 거리에 도착했다. 그런데 그 금요일에는 전차에서 내린 흑인이 아저씨 혼자가 아니었다. 두 사람 모두 비슷한 검은 옷을 입었고 각자 작은 트렁크를 들고 있었다. 두 흑인 중 한 사람—우리 아저씨—은 우리 집 가로대 문 앞에 멈춰 섰다. 다른 흑인은 아저씨에게 가벼운 손짓을 해 보이며 "또 보세, 친구!"라고 하더니 그대로 휘파람을 불며 길베르 아저씨네로 들어갔다,
　이제 우리 엄마가 호기심이 활활 불타오를 차례였다. 길베르 아줌마가 모습을 보이지 않았기 때문에 엄마는 결국 정보를 캐러 그 집으로 걸음 해야 했다.
　"아, 그래요. 우리 큰애 오라스가 같은 열차를 타는 사이라서 그 사람을 오래 알고 지냈답니다. 건실하고, 품성 좋고, 아주 잘 자란 흑인이에요."
　"꼭 우리 집에 세든 사람 같군요."

"어쨌거나 우리 아들들처럼 캐나다태평양철도회사 사람이죠."

길베르 부인이 말을 이었다.

하지만 우리 엄마가 너무 빨리 승리에 쐐기를 박고 싶어하자 길베르 부인은 이렇게 일침을 가했다.

"동네에 흑인이 이미 한 명 들어와 있으니까…… 한 명이 더 늘어난다 해서 뭐 그리 심각한 문제가 되겠어요. 일단 선례가 있으니까요!"

엄마는 약간 심기가 상해서 돌아왔다. 엄마는 우리 앞에서 장담했다.

"어쨌든 우리 집 흑인은 길베르 부인네 세든 흑인보다 백 배 천 배는 더 나아. 그 사람은 우리 집 사람처럼 날씬하지도 않고 어딘가 좀 구부정해 보이더라고."

그리고 엄마는 이웃집 아줌마의 못된 심보를 분명히 밝히겠다는 듯 이렇게 예견했다.

"두고 봐. 길베르 부인이 이제 우리 집 세입자보다 자기네 세입자가 더 낫다고 떠들고 다닐 테니까. 안 봐도 뻔하지!"

과연 엄마의 말대로 되었다.

그렇지만 길베르 아저씨네 세든 흑인이 좀 덜 검다는 사실만은 의심의 여지가 없었다. 그리고 바로 그 때문에 —이게 상상이나 할 수 있는 일인가?— 길베르 아줌마는 의기양양해서 다음과 같이 주장했다.

"난요, 사실 그 사람은 혼혈일 뿐이라고 생각해요!"

4

그러나 우리의 흑인 아저씨는 선의를 가르쳐주었다. 저녁이면 아저씨는 몇 시간이나 두툼한 손을 벌려 엄마가 하얀 모사타래를 단단한 뭉치로 감도록 도와주었다. 아녜스 언니는 회랑에 나와 앉을 때에도 꼭 하얀 장갑을 꼈다. 엄마는 밴쿠버 사탕을 와작와작 깨물어먹었다. 내 저금통은 한 번 꽉 차서 싹 비운 후로 다시 배를 불리고 있었다. 내가 아마 저금통을 들고 흑인 아저씨를 졸졸 따라다녔었나 보다. 하지만 난 과장이려니 생각한다. 우선 흑인 아저씨가 나에게 프랑스어 단어를 배울 때마다 10센트나 되는 큰돈을 주었던 이유는 내 저금통이 전차에 차비 받는 동전상자처럼 생겨먹어서 10센트 동전밖에 들어가지 않기 때문이다. 어쨌든 그 저금통은 일단 꽉 차기 전에는 열어볼 수 없게 되어 있었다. 아무튼 엄마가 나에게 야단쳤던 건 큰 잘못이었다. 왜냐하면 내 저금통이 다시 한 번 가득 찼을 때 엄마는 또다시 5달러에 달하는 그 내용물을 싹 다 빌려갔기 때문이다. 나는 티끌모아 태산을 만드는 개미였다. 이따금 베짱이를 도와준다는 점만 빼면 나는 우화 속의 개미와 똑같았다. 모은 돈을 번번이 빌려주면서도 나는 개인적으로 사고 싶은 물건을 사기 위해 계속 열심히 저금통을 채웠다. 그런데 그때 오데트 언니가 나의 심각한 경쟁상대로 부상했다…… 얼마나 심각했냐 하면, 오데트 언니 때문에 프랑스어에 대한 흑인 아저씨의 학구열이 영영 달아나버렸을 정도다.

언니는 나중에 수녀가 될 사람이었다. 언니는 남자들을 싫어했고, 세상과 자기 자신을 체념하기 전까지만 해도 혁명정신의 소유자였다. 세상이 부당하다는 생각에 언니의 입술은 빈정대듯 비틀려 있었다. 가엾은 떠돌이가 공원에서 얼어 죽었다는 신문기사만 읽어도 언니는 오랫동안 도시 전체에 원한을 품었다. 언니의 몹시 섬세한 콧구멍은 무슨 일에든 분노로 벌름거렸다. 분명히 언니는 이 세상에 어울리게 태어나지 못했다. 언니는 예뻤다. 기어이 '태팅' 레이스 뜨기도 집어치운 언니는 늘 라흐마니노프의 전주곡을 피아노로 두들겨댔다. 그 곡에는 화성이 매우 격정적인 대목이 있는데, 언니는 그 부분이 시베리아의 비참한 영혼들이 느끼는 반항을 표현하는 거라고 설명했다. 나는 그 음악의 옷을 입은 반항을 열렬히 좋아했다. 사과나무 아래 있든, 좀더 멀리 나가서 고티에 집 꼬맹이들과 놀든, 시베리아로 포효하며 행진하는 그 음악소리만 들렸다 하면 나는 만사를 내팽개치고 응접실로 냉큼 뛰어와 피아노 바로 옆 양탄자에 웅크리고 앉았다. 그러고는 언니의 부푼 콧구멍과 비틀린 입술을 주시했다. 언니에게 물었다. "이게 반항이야?" 언니는 연주를 그치지 않은 채 나에게 눈길 한 번 안 주고 고개만 끄덕해 보였다. 오데트 언니는 팔을 쭉 뻗어 이제 곧 끔찍하게 근사한 대목에 돌입하려고 엉덩이를 들썩여 피아노의자에서 조금 물러나 앉았다.

우리의 흑인 아저씨도 이 음악에 마음이 끌렸던 게 틀림없다. 아저씨는 조용히 아주 살금살금 계단을 내려왔다. 아저씨는 계단이 구부러지는 여덟 번째 단에 멈춰 섰다. 아저씨는 그 계단에 앉았다. 그 당시 언니가 부스스하게 기르던 아주 가는 금빛머리, 피아노 앞에서의 몸 사위, 이마와 목덜미에서 요동치는 머리채가 난간 창살 사이로 보였다. 어느 날 저녁, 오데트 언니가 고개를 번쩍 들었다. 난간 창살 사이에서 흑인 아저씨의 얼굴을 보았던 것이다. 언니는 그 음악의 주인공, 그러니까 차르의 왕국에서 쫓겨난 유형수들처럼 흑인 아저씨가 피아노 연주를 감상하는 것에서조차 배척당했음을 아프게 깨달았다. 언니는 아저씨에게 안락의자를 권하며 응접실로 내려오라고 했다. 그러고는 아저씨를 위해 라흐마니노프 전주곡을 처음부터 다시 연주했다.

우리 식구들은 오데트 언니가 젊은 남자들에게 도통 흥미가 없고 그들과 맞지도 않다는 것을 기정사실로 간주했기 때문에 언니가 흑인 아저씨와 함께 있는 모습을 보고도 아무도 눈곱만치도 놀라지 않았다. 더구나 아저씨는 언니를 존중하기는 했지만 그 태도가 환심을 사려는 수작이나 결혼을 염두에 둔 사탕발림과는 거리가 멀었다. 그리고 오데트 언니도 세상일과 담 쌓고 살겠노라 작정한 사람이었기에 그런 식으로 존중받는 게 무척 좋았던 모양이다. 피아노 연주를 마치고 언니와 흑인 아저씨는 집 앞을 함께 거닐었다. 그들은 아프리카 이야기를 했다. 우리 흑인 아저씨는 언니를 즐겁게 해줄 요량으로 잭슨 가문에 반쯤 묻혀 있던 옛 추억들을 열심히 주워섬겼다. 노예 시장, 탐욕스런 인간들의 약탈, 초가 짓고 잘만 살던 마을에서

급습을 당한 가엾은 흑인들…….

"그래요…… 미스…… 그게 다 옛날에 틀림없이 일어났던 일이지요……."

아저씨는 오데트 언니와 보조를 맞추느라 보폭을 좁히면서 말했다.

5

그렇게나 감미롭고 향기 그윽하던 ─당시에 데샹보 거리에는 토끼풀과 강아지풀이 지천으로 자라고 있었기 때문이다. 시에서는 여름이 다 끝날 무렵에나 사람을 보내어 제멋대로 자란 풀을 베게 했다─ 저녁나절, 여름 그 자체였던 바로 그 저녁나절에 우리 엄마는 종종 길베르 아줌마를 '데리고' 짧은 산책을 나서곤 했다. 두 사람은 길베르 아줌마네 집 바로 앞에서 조금 뻗은 길을 한 바퀴 돌아오곤 했다. 엄마와 아줌마는 사이가 괜찮았지만 자기 집에 들인 흑인들 이야기가 나왔다 하면 그냥 넘어가지 않았다. 두 사람 다 악착같이 자기네 세입자가 더 낫다고 바득바득 우겼다.

"확실히 우리 집에 들어온 사람은 섬세하고 재치가 있어요."

그러면 길베르 아줌마가 쏘아붙였다.

"어쨌거나 우리 집 세입자도 자기 자리를 알고 그 자리를 지킬 정도는 된답니다."

"어머, 길베르 부인. 무슨 말씀을 하고 싶으신 거예요? 부인은 설마 그 딱한 세입자가 이 더위에도 자기 방에만 틀어박혀 지내야 한다고 생각하는 건 아니겠지요? 가뜩이나 무더위에 고생하는 사람들이잖아요…… 게다가 마음이 여린 사람들이라고요!"

두 사람이 그렇게 걸음을 옮기던 중에 우리 집 앞을 거닐던 한 커플이 정면으로 그들 눈에 띄었지만 워낙 거리가 있어서 얼굴이 눈에 확 들어오지는 않았다. 길베르 아줌마는 눈을 들고 서산을 넘어가는 해를 손바닥으로 가린 채 물었다.

"그런데 오데트와 산책하는 저 남자는 누구죠?"

"오데트가 남자랑 산책을 해요? 별 일 다 보겠네!"

엄마는 그와 동시에 아줌마를 팔꿈치로 약간 밀면서 왔던 길을 되돌아가려고 했다. 그러나 이 작전이 먹히지 않았기 때문에 엄마는 강아지풀이 엄청난 키로 자랐다는 둥, 저기 새가 낮게 난다는 둥, 아줌마의 주의를 딴 데로 돌리기 위해 애를 썼다. 길베르 아줌마는 아랑곳 않고 우리 집을 향해 직진했다. 이제 아줌마는 거리 끝자락까지 다 와서 그들을 좀더 또렷이 볼 수 있었다. 길베르 아줌마가 혼비백산해서 호들갑을 떨었다.

"오데트와 같이 있는 남자가 누군지 알았던 거죠? 딱한 사람 같으니! 그집 방을 쓰는 흑인이네요. 확실히 말할 수 있어요. 아직은 그 새까만 얼굴을 못볼 정도로 날이 어둡지 않으니까……."

"그렇다면 부인은 시력을 탓할 일은 없겠네요. 아직도 저보다 훨씬 더 눈이 좋으신 것 같아요."

그러고 나서 엄마는 심사숙고하여 일이 차라리 잘됐다는 듯이 차분하게 말했다.

"어쨌든 오데트가 흑인과 함께 산책할 수도 있는 일이죠. 우리 딸은 심성이 아주 곱거든요."

"뭐라고요? 세상 사람들이 다 지켜보는 마당에 딸내미가 흑인과 돌아다니고 있잖아요. 그런데 고작 그런 말이 나와요? 세상에나!"

"바로 그거예요. 모두가 훤히 알고 있으니 괜찮다고요……."

엄마는 잠시 후 다시 입을 열었다.

"오히려 사람들 눈에 잘 띄지 않을 때에는 잘 지켜봐주세요, 길베르 부인. 부인과 나, 우리 두 사람은 정확하게 알아야 하지 않겠어요."

그렇지만 엄마는 속이 상했다. 그래서 오데트 언니를 좀 따끔하게 혼내려고 부리나케 산책에서 돌아왔다.

"회랑이나 응접실에서 흑인과 이야기하는 건 그렇다 치자. 그런데 이웃들이 버젓이 보는 데서까지 꼭 그래야 하냐고!"

"이웃이라니, 무슨 이웃이오."

오데트 언니가 입술을 일그러뜨리며 말했다.

길베르 아줌마네 흑인은 옛날에 앨라배마에 살던 체구가 작고 얌전한 사람이었는데, 그 역시 음악이라면 사족을 못 썼다. 당시에 그 집의 지젤 언니도 오데트 언니와 함께 연탄(聯彈)을 하곤 했다. 오데트 언니가 흑인 아저씨랑 자주 어울리면서 외톨이가 된 지젤 언니는 저녁마다 슈만의 소품 한 곡을 끝없이 되풀이해서 연습했다. 곡 제목이 〈사랑하는 여인에게〉인가 그랬던 것 같다. 아줌마와 우리 엄마가 그 집 앞에 산보를 나간 동안 지젤 언니는 그 집 흑인 아저씨를 위해 피아노를 연주했다. 그 아저씨도 계단을 한 칸 한 칸 내려와 응접실까지 진출했다. 어쩌면 길베르 아줌마도 그럴지 모른다고 짐작하면서 만인이 볼 수 있는 회랑으로 나오기보다는 집 안에서 그러는 게 낫다고 생각했을지 모른다.

어쨌거나 길베르 아줌마는 더 이상 엄마에게 부루퉁하게 굴지 않았고, 어느 저녁에는 아줌마 쪽에서 우리 엄마를 산보에 '데리러' 왔다. 아줌마는 갑자기 우리 집 쪽이 풀도 제멋대로 자라지 않고 공기도 더 맑다면서 절대로 자기 집 쪽으로는 가려 하지 않았다.

그래서 엄마와 아줌마는 우리 집 앞으로 산보를 나갔다. 거리 반대편 끝에도 키를 보나 거동을 보나 꽤 잘 어울리는 남녀 한 쌍이 거닐고 있었다. 땅거미 지는 무렵이라 엄마는 무척 행복해 보이는 그들의 얼굴까지는 보지 못했다. 길베르 아저씨네 집은 빽빽한 잡목림으로 둘러싸인 터라 그쪽은 우리 집 쪽보다 빨리 어둠이 내려앉곤 했다.

"그런데 그 집 딸 지젤은 기사님이 있겠지요?"

우리 엄마는 조금 부럽다는 말투로 물었다.

그도 그럴 것이 엄마는 오데트 언니가 남자를 멀리하는 걸 인정하는 체하면서도 내심 그 때문에 고민이었다. 특히 동네에서 지젤 언니의 기사님을 자처하는 청년들이 작은 꽃다발을 들고 왔다갔다하는 모습을 보면 더욱더 머리를 싸맸다.

길베르 아줌마는 자랑스럽게 말했다.

"좋다고 따라다니는 남자애들이 부족하진 않죠. 하지만 부인은 내 친구니까 하는 말인데, 그런 건 아무 의미도 없답니다. 이 사람이 아니면 저 사람, 어차피 남편은 한 사람이니까요…… 아가씨가 인기가 많은 건 좋죠. 하지만 내가 지젤에게 허구한 날 하는 말이 있어요. '얘, 너무 이 남자 저 남자 잘해주지 마. 한동네 사람들끼리 질투하면 그것도 골치 아파' 라고……."

"정말 그런 일이 있기야 하겠어요."

엄마는 다시 기분이 좋아져서 말했다.

"더욱이 나는 그쪽 집 오데트의 행동이 더 자연스럽다고 봐요. 알다시피 오데트도 그만하면 참 괜찮은 아가씨잖아요. 남자들을 몽땅 쫓아 보낼 생각만 버리면 오데트도 굉장히 인기가 있을 거라고 생각해요…… 물론, 그 집에 들어온 흑인만은 내치지 않았지만."

이 말에 엄마는 알쏭달쏭한 소리를 했다.

"하지만 흑인 때문에 종교적 소명을 받들지 못하는 건 아니죠…… 되레 그 반대랄까요…… 음, 어쨌거나 지젤의 저 기사님은 한 번도 본 적 없는 남자 같네요…… 새로 사귀는 사람인가요?"

"오늘 저녁에 누구를 기다린다는 말은 못 들었는데요. 글쎄, 도대체 누굴까?…… 닥터 트랑블레가 지젤에게 푹 빠져 있긴 한데…… 공증인 총각도 그렇고……."

"오늘 저녁의 기사님은 흑인 같은데요……."

"우리 집 흑인? 지젤과 함께 있다니. 사람들이 보는 데서!"

"안경을 안 쓰고 나왔지만 여기서 보기에는 얼굴이 검은 것 같네요. 아, 사실은 갈색이죠. 그쪽 집 흑인은 혼혈이라니……."

엄마는 더 말할 겨를이 없었다. 길베르 아줌마가 길 저쪽으로 뛰어갔기 때문이다. 아줌마는 양팔을 날개처럼 휘휘 저으며 냅다 뛰어갔다.

얼마 지나지 않아 길베르 아저씨네 흑인은 동행 없이 우리 집 응접실로 우리 흑인 아저씨를 만나러 왔다. 우리 아저씨는 오데트 언니의 피아노 화음에 맞춰 노래를 불렀다. 그러면 뒤따라 온 지젤 언니도 우리 언니의 피아노의자 옆자리를 차지하고 앉았다. 두 처녀가 네 손으로 반주하는 동안 두 흑인은 근사한 변주로 내달았다. 한 사람의 목소리는 밤처럼 그윽했고 다른 쪽 목소리는 고작해야 황혼녘에 비할 만했다. 두 목소리는 활짝 열린 우리 집 창문으로 빠져나가 바르르 떠는 우리 집 잔디에 비친 달빛과 함께 굴렀다.

회랑에서 엄마는 꾸벅꾸벅 졸고 있었다.

안타깝게도 우리네 생활이 한결 흥미진진해지려는 바로 그 시점에 두 흑인 아저씨는 침대차 근무로 이동해버렸다. 한 사람은 할리펙스-몬트리올 구간을 정기적으로 오가게 됐고 다른 사람은 아마 캘거리에 합류해야 했던 것 같다.

그리고 오랫동안 ─몇 년이 지나도록─ 데샹보 거리는 흑인이 없어서 쓸쓸했다.

프티트 미제르

당시 아버지는 내가 병약했던 탓에 혹은 당신 자신이 이미 늙고 병들었던 탓에 생에 대한 연민이 남달랐다. 아버지는 내가 태어난 지 얼마 안 되었을 때 '프티트 미제르Petite Misère' [+]라는 애칭을 내게 붙여주었다. 아버지 딴에는 내 머리칼을 쓰다듬으며 애정을 담아 그렇게 불렀다지만, 나는 그 이름이 못 견디게 싫었고 꼭 아버지 때문에 박복한 팔자를 타고 난 듯 속이 뒤집혔다. 나는 발끈해서는 속으로 생각했다. '싫어! 내가 왜 불행이냐고. 난 절대 아빠처럼 안 될 거야!'

그러던 어느 날 아버지는 내게 불같이 화를 내며 심한 말을 뱉고 말았다. 아버지가 그렇게까지 길길이 화를 내게 된 이유가 무엇이었는지는 이제 기억도 잘 안 난다. 틀림없이 별 것도 아닌 일이었으리라. 아버지는 아주 우울한 시기를 오랫동안 보내고 있었다. 당시 아버지는 참을성을 잃었고 후회에 찌들어

[+] 문자 그대로는 '작은 불행', 여기서는 '불쌍한 꼬맹이' 정도의 의미다.

살았다. 지나치게 과중한 책임감 또한 느꼈을 것이다. 그래서 음울한 생각에서 헤어나지 못하면서도 이따금 미친 듯이 웃음을 터트리는가 하면 짜증을 바가지로 퍼붓기도 했다. 먼 훗날에야 나는 이해했다. 아버지는 우리에게 사소한 불행, 최악의 불행이 닥치지 않을까 끊임없이 두려워하면서 일찌감치 행복에 대한 너무 큰 열망을 경계하라고 가르치고 싶었을 것이다.

그날 아버지의 화난 얼굴은 무서워 보였다. 아버지는 야단을 치면서 손을 번쩍 치켜들었다. 그러나 차마 나를 때리지는 못하고 으레 하는 꾸중처럼 이런 말을 내던졌다.

"아! 자식새끼들은 도대체 왜 낳았담!"

부모 입장에서는 이런 말이 어떤 의미인지 아이들이 제대로 알아들을 뿐 아니라 딱히 아이들에게 해될 것도 없다고 생각할 수 있다. 그러나 아이들은 이 말의 의미를 반쯤밖에 알아들을 수 없기 때문에 그 말을 깊이 파고들며 괴로움을 자초하게 된다.

나는 도망쳤다. 다락방으로 올라갔다. 바닥에 엎드려 우둘투둘한 마루를 손톱으로 긁으며 그 안에 들어가 콱 죽어버렸으면 좋겠다고 생각했다. 얼굴을 마룻바닥에 붙이고 숨을 멈춰보려고도 했다. 나는 사람이 자기 마음대로 숨을 안 쉴 수 있을 줄 알았다. 고통이 싫으면 자기 마음대로 가뿐하게 떠나버릴 수 있을 줄 알았다……

시간이 흘렀고, 나는 그 자세가 너무 불편했기 때문에 결국 천장을 보고 누웠다.

그때 내 얼굴 위로 난 천창天窓으로 하늘이 보였다. 6월의 바람 많은 날…… 예쁘고 하얀 구름이 내 눈앞에서 흘러가고 있었다. 구름이 오직 나에게만 제 모습을 보여주는 것 같았다. 바로 앞에 있는 지붕 위로 바람이 쉭쉭 소리를 내며 지나갔다. 벌써부터 나는 높은 바람을 좋아했다. 사람도 나무도 해치지 않는 바람, 못된 짓 하지 않고 그냥 휘파람 불며 노니는 여행자 같은 그 바람이 좋았다. 아버지가 심은 거대한 느릅나무 두 그루는 천창 가두리까지 가장귀를 뻗고 있었다. 나는 목을 조금 내밀어 흔들리는 나뭇가지들을 구경했다. 그 광경도 오직 나만을 위한 것 같았다. 이렇게 높은 데 올라와서 우리 집 느릅나무 꼭대기의 가장귀를 구경할 사람은 나 외에 없었으니까.

그러자 그 어느 때보다 절실하게 죽고 싶었다. 한 그루 나무가 불러일으키기에 족한 그 감흥 때문에…… 나를 속였구나, 요 달콤한 감정 같으니! 슬픔은 이 세상이 얼마나 아름다운지 더 똑똑히 알려준다는 사실을 이렇게 일깨우기냐!

한순간 비단으로 짠 길에 매달려 천장 대들보에서 나를 향해 내려오던 거미에 정신이 팔리며…… 나는 우는 것도 잊었다. 나를 잠시 붙잡아놓는 것 이상으로 강력했던 슬픔은 다시금 내 마음을 온통 차지했다. 그러나 나는 눈물 너머로도 손가락 하나로 짓이길 수도 있는 그 작은 벌레의 가엾고 덧없는 생명을 지켜보았다.

나는 생각했다. '아빠는 내가 태어나기를 바라지 않았어. 아무도 나를 바라지 않았어. 나는 태어나지 말았어야 해.' (가끔 엄마가 어느 불쌍한 아줌마가 이미 병든 몸으로 수발할 자식이 여럿인데 또 아기를 낳았다면서 이렇게 탄식하는 소리를 들은 적이 있었다. "너무해. 그래도 어쩌겠어. 뭘 어쩌겠냐고! 그 엄마가 자기 의무를 다해야 할밖에.") 바로 그날 갑자기 기억난 엄마의 말을 그대로 따와서 나는 그 무시무시한 뜻도 모른 채 이 말을 되풀이했다. "의무감으로 낳은 자식! 나는 어쩔 수 없어서 낳은 애야!" 단지 그 말만으로 나는 내가 아직 알지 못하는 슬픔에 겨워 다시 한 번 눈물을 짜기에 충분했다.

조금 있다가 나는 다시 천창 위로 지나가는 파란 하늘을 바라보았다. 그날 오후따라 하늘은 왜 그렇게 예뻐 보이고 세상 어디에서도 못볼 것 같은 풍경인지! 나는 목을 빼고 쳐다보건만 하늘은 그런 나에게 무심해서였을까?

또 한 번 눈물이 왈칵 쏟아지려는 찰나에 내 다락방 바로 밑에서 복도를 따라 울리는 발소리가 들렸다. 그 다음에 계단 아래 문이 벌컥 열렸다. 엄마 목소리였다.

"상 다 차려놨다. 밥 다 됐어. 그 정도로 해둬. 와서 밥 먹어라."

어쨌거나 나도 배가 고팠다. 하지만 바로 그랬기 때문에 밥 앞에 무릎 꿇는다는 수치심과 설움 때문에 나는 명백한 사실을 부인하고 밥을 못 먹겠다고, 이제는 영원히 못 먹을 것 같다고 대꾸했다.

계단 아래서 엄마는 이렇게 말했다.

"좋아, 삐쳐 있고 싶으면 계속 그래봐…… 하지만 나중엔

먹을 게 없다."

엄마는 기다렸다는 듯이 냉큼 아직도 기력 넘치는 발걸음으로 가버렸다.

그 다음에는 오빠가 계단 밑에 와서 강으로 낚시를 하러 가자고 소리 질렀다…… 나는 오빠를 따라가고 싶었나 그러고 싶지 않았나?…… 오빠 말은 계곡으로 흐르는 큰 루주 강이 아니라 우리의 작은 셴 강으로 간다는 뜻이었다. 배배 틀리며 빈약하게 흐르는 물은 산사나무 우거진 작은 숲 사이로 꿈틀대는 물뱀 같았다…… 비밀스럽게 풀밭 사이를 파고드는 작은 흙탕물 강은 우리에게도 위험하지 않았다. 우리는 머리부터 강물에 풍덩 뛰어들곤 했다…… 고양이 눈처럼 초록빛을 띤 예쁜 나의 강!

싫다고 하기가 힘들었다. 그런데 슬픔에 찌든 삶도 다시 한 번 즐거움을 맛볼 수 있다는 생각이 드니 오히려 그 반감으로 오빠를 밀어내며 혼자 있고 싶다고 소리를 지르게 됐다.

오빠도 잰걸음으로 가버렸다. 나는 오빠가 복도를 총총히 걷다가 집 아래로 이어지는 큰 계단에서 우당탕탕 뛰어내리는 소리를 들었다.

그리고 쥐 죽은 듯 조용해졌다.

그 다음에는 나와 친한 놀이짝꿍 고티에네 꼬맹이 세 명이 우리 집과 그 집을 가르는 나무판자 울타리에 ─기억을 떠올려 보면 두 집 사이에 빈터도 있었던 것 같다─ 올라와서 나를 한참이나 찾았다. 꼬맹이들은 늘 하던 대로 〈프레데-리크-나-봤니?〉 노래에 맞춰서 내 이름을 불렀다. 그런데 바로 그때 새도 노래를 불렀다. 장단 맞춰 끊어지는 친구들 노래와 그 새 소리를 구분하려면 바짝 귀를 기울여야 했다. "크리스-틴-같이-놀래? 장사하는-아저씨-같이 놀래요? 조련사-아저씨-같이 놀래요?" 나중에 꼬맹이들은 늘 써먹던 노랫말을 조금 고쳐서 불렀다. 그렇게 노랫말 바꾸기 하는 것이 내가 제일 좋아하는 놀이이기도 했고, 꼬맹이들은 꼬맹이들 나름대로 그렇게 해서 나를 어떻게든 집 밖으로 꼬여낼 심사였으니까. "장례식에-놀러가자."

친구들을 보고 싶은 마음을 억누를 수 없었다. 나는 선창에 다가가 저 아래 울타리에 올라타 있던 세 녀석들을 굽어보았다. 하지만 갑자기 '저 친구들은 부모님 사랑을 담뿍 받는데 나는 그렇지 못하구나'라는 생각이 들자 얼른 그 애들이 보지 못하도록 고개를 선창 아래로 숨겼다. 자그마한 세 얼굴이 우리 집 창문을 하나하나 훑으며 내가 어디 있는지 찾고 있었기 때문이다. 나는 다시 바닥에 벌렁 누워 거무스름한 천정을 바라보았다.

꼬맹이들은 아무데서도 나를 찾지 못했지만 그래도 한참이나 내 이름을 불렀다. 그 목소리에는 근사한 여름 저녁을 놀지도 못하고 그냥 보내야 한다는 어린아이다운 좌절감이 어려 있었다. 날이 거의 어두워졌는데도 꼬맹이들은 가지 않았다. 그 집 엄마가 들어와서 자라고 했다. 친구들이 싫다고 대드는 소리, 그 집 엄마가 다시 윽박지르는 소리가 이어졌다. 그러나 울타리에 걸터앉은 세 친구들은 나를 단념하기 전에 아쉬움을 가득 담아 아주 큰 소리로 이렇게 외쳤다.

"잘-있어-크리스-틴! 너-죽었니-크리스-틴? 내일-보자, 크리스-티-네트!"

이제 선창 속의 하늘은 어두웠다. 나는 다시 슬퍼졌지만 이번에는 훨씬 더 알 수 없고 낯선 슬픔이었다. 나를 짓누르는 앞날이…… 한 아이의 아주 길고 끔찍한 앞날일 성싶었다. 그래서 나는 훌쩍훌쩍 울었다. 정확히 왜 우는지도 모르면서…… 어쩌면 꽤나 비겁한 어른들처럼 나도 삶을 있는 그대로 체념하고 받아들이는 것 같은 기분이 들어서…… 어쩌면 나 자신이 호기심보다 삶에 더 붙들려 사는 사람 같아서…….

아래층에서 누가 왔다갔다하고 있음을 알려주는 소리는 여전히 들려왔다. 문이 쾅 닫히는 소리. 회랑에서, 그리고 좁은 시멘트 보도에서 엄마의 새 신발 소리가 들렸다. 엄마는 저녁에 친구 집에 카드놀이를 하러 가기로 했으니, 그건 사실이었다. 엄마는 서두르고 있었다. 뛰어가는 듯한 발소리였다…… 엄마가 오늘 저녁에, 그것도 카드놀이처럼 별것도 아닌 일을 즐기겠다고 그토록 거리낌 없이 걸음을 재촉하는 것이 나를 더욱 비통하게 만들었다.

밤이 어두운 아래층을 타고 나에게 올라오는 것 같았다. 커다란 집은 이제 완전히 고요했다…… 어쩌면 집이 비었는지도…… 나는 슬픔을 참을 수 없었다. 나 한 사람, 그 슬픔을 이해하기에는 너무 어리고 연약한 나 한 사람만 주목할 뿐, 모두가 그 슬픔을 저버렸다. 나는 이제 이유고 뭐고 모른 채, 아마도 고독한 한 아이의 그것에 지나지 않을 슬픔 그 자체에 빠져 더 크게 울었다.

그때 마룻바닥에 맞닿아 있던 내 귀가 질질 끌리는 발소리, 우리 아버지의 지친 발걸음을 포착했다.

아버지는 계단 밑 문을 빠끔 열었다. 그러고는 아무 말 없이 한참 서 있기만 했다. 어쩌면 아버지는 자기가 온 줄 내가 모를 거라고 생각하셨는지 계단을 한 칸 내딛으려고 했다. 하지만 나는 아버지의 숨소리를 들었고…… 아마 아버지도 내 숨소리를 들었을 것이다. 그만큼 우리 사이에는 확고한 정적이 흐르고 있었다.

마침내 아버지가 나를 불렀다.

"프티트! 미제르!"

아! 목이 얼마나 꽉 메었는지! 그 후로 단 한 번도 그렇게 목이 졸려 숨이 막힐 듯한 기분을 느끼지 못했다. 어쩌면 가혹한 슬픔은 아주 어릴 때 겪는 게 좋을지 모른다. 다 자라고 나면 그런 슬픔에도 놀라지 않게 되니까.

늙은 아버지가 다시 입을 열었다.

"얘야!"

잠시 후, 여전히 내가 대답하지 않자 아버지가 말했다.

"배가 고플 텐데."

그 다음에 또 침묵이 내려앉자 아버지는 서글프게 말했다. 아버지 말투가 어쩌나 슬펐는지 지금도 우리 아버지의 그 목소리, 그 정확한 억양이 숲처럼 무성해진 추억의 틈을 가르고 어김없이 되살아나 귓전에 메아리친다.

"아빠가 루바브 타르트를 만들었단다…… 아직도 따끈하다…… 먹지 않을래?"

정말 모를 노릇이다! 그날 이후로 나는 결코 루바브 타르트를 먹고 싶은 마음이 들지 않았다. 하지만 그날 그 일이 있기 전에는 내가 루바브 타르트라면 아주 환장을 했었나보다. 루바브 타르트를 먹을 때마다 배탈이 나면서도 말이다. 그래서 엄마는 여간해서는 루바브 타르트를 굽지 않았고 어쩌다 만들어도 나에게는 귀퉁이만 조금 잘라주고 더 이상 못 먹게 했다. 그러니까 아버지는 그날 저녁에 엄마가 없는 기회를 이용했던 것이다…… 나는 상상해 보았다. 아버지가 밀대로 반죽을 밀고, 밀가루와 돼지기름을 찾고 —하지만 아버지는 집에 뭐가 있는지 절대 못 찾는 사람이었다— 화덕에 불을 넣고, 노릇노릇 익어가는 타르트를 지켜보는 그 모습을.

내가 뭐라고 대꾸할 수 있었겠는가! 오후부터 어린아이답게 까불고 놀 수도 없게 나를 꽉 사로잡았던 슬픔이 지금 나를 감동시키는 이 슬픔에 비하면 대관절 뭐란 말인가! 내가 가진《천일야화》책에 나오는 신비로운 길들처럼 갈래갈래 좁은 길들이 대로로 이어지고 점점 더 너른 전망을 보여주듯이, 슬픔도 그렇게 점점 더 폭넓게 나아가는 걸까?

아버지가 내쉬는 한숨소리가 들렸다. 아버지는 너무 천천히 문을 닫아서 달칵 소리가 들릴까 말까 했다. 아버지는 가벼렸다.

그 길게 늘어지는 낙담한 걸음새라니!

그러나 나는 몇 분을 더 기다렸다. 그 잠깐 동안이 아주 길게 느껴졌다. 그 다음 구겨진 원피스를 폈다. 눈물자국을 지우려고 손으로 뺨을 톡톡 쳤다. 원피스 치맛단으로 얼굴에 묻은 얼룩도 문질러 닦았다.

나는 계단 한 칸 한 칸에 걸음을 멈추면서 내려갔다.

널찍한 식탁이 잔칫상 같았다⋯⋯ 하얀 식탁보 한가운데 덩그러니 타르트가 놓여 있고 양쪽 끄트머리에 아버지 접시와 내 접시만 각기 놓인 품이 몹시도 슬픈 잔치 같았지만 말이다.

아버지와 나는 그 길쭉한 식탁 양끝에 앉았지만 아직 서로 얼굴을 보지는 않았다.

아버지가 타르트를 아주 큼직한 조각으로 잘라서 내 앞으로 밀어주는데 갑자기 눈물이 났다. 그러면서도 나는 이미 타르트를 먹기 시작했다.

아버지는 이민자들을 정착시키기 위해 식민지를 누비고 다닐 일이 많았기 때문에 종종 평원에서 장작불을 피우고 손수 어설픈 요리를 만들곤 했다. 순수함과 드넓은 공간에 대한 그리움을 불러일으키는 그런 시절이 있었기에 아버지는 스스로 요리를 좀 할 줄 안다는 착각을 품고 있었다. 하지만 엄마는 아버지가 만든 타르트가 도저히 못 먹을 납덩이 수준이라고 했다.

실제로 나는 그 납덩이 같은 타르트를 어떻게든 삼키려고 안간힘을 쓰고 있었다.

우리 눈이 마주쳤다. 나는 아버지도 한 입을 베어 물었지만 목에서 넘어가지 않는다는 것을 알았다.

그때 나는 나의 어린애 같은 슬픔 너머로 우리 아버지의 슬픔이 얼마나 무겁고 인생의 무게 또한 얼마나 버거운지 여실히 느낄 수 있었다. 그날 저녁 우리 아버지가 안겨준 소화불량은 영원히 나을 수 없을 것 같다.

그날 밤 나는 결국 배탈이 나서 몹시 괴로웠다. 엄마는 늙은 남편과 어린 딸 프티트 미제르 사이에 어떤 일이 있었는지 전혀 모른 채 아버지만 들들 볶았다.

"밤 열 시에 쟤한테 타르트를 먹이다니. 제정신이에요?"

아버지는 슬픈 미소를 띠고 변명도 하지 않고 고개를 푹 숙였다. 나중에 나에게 약을 가져다준 아버지의 얼굴에는 고통이 어려 있었다. 지금도 이따금 불멸의 고통이라고 생각하는 그런 고통이.

분홍 모자

　내가 황달에 걸리자 엄마는 빨리 나으라고 분홍 모자를 사 주셨다. 엄마는 웬만하면 다른 색깔을 고르게 하려고 어지간히 애를 썼지만 ─내 피부는 황달기가 빠지지 않아 온통 누르께했다─ 나는 분홍색을 고집했다. 엄마는 좀 우스워하면서도 결국 내 뜻을 따라주었다.

　그 진분홍 모자와 함께 입을 제일 좋은 옷은 새빨간 케이프가 달린 검정색과 흰색의 바둑판무늬 원피스였다. 나는 그렇게 쫙 빼입고 처음으로 혼자만의 여행길에 올라야 했다. 엄마는 내가 건강을 추스르고 낯빛을 제대로 찾을 때까지 시골에서 지내게 할 생각이었던 것이다. 그때 엄마는 집을 떠날 수 있는 형편이 아니었다. 엄마는 기차에서 나이 많은 그리즈 수녀님을 찾아내고는 나를 잘 부탁했다.

　"수녀님도 노트르담 드 루르드까지 가시지요?"

　엄마가 그리즈 수녀님에게 물었다.

　그리즈 수녀님은 그보다 더 멀리 간다고, 빈민구호금을 모으려고 시골을 온통 누비고 다닌다고 대답했다.

"그러시다면 루르드까지만 우리 딸내미를 좀 돌봐주시겠어요? 일단 거기 도착하면 애 이모가 마중 나와 있을 거예요."

과연 그리즈 수녀님은 나를 잘 돌보아주었다. 주머니를 뒤지더니 사탕도 찾아 꺼내주었다. 사탕들은 그 안에서 한세월을 보낸 게 틀림없는 듯 주머니 귀퉁이에 흔히 뭉쳐 있는 보푸라기 덩어리를 잔뜩 뒤집어쓰고 있었다. 기차가 어느 마을에서 5분쯤 정차하자 수녀님은 냅다 뛰어가 내게 줄 아이스크림콘을 사왔다. 수녀님이 가난한 사람들에게 나눠줄 돈으로 내게 아이스크림콘을 사주신 게 아니었기를 바란다.

이모 집에 도착했을 때는 저녁 먹을 시간이었다. 나는 분홍 모자를 쓴 채 냉큼 식탁에 자리를 잡았다. 이모가 나에게 내주기 위해 마을에서 빌린 침대는 아직 도착하지 않은 상태였다. 나는 사촌언니 세 사람과 커다란 침대를 함께 쓰든지, 나 혼자 매트리스를 바닥에 깔고 자든지 둘 중 하나를 선택해야 했다. 내가 고른 건 매트리스였다. 먼저 원피스를 벗었다. 그 다음 매트리스에 눕기 직전 제일 마지막 순간에야 분홍 모자를 벗어서 잠에서 깨자마자 잡을 수 있게 바로 옆 마룻바닥에 고이 내려놓았다. 그런데 이모는 아마 누가 밤중에 일어났다가 내 모자를 밟고 지나갈 수도 있겠다고 생각했던지 모자를 집어 서랍장 위에 올려놓았다. 아니 서랍장 위에서 달빛을 받고 있던 성聖 안나 조각상에 내 모자를 씌웠다. 나는 조금 훌쩍거리며 눈물을 짜기 시작했다.

이모가 내 모자를 가져갔기 때문만은 아니었다. 불현듯 집에서 이렇게 멀리 떠나와 별로 친하지도 않은 이모 집에서 지낸다는 게 서러웠고, 땅바닥에 매트리스만 깔고 자려니 설움이 더했다. 그러자 이모가 모자를 다시 내 옆에 놓아주었다.

"아휴, 계집애 하고는, 내가 못 살아!"

다음날 나는 옷은 입는 둥 마는 둥 하고는 분홍 모자를 눌러 쓰고 점심을 먹으러 아래층으로 내려갔다…… 이모에게 원피스 등에 달린 단추를 채워달라고 했다…… 그러고 한두 시간은 기분이 꽤 좋았다. 이모네 집 정원에는 키가 작고 말라빠진 나무 두 그루에 매단 그네가 있었다. 그네를 타고 훌쩍 날아오르면 분홍 모자챙 아래로 더 먼 곳까지 내다보였다. 작은 고개 너머 저 멀리 오르막길 옆에 있는 예쁜 집까지 눈에 들어왔다. 지붕 밑 좁은 회랑에 앉아 있는 두 노인네는 하릴없이 햇볕을 쬐는 두 마리 고양이 같았다. 그 노부부의 작은 집에 가고 싶은 마음이 모락모락 일어났다. 그리고 마침내 나는 그 노인들과 내가 오래 전부터 아는 사이라고, 그 분들도 저 집에서 나를 기다리고 있을 거라고 생각해버렸다. 나는 곧잘 그런 이야기들을 지어내고 그대로 믿어버리곤 했다.

하늘 높이 치고 올라갔을 때는 기분이 좋았다. 하지만 그네가 떨어질 때마다 나는 다시 사방이 가로막힌 옹색한 정원에 돌아와 있었다. 세 명의 사촌언니들은 저 아래 키 작은 두 그루 나무 발치에 주방용 의자를 놓고 앉아 있었다. 언니들은 엄격하고 독실한 교육을 받고 자랐다. 한 언니는 식탁보와 냅킨 따위를 촘촘한 바늘땀으로 수선했고, 다른 언니는 손뜨개로 검정색 스타킹을 짰다. 나머지 한 언니는 단조롭고 새된 목소리로 두꺼운 책을 읽어 내리고 있었다. 언니의 책 읽기는 성 이그나티우스 부분까지 나갔다…… 하늘로 올라갈 때면 나지막하니 투덜대는 목소리가 나를 쫓아왔다. 거기 높은 곳에서 나는 큰길을, 푸른 언덕배기들을, 그리고 현관 앞 계단에 웅크린 두 노인의 집을 다시 보았다. 열심히 무릎을 움쳤다 폈다 하며 점점 더 높이 올라갔다. 오르락내리락 하다보니 어느새 숨이 가빴다. 그네에서 내려온 나는 사방을 둘러보며 그 빈약한 정원에서 빠져나갈 길을 찾았다. 이모는 이미 굵고 뻣뻣한 밧줄로 가로대 문을 꽁꽁 묶어놓은 참이었다. 아마 엄마는 내가 헤매고 돌아다니기 좋아하는 아이라고 이모에게 귀띔해주었을 것이다. 내 손가락 힘으로는 도저히 밧줄의 매듭을 풀 수 없었다. 울타리 아래로 빠져나가는 것도 불가능했다.

오후에 자그마한 체구의 할아버지가 이모 집 근처를 지나갔다. 할아버지는 손에 망태 같은 것을 들고 있었다. 아마 먹을거리를 구하러 가는 길이었나보다. 수염이 기다란 할아버지였다. 나는 울타리 안쪽에서 공손하게 인사를 했고, 할아버지는 웃음과 윙크로 내 인사를 받아주었다. 할아버지가 말했다. "모자가 참 예쁘구나."

한 시간쯤 뒤에 할아버지가 이런저런 꾸러미로 가득 찬 망태를 메고 다시 지나갈 때에도 나는 그 자리에 있었다. 이모와 사촌언니들은 집 안에서 청소를 하거나 각자 할 일을 착착 하고 있었다. 이 거지같은 집구석에 사는 여자들은 모두 제각기 맡은 소임이 있었다. 딱한 언니들은 한 가지 일을 마치면 금방 또 다른 일을 찾아서 했다. 나는 수염 난 할아버지를 부르고는 입술에 손가락을 얹으며 조용히 하라고 눈치를 주었다. 할아버지가 가까이 다가오자 나는 이렇게 부탁했다.

"할아버지, 혹시 이 매듭 좀 풀어주실 수 있을까요?"

할아버지는 허허 웃었지만 내 부탁대로 소리를 내지 않고 매듭을 풀어주었다. 그 다음 할아버지는 두둑한 망태를 쥔 손을 등 뒤로 늘어뜨린 채 좁은 보폭을 느릿느릿 옮겨가며 그 자리를 떠났다. 할아버지 앞에 펼쳐진 흙길은 아름다웠고, 길고 작은 잿빛 굴곡들이 있었다. 나는 할아버지 뒤를 쫓기 시작했다. 할아버지가 나를 돌아보았다. 입에서 담뱃대를 떼더니 이렇게 물었다.

"그런데 넌 어디 가는 거냐?"

나는 좀더 가까이 달려갔다. 할아버지 손을 잡았다. 내 입에서 이 말이 튀어나왔다.

"할아버지랑 같이 가요."

우리는 사방에 꽃이 흐드러진 할아버지의 예쁜 집에 도착했다. 작은 할머니가 현관 계단에 앉아 있다가 나를 보고는 할아버지에게 물었다.

"아니, 이 애는 어디서 데려왔수?"

할아버지 입이 수염 속에서 웃음 지었다. 할아버지는 어깨를 으쓱 고개를 까딱 하며 우리 뒤를 가리켰지만 여전히 내 손을 꼭 쥐고 있었다. 착한 할머니는 나에게 물었다.

"배 안 고프니?"

나는 그렇다고 했다. 그러자 사람 좋은 할머니는 마룻바닥에 난 뚜껑 문을 열어젖혔다. 할머니는 지하창고에서 딸기잼을 찾았다. 그리고 세상에 태어나 처음 보는 가장 하얀 빵을 잘라서 세상에 태어나 처음 먹어보는 최고의 우유와 함께 주었다. 얼마나 근사한 오후인가! 할아버지 할머니는 나에게 이것저것 물어보지도 않았다. 어쨌거나 '너 어디서 왔니?' '너 여기서 뭐 하는 거니?'를 꼬치꼬치 캐묻지 않았다. 우리 셋은 회랑에서 서로를 바라보고 입가와 눈으로만 소리 없이 웃으며 참으로 즐거운 한때를 보냈다.

할아버지 할머니는 나중에 내가 그 집에서 거의 한나절을 보냈고, 그동안 우리 이모는 애가 타서 정신이 나갈 지경이었다고 말해주었다. 처음에 이모는 온 마을을 헤집고 다니며 이렇게 물었단다. "혹시 분홍 모자 쓴 아이를 보셨나요?" 그 다음에는 우물 속까지 들어가서 찾아봤단다. 그것 참 희한한 일이다. 나는 먼 길을 간 것 같지 않았는데…… 절대 멀리 가지는 않았는데…….

날이 어두워지기 시작하는데 문득 이모가 길 위에서 총총 걸음으로 다가오는 모습이 보였다. 이모는 작은 회초리를 들고 있었는데, 그 모습은 흡사 스스로 벌을 주려는 사람 같았다. 내 얼굴보다는 딱한 노인네들의 얼굴이 더 조마조마한 빛을 띠었을 것이다. 이모의 눈길은 아직도 천지사방을 헤매고 있었다.

아직 내가 있는 곳을 못 보았던 것이다. 길 이쪽 관목 숲에 숨으면 이모에게 들키지 않을 것 같았다. 몸을 제대로 숨길 겨를이 있었더라면 아마 좋았을 것을. 그러나 이모는 고개를 들다가 라일락꽃 사이에 동그마하니 솟은 나의 분홍 모자를 보고야 말았다. 이모 얼굴에서 주름이 대번에 펴졌다. 이제 화난 눈도 아니었다. 이모의 걸음이 빨라졌다. 손에서 회초리가 떨어졌다.

나는 그 앞으로 뛰어가 이모와 손을 맞잡았다.

결혼 방해작전

엄마와 나는 서스캐처원행 기차에 몸을 실었다. 우리는 혼사를 엎기 위해 그곳에 가는 길이었다.

기억난다. 어느 날 저녁, 아버지가 두호보르파*들이 사는 지역으로 출장을 갔다가 돌아왔는데 얼굴이 아주 해쓱해서는 흥분하고 신경이 곤두서 있었다. 아버지가 엄마에게 말했다.

"에블린, 당신이 거기 가야겠어. 그 애가 제정신을 차리게 해줘. 나도 어지간히 해봤어. 하지만 당신도 나를 잘 알잖아. 내가 너무 과격하게 나갔던 게 틀림없어. 내가 말하는 요령이 워낙 없어서. 에블린, 당신이 가. 무슨 수를 써서라도 이 결혼을 막아야 해."

그러자 엄마가 말했다.

***

✣ 러시아 농민들 사이에서 18세기에 널리 퍼진 한 종파. 이들은 성경을 비롯해 모든 외부의 권위를 거부하고 개인이 직접 신의 계시를 받는 것을 중요하게 여겼다. 1886년부터는 '세계동포그리스도교공동체(Christian Community of Universal Brotherhood)'라고 알려졌고, 영국 퀘이커교도들이 모은 기금으로 1899년까지 7500명이 캐나다로 이주했다. 캐나다 정부는 그들에게 서스캐처원에 좋은 조건으로 땅을 마련해주고 징병도 면제해주었다.

"어린애는 어쩌고요, 에두아르!"

내가 태어난 다음부터 엄마는 단 하루도 내 곁을 떠나지 않았다. 아빠는 이렇게 대꾸했다.

"데리고 가. 당신 표는 나한테 있어. 애는 아직 차표를 사지 않아도 될 거야…… 기껏해야 반액 정도 내겠지!"

기차표를 사지 않아도 될 만큼 어려서 편했다. 그 무렵에 나는 여행을 아주 많이 다녔지만 워낙 어렸을 때라서 대단한 추억은 남아 있지 않다. 그러나 그 여행만은 예외였다.

우리는 기차를 타고 한참을 갔다. 엄마는 손을 치마에 얹고 내 맞은편에 앉아서 차창 밖 풍경에는 조금도 눈길을 주지 않았다. 엄마는 조지아나 큰언니에게 할 말을 준비하고 계셨던 게다. 나는 조지아나 언니를 자주 보지 못했다. 언니는 내가 태어나기 한 해 전에 아이들을 가르치러 서스캐처원으로 떠났기 때문이다. 집에 언니 사진이 한 장 있었다. 사진 속에서 언니는 검은 머리를 두 갈래로 야무지게 땋고 동그랗게 말아서 귀 위에 리본으로 묶었고, 눈동자는 무슨 말이라도 하듯이 호소력이 넘쳤다. 사진에서도 조지아나 언니는 금방이라도 벌떡 일어나 '나야'라고 외치고는 깜짝 놀라는 사람들을 보며 깔깔 웃음을 터뜨릴 것 같았다.

엄마는 플러시 천으로 덮인 좌석에 앉아서 이따금 화난 듯한 표정을 지었다. 눈썹을 가운데로 모으고 잔소리를 늘어놓을 때처럼 입술을 달싹거렸다. 그 다음에 엄마는 아버지가 한 말을 떠올렸을 것이다. 다정하게…… 인내심을 잃지 말고……

엄마 얼굴이 갑자기 애원하는 분위기, 정말로 불쌍한 표정으로 변했기 때문에 그렇게 생각한다. 속으로 꿍꿍 혼잣말을 하는 엄마를 보고 있자니 나도 몹시 슬펐다.

하지만 나는 거의 내내 차창에 얼굴을 딱 붙이고 있었다. 정말 신기했다. 꼭 한밤중에 기나긴 여로를 달려가는 듯한 느낌이 들었고, 지금까지도 그랬던 것만 같은 느낌이다. 그러나 분명히 우리의 기차 여행은 대부분 낮 시간에 이루어졌다. 그밖에도 불에 탄 식빵 같은 그 고장 특유의 빛깔이 기억난다. 정말 밤에 여행을 했다면 그런 빛깔을 보지도 못했을 것이고, 그 빛깔이 땅 그 자체와 건초의 색깔이라는 것도 몰랐을 것이다. 그 고장은 평지만 한참 나오다가 나중에 조금 울퉁불퉁해지는가 싶더니 다시 완전히 평평해졌다. 진한 빨간색으로 칠한 밀 저장 승강기 주위에 목조 가옥들이 옹기종기 모여 있는 작은 촌락들이 보였다. 나는 어떤 특정한 추억과도 연결되지 않는 '에스테반Estevan'이라는 단어를 이 여행에서 처음 알았을 거라고, 아마 들판에 자리 잡은 조그만 역 간판에서 그 단어를 읽었을 거라고 항상 생각해왔다. 나는 탑 위에 검은색으로 높게 쓰여 있는 글자들도 읽었다. '매니토바 밀 생산조합' …… 나중에는 글자들이 '서스캐처원 밀 생산조합'로 바뀌었다.

"서스캐처원에 왔어요?"

나는 엄마에게 물었고 기분이 좋아지려고 했다. 한 주에서 다른 주로 건너간다는 것이 엄마와 나를 완전히 변모시키고 아마도 행복을 안겨줄 만큼 대단한 모험으로 여겨졌기 때문이다.

그러나 엄마는 매니토바나 서스캐처원이나 서럽기는 마찬
가지라는 듯 무심하게 그렇다는 손짓만 해 보였다. 엄마도 나
처럼 모험을 좋아하는 사람이었는데도 말이다.

우리는 기차에서 내렸다. 그때는 정말로 밤이었던 게 틀림
없다. 사라져가는 불빛, 아마도 기관차의 헤드라이트 빛에 비
추어 역 간판을 읽었던 기억이 난다. 역 이름은 쇼너본이었다.

우리는 조지아나 언니 집으로 가는 기차를 갈아타기 위해
한참을 기다렸다. 희미한 조명의 대합실에서 엄마와 나는 나란
히 앉아 있었다. 엄마는 나를 엄마 외투로 꼭 감싸고는 잠을 자
라고 했다. 하지만 잠이 오지 않았다. 이제 역 이름이나 밀 승
강기에 씌어 있는 단어들을 읽으며 소일할 수도 없었기 때문에
나는 우리 둘만 벤치에 뚝 떨어진 듯 낯설고 음울한 서스캐처
원에 대한 일종의 두려움에 사로잡혔다. 엄마는 종종 내가 잠
이 들었다고 생각했는지 아니면 그냥 달래주려고 그랬는지 손
으로 내 뺨을 어루만졌다…… 엄마의 결혼반지인 금가락지에
뺨이 약간 긁히는 것 같았다…….

하지만 나는 생각이 많았다. 다짜고짜 엄마에게 질문을 던
졌다.

"결혼은 하면 안 되는 거예요?"

그러자 엄마는 어떨 때는 괜찮다고, 심지어 굉장히 좋은 결
혼도 있다고 했다.

"그런데 왜 어떻게든 조지아나 언니가 결혼하는 걸 막아야
해요?"

"네 큰언니는 결혼하기에 너무 어려."

"결혼은 늙어서 하는 거예요?"

"그래도 너무 늙어서 하면 안 돼."

그러고서 엄마는 말했다.

"괜히 그런 생각으로 고민하지 마. 아직은 바로잡을 수 있어. 일이 잘 되도록 기도나 하렴."

엄마는 친절하게도 우리 여행의 목적에 나를 한몫 끼워주었다. 하지만 나는 드디어 졸음이 왔다. 아마 엄마는 나를 안고 기차를 타고, 나중에 조지아나 언니가 사는 집까지 안고 갔을 것이다. 왜냐하면 눈을 떠보니 침대에 누워 있었고 바로 옆방에서 엄마와 조지아나 언니가 벌써부터 실랑이하는 소리가 들렸기 때문이다.

그 장면은 한밤중이었던 것 같다. 거의 확신할 수 있다······ 어쨌거나 그 여행은 온통 빛이 희박했던 기억으로, 다시 말해 진짜 빛다운 빛이 없는 어슴푸레함으로, 기차가 달리는 소리, 그리고 나중에는 날카롭게 터지는 목소리가 파고들던 모호한 색채로 남아 있다.

엄마는 아빠가 그렇게나 열심히 권고했던 말을 다 까먹었던 모양이다. 엄마가 이렇게 말하는 소리가 들렸다.

"막내가 깨니까 너무 큰 소리로 말하지 마. (그러면서 엄마는 언성을 높였다.) 조지아나, 엄마 말 들어. 엄마는 인생을 살 만큼 살아본 사람이야. 아버지 말씀이 그 남자는 별 볼일 없다고 하시더라."

"그렇지 않아요."

조지아나 언니가 말했다.

그러자 엄마 목소리가 더 커졌다.

"불행을 자초할 일에 왜 고집을 피우니?"

조지아나 언니는 한 말을 또 하고 계속 같은 말만 했다.

"그 사람을 사랑해요. 결혼할 거예요. 저는 그 사람이 좋아요……."

그 후로 나는 거의 평생 동안 누군가가 두려움으로 가슴 졸이지 않고 그렇게 '사랑해요……'라고 하는 말을 들어보지 못했다. 그토록 벌거벗은 그 사람을 나의 두 팔로 감싸주고 싶었던 적이 달리 없었다…….

조지아나 언니, 엄마에 맞서서 그 편이 되어주기에는 큰언니를 너무 잘 몰랐다. 그렇지만 누군가가 꼭 언니 편이 되어줘야 할 것만 같은 생각이 들었다. '그 사람을 사랑해요. 잘 들으세요, 그 사람을 사랑한다고요! 아무도 내 마음을 돌릴 수 없어요'라고 줄기차게 외치는 그 목소리의 당당함 때문에라도 그래야만 할 것 같았다.

그러자 엄마는 이렇게 말했다.

"딱하구나, 조지아나. 넌 사랑이 천 년 만 년 간다는 듯이 말하는데…… 사랑이 끝나고…… 그 자리를 대신할 것이 없으면…… 그게 얼마나 끔찍한지 아니?"

엄마와 언니는 걸으면서 말을 하기도 하고, 서로 다가갔던지 아니면 반대로 멀찍이 물러났던 것 같기도 하다. 내가 있던 방 벽에 두 사람의 그림자가 노닐고 있었다. 램프는 내 눈앞에 그들의 몸짓을 드리워 보였고, 나는 결국 엄마의 몸짓에서 비통함을 알아보았으나 조지아나 언니의 몸짓은…… 이따금 엄마는 답이 안 보인다는 듯이 두 손을 번쩍 치켜들곤 했다.

조지아나 언니 집에서 분명히 며칠을 더 있었을 텐데 그 날들은 거의 아무것도 기억나지 않는다. 우리가 다시 기차에 몸을 실었고 작전에 실패한 것처럼 보였던 그 순간 외에는 그 여행에서 기억나는 게 없다.

나는 왔던 길을 똑같이 거꾸로 돌아갔지만 서스캐처원의 진빨강 촌락들, 밀밭, 커다란 검은 글씨가 있는 곡물 승강기는 올 때와 사뭇 달라 보였다.

하지만 우리는 엄청난 모험에 휘말렸다.

두호보르파들이 정부 법에 항거하기 위해 우리가 탄 기차가 지나갈 철교를 불태웠던 것이다. 철교는 반쯤 숯이 되어버린 침목 몇 개에 레일이 간신히 걸쳐져 있는 수준이었다. 기차는 그 다리를 건널 수 없었다. 모두들 짐을 가지고 기차에서 내리라고 했다. 승무원들은 승객들을 강 건너편으로 보내려고 했다. 그러나 핸드카hand-car**에는 한 번에 대여섯 명밖에 탈 수 없었다. 어른들은 절대로 용감하지 않았다. 죽는다고 고래고래 소리를 지르는 사람, 신경발작을 일으킨 사람이 한둘이 아니었다. 그러나 나는 겁나지 않았다. 다리를 물 위에 늘어뜨리고 앉

** 펌프트롤리(pump-trolly)라고도 한다. 승객이 직접 동력을 제공해서 움직이는 차.

은 내 허리를 엄마는 꼭 안고 있었다. 철도회사 직원 한 사람이 수동으로 객차를 조종해서 제법 빨리 움직이게 했다. 나는 그런 상황이 재미있었다. 강을 건너면서 그렇게 물을 찬찬히 들여다보기도 처음이었고, 몽땅 타버리다시피 한 다리를 건너는 일도 처음이었다.

승객들은 두호보르파에게 단단히 화가 났다. 그들을 몽땅 감옥에 처넣을 기세였다. 또 어떤 사람은 이렇게 물었다. 어째서 우리나라 법도 따르지 않겠다는 놈들을 받아줘야 합니까? 나는 하마터면 그래도 우리 아버지는 두호보르파를 참 좋아한다고, 아버지가 그들을 서스캐처원에 정착시켰는데 못된 사람들은 아니라고 했다고 떠들 뻔했다. 엄마가 나에게 주의를 주며 입을 다물게 했다. 엄마는 지금 우리 아버지가 두호보르파랑 친하다고 사방에 광고할 때가 아니라고 했다.

강 건너편에 이르자 차장이 나와서 이제 곧 구조대가 올 거라고, 너무 마음 졸이지 말라고, 철도회사가 승객들을 보살피고 리자이나***까지 책임지고 데려가겠다고 말했다. 리자이나에서부터는 보통열차로 갈아타고 목적지까지 갈 수 있었다.

그쪽 강변에는 야트막한 언덕이 있었다. 모두들 그 언덕 풀밭에 퍼져 앉았다. 그때가 오후 나절이었을 것이다. 그 여행에서 햇빛을 본 기억은 그때뿐이다. 언덕에, 이제 화도 가라앉은 사람들의 얼굴에 햇빛이 비쳤다. 승객 중에 어린애는 나뿐이라

✠✠✠ 캐나다 서스캐처원 주의 주도(州都).

서 모두들 나에게 오렌지며 사탕이며 잔뜩 주려고 했다. 엄마가 선량한 아저씨 아줌마들에게 이제 더 이상 주면 안 된다고 간청할 정도였다. 언덕으로 한바탕 피크닉이라도 나온 분위기였다. 풀밭에는 군데군데 오렌지 껍질, 호두 껍데기, 유선지가 떨어졌고 사방에서 노래를 불러 젖혔다. 엄마와 나만 빼고 모두들 노래를 불렀다. 그때 나는 들꽃을 꺾어 자그마한 꽃다발을 만드느라 정신이 온통 팔려 있었지만 엄마는 자꾸 나를 불렀다. 그날의 엄마는 내가 옆에서 한 발짝만 벗어나도 싫은 기색을 보였다.

구조열차가 도착했다. 그래봤자 밀 승강기처럼 빨간색으로 칠한 상품수송 열차 두 칸이었고, 그 열차에는 커다란 문짝 외에는 트인 곳이 하나도 없었다. 승객들은 불만에 차서 "그래요, 참으로 회사가 승객들을 잘 책임지는군요. 우리를 화물차에 실어 보내시겠다!"라고 툴툴거렸다. 조금 있으니 금방 밤이 됐다. 서스캐처원에서는 유독 밤이 빨리 오는 것 같았다. 철도회사 직원이 회중전등을 흔들었다. 어둠 속에서 승객들을 안내하고 디딤판 없는 화물차에 무사히 올라탈 수 있게 도우려는 것이었다. 그 아저씨가 나를 번쩍 안아서 짐짝처럼 차 안에 실었다. 주변은 온통 암흑 천지였다. 일대에는 농가도 없었다. 가옥의 불빛이라곤 눈을 씻고 찾아봐도 찾을 수 없는 가없는 평원 천지였다. 그러나 철로를 따라 오가는 사람은 있었다. 철로 바로 옆에서 커다란 초롱 불빛이 달리고 있었다. 영어로 말하는 목소리들이 오갔다. "됐어요?…… 됐습니다…… 준비…… 다 됐어요……."

그때 누가 열차 천장에 전등을 매달았다. 그리 밝지는 않았지만 우리를 둘러싼 생나무판자들이 고스란히 보일 정도는 되었다. 승객들은 거의 모두 맨바닥에 앉아 있었다. 엄마와 나는 우리 트렁크를 깔고 앉았다. 엄마는 한 번 더 나를 외투로 꼭 싸주었다. 곧이어 열차가 달리는 느낌이 왔지만 겨우겨우 나아가고 있는 듯했다. 상당히 오래 써먹은 철로라서 손상이 되었던 모양이다. 커다란 문짝이 닫혔고 꿈결처럼 아득하게 조금씩 앞으로 나아가는 듯했으나 분명히 알 도리는 없었다.

누구에게 축음기와 음반이 있었던지 음악을 틀었다. 블루스, 재즈…… 커플들은 승객들이 양쪽으로 앉아 있는 마룻바닥의 얼마 안 되는 공간에서 춤을 추었다. 불빛은 희미했다. 커플들의 긴 그림자가 벽에서 춤을 추었다…… 앞으로 나섰다가 뒤로 물러나는 그림자들…… 이따금 그림자들이 서로 떨어졌다가…… 다시 한데 녹아들었다.

엄마 옆에 있던 노부인이 투덜거렸다.

"심하지 않나요? 젊은 애들이란! 한 시간 전만 해도 모르는 사이였는데 지금은 얼싸안고 있네요. 게다가 이런 때 춤이라니!"

그때 젊은이들은 한술 더 떠서 탱고를 추었다. 나랑 딱 붙어 있던 엄마 몸이 경직되는 것을 느꼈다. 내 머리는 엄마 어깨의 우묵한 고랑에 기대어 있었다. 엄마가 손을 들어 내 눈을 가렸다. 아마도 춤추는 커플들을 보지 못하게 할 요량이었으리라.

하지만 벽에서 아른대는 그림자들은 엄마의 손가락 틈새로도 보였다…….

나는 엄마에게 물었다.

"큰언니가 엄마 말을 안 들었어요? 엄마 말대로 큰언니는 불행해지는 건가요?"

엄마는 그렇지 않기를 바란다고 했다.

나는 엄마에게 결혼을 하려면 뭐가 필요한지 물어봤다.

"서로 사랑해야지……."

"하지만 조지아나 언니도 사랑한다고 했잖아요……."

"자기는 사랑이라고 생각하지."

"그런데 두호보르파는 왜 다리에 불을 질러요?"

"그 사람들은 광신도야. 자기들 딴에는 선한 일을 한다고 하겠지만 잘못된 길을 선택한 거란다."

"사람을 사랑할 때는 그게 정말 사랑인지 확실히 알 수 없는 건가요?"

"어떨 때는 모르지."

"엄마는요? 엄마는 알았어요?"

"엄마도 안다고 생각했단다."

그러고서 엄마는 벌컥 짜증을 냈다. 나에게 아주 화가 난 것 같았다. 엄마가 말했다.

"참 말도 많구나! 네가 신경 쓸 일이 아니야…… 그런 일은…… 다 잊어버려…… 잠이나 자렴."

노란 리본 자락

그 무렵 오데트 언니는 우리 집의 공주였다. 언니는 1년 동안 태팅에 심취했다. 태팅 레이스 뜨기 말고는 정말 아무것도 안 했다. 그 다음에는 라피아* 작업에 매달렸다. 이듬해에는 라흐마니노프의 전주곡 한 가지만 주구장창 피아노로 두들겨댔다. 이제 언니의 마음은 신비주의에 쏠려 있었다. 그래서 '가장 아름다운' 성모성월5월에 맞게 행동했고, 그 다음에는 예수성심성월6월에 참예했으며, 우리 집에 본떠서 만들어놓은 마사비엘 동굴**—하지만 사방 20마일 내에 돌덩이가 없어서 그냥 맨땅을 파서 만든—에도 경배했다. 철이 바뀔 때마다 이 동굴은 무너져 내렸다. 누군가 엄마에게 죽도록 일에 치여 살지 말고 오데트에게 집안일을 좀더 거들게 하면 되지 않겠느냐고 충고하면 엄마는 이렇게 대꾸했다.

"그 애는 나를 도와주고 있어요…… 우리를 위해 기도해주

✤ 라피아 야자의 섬유로 만드는 편물.
✤✤ 프랑스 루르드 성지에 있는 성모발현 동굴.

니까요."

그 당시에 나는 오데트 언니가 정말이지 기막힐 정도로 운이 좋다고 생각했다. 언니가 발목까지 치렁치렁하게 입고 다니던 알파카 치마가 생각난다. 언니는 뾰족한 앞코가 뱃머리처럼 살짝 들린 멋쟁이 장화를 신고 다녔다. 장화의 구두끈을 작고 까만 열 개의 단추에 채우기 위해 언니는 언니만의 특수한 갈고리를 사용했다. 오데트 언니는 '세일러칼라'라고 부르는 큼지막한 칼라에 소매를 화사하게 부풀린 블라우스도 많았다. 아주 얇은 비단 블라우스라서 코르셋이 비치지 않도록 안에 캐미솔을 받쳐 입어야 했는데, 그 캐미솔도 너무 얇아서 오데트 언니는 또 다른 속옷을 그 아래 한 겹 더 입었다. 하지만 내가 보기에 오데트 언니가 가진 것 중에서 제일 예쁜 건 언니가 단짝 친구 카르멜 언니와 자동차를 타고 외출할 때 입는 옷이었다. 카르멜 언니는 부잣집 딸내미였다. 오데트 언니는 젖빛 유리 비슷한 베이지색의 커다란 라글란 외투를 입고 ―언니는 그때부터 벌써 탐험가 같은 분위기가 났다― 얼굴가리개가 달린 빵모자 비슷한 모자를 썼다. 도로에서 일어나는 먼지를 막는 널찍한 베일을 늘어뜨릴 수 있는 모자였다. 오데트 언니는 시시때때로 그렇게 차려입고 카르멜 언니와 10마일도 더 떨어진 곳까지 외출하곤 했다.

아마도 나는 오데트 언니를 진심으로 좋아한다고 하기에는 지나치게 우러러보고 있었던 것 같다. 게다가 언니가 나를 부려먹는 몇 가지 일이 있어서 앙심마저 품고 있었다. 언니는 내

키가 작아서 식탁 아래로 들어가기 쉽다는 핑계를 대며 소용돌이를 그렸다 아라베스크를 그렸다 하면서 한 자리에서 뱅뱅 돌거나 나선형으로 돌면서 큼지막한 음식 부스러기를 치우게 했다. 그러면서 자기는 식탁 밑에 뭐가 떨어졌는지 잘 모르니까 내가 야무지게 앉아서 걸레질을 해야 한다고, 세공장식의 움푹한 데까지 꼼꼼하게 훔쳐야 한다고 했다. 게다가 식탁 다리만큼이나 들어갔다 나왔다 하는 난간 창살이 열여덟 개나 있는 계단 램프도 나보고 닦으라고 하면서 내가 일을 질질 끄는 데는 선수라고 했다!

그러나 무엇보다 나는 언니가 가진 것들이 샘나서 죽을 지경이었다. 예를 들어 언니가 쓰는 파란 방은 우리 집에서 제일 예쁜 곳이었다. 엄마는 오데트 언니는 스무 살이나 되었기 때문에 —나로서는 어떻게 그런 이유가 통하는지 이해가 안 갔지만— 그리고 언니는 정리정돈을 잘하기 때문에 그 방을 쓸 자격이 있다고 했다. 그랬다, 언니는 귀하고 신비로운 것을 작은 상자에 넣고, 그 상자를 다시 중간 크기 상자에 넣고, 그걸 다시 큰 상자에 넣는 식으로 내가 못 보게 잘 감추고 정리하는 감각이 틀림없이 있었다.

오데트 언니는 나에게 자기 방 문지방도 못 밟게 했다.

"한쪽 발을 들이면 그 다음날엔 두 발을 다 들여놓게 마련이지."

언니의 말이었다.

그럼에도 나는 언니 방 앞을 조금 떨어져 지나치다가 잘 닫히지 않은 서랍 끝으로 삐죽 나온 노란 리본 자락을 보고 말았다.

대번에 그 노란 리본이 갖고 싶어졌다. 그 마음이 어찌나 간절했던지 그 후로 다른 물건을 그렇게 가지고 싶어했던 적이 있었는가 싶을 정도다.

하지만 왜 그랬을까? 내 인형 머리에 묶어주고 싶어서? 아니면 덥수룩하기 짝이 없던 내 머리를 좀 꾸며볼 속셈으로? 까치밥나무 아래서 온종일 늘어져 자는 커다란 회색 고양이 목에 매어주고 싶어서? 지금도 모르겠다. 그저 노란 리본 자락을 향한 열망밖에는 잘 기억나지 않는다.

나는 즉시 모든 작전들을 검토하고 '진심을 담아 공손하게 구하면 반드시 얻을 수 있다'는 엄마의 가르침에 따르기로 했다. 나는 오데트 언니에게 곰살갑게 애교를 떨었다.

"우리 언니……, 착하고 예쁜 언니 데데트.[+++]"

"또 뭐가 아쉬워서 그래?"

언니는 내 수작을 단칼에 잘랐다.

"오데트 언니, 언니한테 예쁜 노란 리본 있잖아…… 그거 제발……."

나는 말을 이었지만 전쟁은 이미 시작됐기에 애교는 한수 접었다.

내 평생 오데트 언니처럼 비약이 심한 사람은 보지 못했다.

[+++] 오데트의 애칭.

언니는 당장 자기 멋대로 결론을 내리고는 꿰뚫는 눈으로 나를 수색하며 억울한 비난을 퍼부었다.

"남의 방을 왜 뒤져! 못된 것! 남의 물건이나 뒤지는 계집 애. 너 전에도 내 서랍 뒤져봤지?"

내가 이렇게 심한 말을 들을 이유가 없었던 것 같다. 나는 하지 말라고 하면 거의 항상 그대로 따르는 편이었으니까. 그러나 내게는 상상의 눈이 있었고, 서랍 구석의 리본 끝자락만으로도 그 안에 감춰 있을 법한 것을 죄다 그려보지 않았던가?

하여간 나는 너무 상처를 받아서 그 무렵 우리 집 정원 귀퉁이에 있던 오두막으로 가버렸다. 무대처럼 세 면밖에 없는 오두막이라 꼭 연극놀이를 하기 위해 지은 곳 같았다. 그래서 내가 완전히 몸을 숨기기에는 나무 벽이 모자랐다.

그 무렵 엄마는 전적인 기쁨도 아니고 슬픔도 아닌 어른 특유의 감정을 보이곤 했다. 이따금 엄마의 눈시울이 붉어져 있었다. 그리고 엄마의 —비록 좀 붓기는 했어도— 예쁜 갈색 눈속에서 너무도 다가가기 힘들고 낯설어서 두렵기까지 한 행복의 태양이 솟아오르는 것을 볼 수 있었다.

나는 엄마의 그런 모습이 보기 싫었다. 안정이 곧 사라진다는 조짐 같았다. 종종 엄마에게 다가가 왜 그러느냐고 물어보면 엄마는 "아무것도 아니야"라고 대꾸했다. 그러나 나는 엄마눈앞에서 사라지기라도 할 듯이 호기심을 번득이며 집요하게 바라보았다. 그러면 엄마는 나에게 가보라고 하면서 "넌 아직 너무 어려"라고만 했다.

그러던 어느 날 엄마는 의자 두 개가 마주보는 호박그네에 앉아 옷가지를 꿰매다가 나를 부르고는 이렇게 말했다.

"너도 중요한 소식을 알 때가 됐다. 너희 언니 오데트가 더이상 좋을 수 없는 최고의 선택을 했단다……"

나는 그 말에 조금도 놀라지 않았다. 항상 제일 좋은 걸 차지하는 언니가 앞으로도 계속 그럴 거라는데, 당연한 소리 아닌가.

나의 차분한 태도에 당황한 엄마가 설명을 했다.

"알겠니? 언니는 하느님을 택했단다."

이 말은 아까만큼 명확하게 다가오지 않았다. 그때까지 선택은 하느님의 몫이라고 생각했으니까…… 이를테면 소풍날에 소나기를 뿌리지 않기로 한다면, 그건 하느님이 그렇게 택한 것이고…….

엄마가 다시 입을 열었다.

"오데트 언니는 수녀가 될 거야."

순간 언니의 선택이 나에게 안겨줄 확실하고 놀랍고 기막힌 혜택이 보였다.

"그럼 오데트 언니는 자기 물건을 우리에게 다 주고 가겠네요?"

내가 종교적 소명이 무엇인가를 너무 통찰력 있게 꿰뚫어본 탓인지 엄마는 깜짝 놀라서 어느새 어른을 대하듯 내게 말하기 시작했다.

"오데트 언니는 모든 것을 포기할 거야. (그렇게 말하면서 엄마는 따뜻한 햇볕을 머금은 예쁜 나무들과 바닥에 지천으로 흐드러진 꽃들을 눈으로 훑었다.) 이 세상에서의 자기 몫을, 젊음과 자유까지 미리부터 내놓는 거란다."

그러나 나는 이 말을 '언니는 예쁜 노란 리본을 포기할 거야'로 해석했기에 기쁨을 감추기 힘들었다. 내 기쁨이 심술궂거나 때맞지 않다는 생각은 조금도 들지 않았지만, 당시 가족들이 복잡한 감정에 싸여 있는 것 같았기 때문에 나 역시 조금 혼란스럽기도 했고 상실감도 느껴졌다.

나는 슬슬 데데트 주위를 알짱대기 시작했다. 하루는 언니가 방 한가운데 트렁크를 내놓고 무릎을 꿇은 채 이것저것 끄집어내기에 문지방에 서서 구경을 했다.

"언니는 별로 떠나고 싶은 것 같지 않아."

내가 말했다.

언니가 너무 살갑게 미소를 지어서 나는 원피스 속에서 몸을 꼬며 주리를 틀기 시작했다. 은밀한 속셈에 눈이 어두워진 나는 언니가 다정하게 굴든 그렇지 않든 별로 개의치도 않았다.

"들어와도 돼. 아니, 들어오렴. 우리 미제르!"

나는 언니를 옆에서 바라보았다. 언니는 옛날 편지들을 읽는 데 푹 빠져 있었다. 어떤 편지는 찢어버리고 어떤 편지들은 그대로 언니의 그 여러 겹 상자에 넣었다. 그 시간이 언니에게 얼마나 외롭고 슬펐을지 나는 잘 몰랐다. 하지만 노란 리본 이야기는 일단 다음날로 미뤄두었다.

언니는 얇고 고운 블라우스, 단춧구멍이 열 개나 되는 멋쟁이 장화도 나눠주려고 트렁크에서 꺼내는 중이었다…… 언니가 드라이브용 외출복마저 꺼내는 것을 보았다.

"아, 언니. 그건 주지 마!"

내가 얼마나 충심으로 호소했던지 데데트는 잠시 무릎을 꿇고 가만히 있다가 내게 살짝 미소를 지어 보였다. 언니가 물었다.

"이제 내가 이걸 어디에 쓰겠니?"

언니가 자기 물건을 누구에게 줄 것인지 나에게 조언을 구해서 너무 행복했다. 나는 언니에게 내 의견을 기탄없이 제시했다.

"그럼 아녜스 언니에게 드라이브용 외출복을 줘."

"하지만 아녜스는 아직 너무 작아. 옷 안에서 헤엄을 칠걸."

"괜찮아. 아녜스 언니에게 줘. 누구한테 주면 좋겠느냐고 언니가 물어봤잖아. 나는 아녜스 언니에게 주라고 분명히 말했어."

하지만 그러는 와중에 내 문제는 전혀 진척을 보지 못했다. 나는 언니 옆에 바싹 붙어서 내 마음대로 상자도 들여다보고, 약간 뒤적거리기도 하고, 심지어 열어보기까지 했다. 하느님, 우리네 감정이 그렇게 뒤엉켜 있지만 않았더라면 나는 참으로 행복했을 것을!

다음날 나는 또 오데트 언니에게 바싹 붙었다. 이번에야말로 소기의 목적을 달성하고 언니가 두 손 가득 나눠주는 물건에서 내 몫—가장 보잘것없는 몫이건만—을 반드시 취하겠노라 마음을 단단히 먹은 터였다. 전날 저녁처럼 언니는 마룻바닥에 앉아 있었다. 하지만 언니의 두 손은 맥없이 풀려 있었고 눈은 먼 곳을 바라보고 있었다. 어른들이 시선을 고정한 채 아무것도 바라보지 않을 때, 그럴 때 그들 눈에는 과연 무엇이 비칠까?

어쨌거나 나는 갑자기 변덕스러운 충동이 일어났다. 내가 무슨 말을 하는지 똑똑히 의식하면서 나는 큰언니에게 이렇게 말했다.

"가지 마, 데데트. 그래도 우리는 언니랑 살 거야."

언니의 콧구멍이 벌름거렸다. 입술이 파르르 떨기 시작했다. 나는 언니가 왈칵 울음을 터뜨릴까 봐 겁이 났다. 하지만 아니었다. 언니는 미친 듯이 트렁크 바닥에 남아 있던 물건들을 마구 꺼냈다. 안에 뭐가 있는지 확인하지도 않고 상자들을 사방팔방으로 내던졌다. 나는 날아가는 상자들을 할 수 있는 대로 주시하면서도 노란 리본을 찾는 기색을 내비치지 않으려고 애썼다. 그 노란 리본은 언니가 전에 집어넣은 후 다시 보이지 않았기 때문이다. 하지만 상자들은 너무 빨리 날아갔고, 이제 내가 멋대로 뒤지거나 말거나 언니가 말릴 것 같지는 않았지만, 마음대로 해도 좋다는 식의 그런 태도는 기대하지도 않았던 터라 오히려 더욱더 그럴 수 없었다. 나는 오만 가지 생각에 사로잡혀 완전히 넋이 나가 있었다. 그중에서도 나를 가장 괴롭힌 생각은 언니가 자기 옷을 다 줘버리면 무슨 옷을 입고 떠날까라는 것이었다.

그때 언니가 서랍에서 까칠한 잿빛 면 꾸러미를 꺼내어 보여주었다.

"언니가 그걸 입는 거야?"

오데트 언니는 맞다고 했고, 나는 언니에게 솔직한 감상을 전했다.

"안 예뻐…… 그리고 따가울 것 같아."

언니는 나를 잡아끌었다. 사람 품에 안긴 새끼고양이 노릇은 싫었지만 나는 잠시 오데트 언니가 하자는 대로 가만히 있었다. 언니는 갑자기 정말 궁금하다는 듯이, 그날 전에는 나를 한 번도 제대로 본 적 없다는 듯이 내 얼굴을 찬찬히 들여다보았다. 언니는 손가락으로 내 머리를 빗어주려고 했다.

"넌 머리를 너무 안 빗어."

언니가 나무랐다.

언니가 그렇게 나무라는 게 하루 이틀 일은 아니었지만 그 말투가 너무 정겨워서 나는 더럭 불안해졌다. 내 인생의 슬픈 일들에 대한 기억, 아직도 잘은 모르지만 내가 정말로 싫어했던 것들에 대한 기억이 되살아났고, 나는 귀를 잡아당기기 시작했다.

"만날 귀를 잡아당기는 짓도 이제 하면 안 돼."

언니가 말했다.

그래서 나는 손을 어떻게 해야 할지 몰라 난처해하며 언니를 바라보았다.

언니를 그렇게나 졸졸 따라다녔으니 내 또래 아이답지 않은 애정표현으로 비쳤을 것이다. 어쩌면 오데트 언니는 나에게 그런 사랑을 받을 자격이 없다고 자책하고 있었을지도 모른다. 나는 그 어마어마한 착각을 박살내기가 망설여졌다. 그와 동시에 언니에게 비치는 내 이미지, 착하고 정이 깊은 막내 여동생의 이미지가 나 자신도 꽤나 마음에 들었다.

나는 고개를 푹 숙이고 노란 리본에 대해서는 일전 입을 다문 채 물러났다…… 그러나 언니가 떠날 날이 다가오고 있었다!

더 이상 언니가 혼자 있는 때를 노릴 수 없었다. 이제 언니는 친척과 친구들에게 인사를 다니느라 바빴다. 나는 좋은 기회를, 내 욕구를 드러내기 적절한 순간을 잡지 못한 것이 아쉬웠다.

하루는 우리 집에서 잔치라도 벌일 것처럼 푸짐한 음식을 준비했다. 모두들 자식을 주님께 바치는 것보다 더 큰 복은 있을 수 없다고 한마디씩 했다. 그럼에도 가까운 사람들, 친척들은 상에 차린 진미가 목에 넘어가지 않는 듯했다. 평소에 보기 힘든 요리들을 상다리가 부러지도록 차렸는데 아무도 입맛이 없다니, 참 안된 일 같았다.

그 다음에 차를 두 대 빌려서 오데트 언니와 카르멜 언니를 역까지 데려다주었다. 엄마는 언니들이 친구 따라 강남 가는 격이라고 했다. 오데트 언니의 트렁크가 먼저 떠났고, 나는 이따금 불안해졌다. 언니는 전부 다 포기했지만 혹시 그 노란 리본만은 가져가는 게 아닐까? 그 리본은 편지꾸러미에 묶인 채 작은 상자에 숨어서 몬트리올로 떠나는 게 아닐까?

높고 검은 돔 아래서 친척들은 모두 눈물을 흘렸다. 특히 우리 엄마는 "자식 하나를 하느님께 드렸으니 천국은 맡아두었구나"라면서 하염없이 울었다.

그때 나도 와락 울음이 터졌다. 정확히 왜 우는지도 몰랐다. 그 무렵 나는 상황에 따라서 혹은 남들 눈에 띄고 싶을 때 마음대로 울 수 있었던 모양이다. 하지만 정확히 바로 그날 이후로 나는 울고 싶지 않아도 울 수 있게 된 것 같다.

오데트 언니는 우리 모두에게 돌아가며 뽀뽀를 했다. 언니가 기차의 디딤판에 올랐다. 새 옷을 입고 머리를 곱게 빗은 나도 무리 중에 끼어 출발하려는 기차 바로 옆에 붙어 있었다. 갑자기 언니가 나를 번쩍 안아 올리고는 숨이 막히도록 끌어안았다. 언니가 나에게 말했다.

"그리슈푸알,†††† 안녕…… 잘 있어…… 예쁜 내 동생, 착한 아가!"

바로 그때 나는 말뚝에 몸을 비비는 새끼고양이처럼 언니목에 매달려 울면서 말했다.

"데데트…… 데데트…… 언니 노란 리본 있잖아…… 언니가 괜찮다면……."

"그래, 그래…… 네 방에 있단다."

---

†††† 우리말로 '투덜이' 정도에 해당하는 애칭.

언니는 기차가 떠나는 바람에 나를 플랫폼에 내려놓으며 말했다.

우리가 안 보일 때까지 오데트 언니가 손수건을 열심히 흔들었던 것은 나를 위해서, 그 누구보다도 나를 위해서였다.

그 후에 그 노란 리본이 어떻게 되었는지는…… 기억이 안 난다.

백일해

나의 백일해에 복이 있나니! 나는 연거푸 기침을 하고 온몸
이 새파래졌다. 입맛은 조금도 없었다. 폐는 이따금 공기를 들
이마시기 위해 비명을 질러댔고 엄마 말마따나 나는 '닭 울음'
을 울곤 했다. 그럴 때면 엄마는 옆에 바짝 붙어서 손으로 내
몸을 문질러주었다. 백일해는 어린애가 숨을 못 쉬고 닭처럼
울어대게 만드는 무서운 병이다. 그렇지만 발작적인 기침이 가
라앉고 나면 나는 친구들과 뛰어놀고 싶어서 안달이 났고, 애
들이 나하고 놀지 않으려고 해서 엉엉 울었다. 정말이지 백일
해는 내가 앓았던 모든 병치레 중에서 최악이었다. 다른 아이
들을 가까이 할 수 없었기 때문이다. 더욱더 서러운 것은 전염
병이고 뭐고 아무 생각 없는 아이들이 친절하게 다가와도 내가
알아서 그 애들을 거부해야만 한다는 것이었다. 방울을 딸랑딸
랑 흔들고 다니는 문둥병자처럼 나는 '나 백일해에 걸렸어. 그
러니까 나한테 가까이 오면 안 돼'라고 자진신고를 해야 했다.

그때 아버지는 위니펙에 가서 나에게 해먹을 사주었다.

나는 회랑에 있는 작은 의자에 앉아서 대부분의 하루를 보냈다. 키 작고 샘 많은 할머니처럼 쪄 죽을 것 같은 더위에 니트를 걸치고 궁상을 떨면서…… 샘나고 분통이 터졌다! 그런데 아빠가 커다란 꾸러미를 팔에 안고 돌아왔다. 아빠가 꾸러미를 펼치자 반짝반짝 예쁜 색깔의 줄을 엮어 만든 해먹이 보였다. 빨강 끈, 파랑 끈…… 노랑 끈도 있었던 것 같다. 아빠는 회랑 지붕을 떠받치는 두 기둥 사이에 해먹을 달아주었다. 이제 해먹에 누워 있으면 햇볕도 쬐었다 시원한 그늘도 누렸다 할 수 있다고 아빠는 말했다. 그러고 나서 아빠는 회랑 가까이 있던 나무 한 그루에 끈을 달아주었다. 해먹에 누운 채 그 끈을 살짝 잡아당기면 내가 힘들이지 않고도 해먹을 왔다갔다하게 할 수 있었다. 아빠는 나를 태우고 시험을 해봤다. 과연 끈을 살짝 당기기만 하면 느긋하고 잔잔한 파도에 실린 듯 해먹의 옆질에 흔들거렸다. 엄마는 해먹에서 쓸 베개를 가져다주었다. 해먹에 늘어져 있으니 모두들 내가 거기서 얼마나 기분 좋게 지내는지 살피러 왔다.

하지만 백일해에 그 정도로는 어림없었다. 아빠는 위니펙에서 또 다른 물건을 가져와서 내 눈앞에 펼쳐 보였다. 앓느라 기운이 다 빠진 나조차도 꽤나 희희낙락했다…… 너무 행복해서 웃음이 절로 터졌다…… 그건 바로…… 그 물건을 기억할까? 나는 아직도 그 물건의 정확한 명칭은 모른다…… 나는 그걸 '노래하는 유리상자'라고 불렀다. 아주 얇은 채색유리판들이 위쪽으로 느슨하게 합쳐진 장난감인데, 조금만 바람이 불어도 유리판들이 움직이고 서로 살짝 부딪치면서 기묘하고 예쁜 소리를 냈다. 몇몇 친구들 집인가, 하여간 그 어디에선가 그런 매혹적인 음악 같은 소리를 들은 적이 있었다. 아마 내가 들었던 소리는 문 위에 붙어 있던 작은 주명종에서 난 소리였을 것이다. 어쨌거나 그때부터 나도 그런 소리가 나는 물건이 있으면 좋겠다고 소원을 삼은 터였다. 그랬다. 나는 온 마음으로 아이들의 귀에 맞는 그 음악을, 복잡한 음표도 없고 뚜렷한 가락도 없지만 변화무쌍하고 낭랑하며 이국적으로도 다가왔던 그 음악을 간절히 바랐다. 그 음악이 울려 퍼지면 미지의 숲, 아마도 대나무 숲도 길을 터주고 원주민들은 대나무 사이로 물러날 성싶었다. 그 물건이 비싸고 좀체 구하기 힘든 것이었나? 나는 오랫동안 부모님을 졸랐지만 소용이 없어서 더 이상 입에 올리지도 않고 있는 터였다.

나는 눈으로 아빠의 일거수일투족을 쫓았다. 아빠는 발판을 놓고 올라서서 회랑 천정에 그 유리 주명종을 달아주었다. 내가 해먹에 누워서 고개만 까딱하면 얇은 유리판들이 바르르 떨리는 모습을 구경할 수 있게 말이다. 내가 그 작은 음악이 흘러나오는 원리를 알아내기 위해 몇 시간 몇 주나 매달렸는지 모른다. 가볍게 떨리는 판이 요것일까? 저 빨간색 판이 제일 맑고 높은 음을 내는 걸까? 그렇다면 음악소리는 어떻게 나오는 걸까?

그게 다 시간 낭비였을까? 그렇다면 쓸데없는 의문과 아무것도 아니지만 자꾸 파고들게 되는 질문의 시간은 어째서 가장 보람 있는 세월처럼 우리네 영혼에 되살아나고 끊임없이 되돌아오는가!

나는 여름 내내 그해 여름이 거의 다가도록 해먹에 처박혀 지냈던 모양이다…… 그러나 나는 그 여름이 그저 무덥고 조용한 한 순간처럼, 해처럼 환하고 가녀린 음악소리에 고정된 찰나처럼 기억된다.

처음에는 어쩌다 좀 나아졌다 싶을 때마다 해먹에서 탈출하고 싶어했던 것 같다. 그래서 기둥들을 붙잡고 회랑 끝까지 걸어가곤 했다. 평범한 모양새의 우리 집은 앞쪽에 우뚝 선 새하얀 기둥들 덕분에 아주 거창해 보였다. 실제로 우아하기 이를 데 없는 기둥이었다. 그게 아니라면, 지금의 내가 옛 추억을 미화한 나머지 옹색한 데샹보 거리에서 그리스 신전의 그것처럼 웅장한 기둥을 보는 걸까? 어쨌든 나는 하얀 기둥들을 차례로 거쳐 다른 애들이 무슨 놀이를 하는지, 그 애들이 천막촌은 얼마나 지었는지 구경하러 나섰다. 친구들이 내가 없어서 아쉬울 텐데 하고 여전히 조금 걱정이 되기도 했다…….

시간이 좀 지나고 나자 나는 그 모든 일에서 동떨어져버렸던 것 같다. 이른바 인생의 한 단계를 급작스럽게 거쳤던 것이다. 해먹에 홀로 널브러져 그저 바람의 부침에 몸을 맡기다보니 훨씬 더 매혹적이고 희귀한 다른 놀이들이 보였다. 바람의 놀이도 그 한 예다. 바람이야말로 음악을 연주한 장본인이었으니까. 바람은 전화선, 가장귀, 풀잎 몇 오라기 혹은 빨랫줄을 감는 도르래를 희롱하는 것만으로도 서로 또렷이 구분되는 근사한 소리를 뽑아냈다. 아마도 바람은 전화선을 갖고 노는 게 제일 재미있었나보다. 머나먼 도시에서 전화선을 타고 온 듯 곡조를 띤 노랫말이 어렴풋이 속살대는 기나긴 대화처럼 들리는 것 같았다. 내가 자연에서 그토록 줄기차게 사랑했던 모든 것은 거의 모두 그 시절에 발견한 것들이다. 나무 발치에 누워 올려다본 나뭇잎들의 움직임. 나뭇잎의 뒷면은 자그마한 짐승의 배때기처럼 한결 부드럽고 색이 희미해서 앞면보다 수줍음이 많아 보였다. 결국 그때부터 내 생애의 모든 여행은 과거로의 회귀에, 해먹에 누워 굳이 애쓰지 않고도 얻을 수 있었던 그 모든 것들을 다시 한 번 붙잡기 위한 몸부림에 지나지 않았다.

그러나 가장 순수한 경이는 언제고 몰입할 수 있었던 바로 나 자신에게 있었다. 그러한 경이로움이 너무 가까이 있어서 도리어 눈에 띄지 않고 넘어갈 수도 있었으리라. 어째서 최고의 친구, 가장 각별한 동반자는 자기 자신이라는 것을 진작 깨닫지 못했는지. 고독은 이 유일하고 진정한 벗과 마주할 뿐이거늘 어째서 그토록 고독을 두려워하는지. 그 벗이 없다면 인생은 온통 사막 아니겠는가.

달리고, 줄을 타고 뛰어내리고, 죽마를 타고, 헛간에서 기어다니는 놀이는 금세 김이 새고 시들해질 뿐이라고 말해주지 않았다. 그렇지만 하늘에서 하얀 성을 보고 하얀 말을 탄 기사가 그 성에 도착하는 모습을 보는 놀이는…… 앞으로 다가가면서 갈기와 다리가 차차 흩어지는 말의 모양을 지켜보는 놀이는…… 그러다가 성과 말이 갑자기 햇빛에 스러지는 광경이란…… 아니면 해먹을 쾌속범선이라고 상상하며 남쪽 바다에 도착하는 놀이…… 그럴 때면 벌써 섬 주민들의 북소리가 귓전에 울려 퍼졌다. 섬의 여왕은 우리에게 작은 거북 요리와 열대 과일을 한 상 차려주고, 벌거숭이 흑인 꼬마는 야자나무 꼭대기에서 바람이 부는 대로 깃털처럼 간들간들 흔들린다…… 아, 그런 것들이야말로 심취할 만한 가치가 있는 놀이다!

나는 이따금 고뇌에 빠지는 놀이도 했다. 우리 집 식구들이 몽땅 죽는다고 상상해보았다. 우리 집 문짝에는 하얀 크레이프 천이 드리워지고 사람들이 우리 식구들의 관을 둘러싸고 묵주기도를 바쳤다. 가끔은 움직임이 사라진 내 얼굴에 끼얹은 성수에도 투덜거렸다. 그 다음에는 신나서 희희낙락하는 놀이로 넘어갔다. 애통해하는 친척과 친구들을 돌려보내고 죽은 자들을 부활시켰다. 나는 그들을 기려 잔치를 벌였고, 우리는 파란 자두만 먹어댔다.

나는 꾸벅꾸벅 졸면서 이 꿈에서 저 꿈으로 날아갔다. 가끔은 무의식적인 꿈속까지 백일몽의 섬세하고 가벼운 얼개를 끌고 갔다. 마찬가지로 심해의 꿈마저 깨어날 때까지 나를 쫓아와서는 새롭게 떠나려는 여행에 뒤엉켜 들어왔다. 해먹의 흔들림은 이야기의 씨줄과 날줄을 엮는 데 도움을 주었다. 희한하지 않은가. 느긋하고 잔잔한 움직임에 상상력이 실린 듯 리듬을 타다니! 아주 처음에는 한들한들 가벼운 미동으로 충분했다. 처음에는 염려가 되기도 하지만 딱히 애쓰지 않고도 리듬을 타기에 이르면 그런 마음은 사라진다. 어쩌면 그런 휴식은 흔들림을 몸으로 익힌 사람들밖에 모르리라!

그러나 이따금 축 늘어진 내 손에서 끈이 떨어졌다. 바람이 입을 다물고 뜨거운 숨이 내 위로 스쳤다. 나는 돛단배들이 엎어지는 사르가소 해에 나와 있는 듯했다…… 백일해를 앓고 있으니 학교에서 배운 공부나 책에서 읽었지만 잊은 줄 알았던 내용이 별로 노력하지도 않았는데 잘 생각났다. 적어도 그 점은 좋았다. 희망봉, 드레이크 제독, 퀸엘리자베스 호의 선장…… 월터 롤리 경! 이런 이름들이 내 친구가 되어준 때가 얼마나 많았는지 모른다. 무슨 뜻인지 전혀 몰랐음에 분명한 단어들, 그냥 어감만으로 너무 좋아서 여름 내내 읊조렸던 단어들도 있었다. '엘도라도'도 그런 단어 중 하나였다.

그래서 이따금 해먹은 움직이지 않았다. 나의 돛단배들이 무너졌다. 내가 무의식적으로 육지에 돌아오기 싫다고 우는 소리를 했던 모양이다.

바로 그때 누군가가 지나가면서 해먹을 살짝 밀어주었다. 식구들은 벌써 내가 모르핀중독자처럼 움직이는 해먹에 중독된 줄 알고 있었나? 밋밋한 부동不動이 내 꿈을 깨뜨리는 줄 알고 있었던 걸까? 어떤 손이 해먹을 조금 흔들어주었다. 이따금 누군가의 얼굴이 해먹에 파묻힌 내 얼굴에 가까이 다가왔고, 볼이 푹 꺼졌다느니, 너무 여위었다느니, 살이 빠져 눈밖에 안 보인다느니 하는 소리가 들렸다. 하지만 나는 눈을 꼭 감고 있었는데, 그러면 내 얼굴에서 보이는 건 뭐가 있었을까? 식구들은 또 내가 여덟 살인데 이제 네 살 때 몸무게밖에 안 나가겠다고 했다. 그러한 퇴행이 식구들의 근심을 샀다. 그러나 나는 오히려 이 역방향의 진행이 흥미로웠다. 그렇게 뒷걸음질 치다보면 내가 세상으로 나온 그곳까지 돌아갈 수 있지 않으려나? 나는 자유로웠고, 한없이 가벼웠으며, 언제나 여행 중이었다!

그랬다. 그들은 자주 나를 들여다보았다. 누가 나를 들여다보는지 빤히 알고 있었으므로 내처 눈은 감고 있었다…… 아마 숨소리만 들어도 알았던 것 같다. 나도 모르는 어떤 신비로운 애정의 빛이 꼭 감은 눈꺼풀도 뚫고 들어오는 듯했다…… 알리시아 언니, 아니면 아녜스 언니, 때로는 둘이 동시에 다가왔다. 일단 그 얼굴들에서 뿜어나오는 빛을 알아채고 나면 너무 아름다워 감당이 안 되었기에 나는 눈을 뜨지 못했다.

하긴 나는 처음부터 알지 않았나. 바람 쐬는 해먹, 유리상자의 음악, 해먹을 밀어주는 손길…… 그 모든 행복으로 인해 내가 병을 이기고 살아남을 자격은 있지 않았나…….

타이타닉 호

거대한 배가 바다에서 침몰했다. 오랫동안 몇 년에 걸쳐 그 이야기가 매니토바 주의 우리 집에서 저녁나절이면 화제에 오르곤 했다. 정말 아무것도 아닌 일로, 이따금 날카로운 바람 소리가 나거나 해도 그 일을 떠올렸다. 아마 그날 저녁도 폭풍이 거세게 몰아친 탓에 우리는 평소보다 더 불행한 사건에 마음이 쏠릴 수밖에 없었으리라.

처음에는 회랑 쪽에서 우리 모두에게 낯선 발자국 소리가 들렸다. 누군가 장화의 눈을 털면서 주방 문으로 다가오고 있었다. 날씨가 아주 추울 때면 우리는 그쪽으로 더 주위를 곤두세웠다. 뒷문에만 등이 달려 있어서 사람들이 그쪽으로 드나드는 게 더 마땅하다고 여겼는지 앞문보다 그쪽을 더 자주 이용했기 때문이다. 그리고 이 이야기를 해두어야겠는데, 잠깐 사이에 폭설이 퍼부으면 회랑에 들어온 눈을 미처 다 치우기가 힘들었다. 그래서 최단경로를 만들었는데, 주방으로 통하는 좁은 길 하나만 덩그러니 내놓는 격이었다. 바람을 가르고 발자국 소리가 들리는가 싶더니 어느새 그 소리는 바로 지척에 와 있었다. 엄마가 퍼뜩 소스라쳤다. 엄마는 그날 밤에는 기어이 위험한 일이 발생할 수밖에 없다는 듯이 말했다.

"주여, 도대체 누굴까요?"

문이 벌컥 열리고 몰아치는 광풍 속에서 온몸을 털가죽으로 휘감은 한 남자가 나타났다. 너구리 모자를 눈까지 푹 눌러 썼고 털로 안을 댄 조끼 깃을 세운 남자였다. 그 사이로 얼마 보이지 않는 얼굴은 추위에 벌겋게 되었지만 그래도 웃음기를 띠고 있었다. 눈동자가 반짝였고 작은 콧수염은 빳빳하게 얼어붙어 있었다.

"세상에…… 마조리크잖아!"

엄마는 시골에서 도시로 물건을 사러 온 막내 남동생을 알아보았다.

"들어와라. 이런 날씨에 어떻게 왔어. 어쨌든 얼른 와. 어서 들어와서 몸부터 녹여."

그리고 나서야 엄마는 사람들을 소개해야겠다고 생각한 것 같다. 그날 저녁 우리 집에는 엘리 아저씨라는 사람과 그 부인 클레망틴 아줌마가 와 있었기 때문이다. 그 두 사람은 라살이라는 마을에서 왔는데, 그들도 도시에 올라올 때면 우리 집으로 피신하곤 했던 것 같다. 그 다음에 엄마는 우리들이 있는데도 바람이 얼마나 거센지 살펴봐야 한다는 이유로 한 시간에도 몇 번씩 문을 열어보며 날씨에 대해 알렸다. 매니토바 주의 겨울을 보내는 우리에게 날씨보다 더 흥미로운 주제가 무엇이었겠는가! 날씨야말로 가장 불가해하고 가장 직접적으로 와 닿는 적이었으니.

"끔찍하군. 완전 돌아버리겠어."

마조리크 삼촌이 말했다.

털조끼를 벗으니 삼촌은 훨씬 젊어 보였다. 검은 눈동자가 번득이고, 검고 숱 많은 머리칼에 한 갈래 오솔길처럼 가르마를 탄 삼촌은 날씬하고 하루하루가 행복한 청년 같았다.

"이런 밤에 바다에 나간 사람들은 고역이겠어."

삼촌은 엄마에게 말했다.

소소한 것들, 또 그렇게나 소소한 단어들을 삼촌은 특히 우리 엄마에게 넌지시 건네기 좋아했다.

하지만 얼어붙은 들판, 차가운 들판만으로는 우리가 고립된 기분을 느끼기에 부족하다는 생각이 어디서 뚱딴지처럼 나왔을까? 대륙의 가장 안쪽에 처박힌 우리 같은 사람들이 꼭 그렇게 망망대해를 떠올려야 했을까? 우리의 상상력이 풍부한 탓이었던가, 오지랖이 넓어서 그랬던가? 그늘진 데 몸을 약간 숙이고 있던 엘리 아저씨가 입을 열었다.

"타이타닉 호가 침몰한 것도 꼭 이런 밤이었을 테지요?"

아저씨의 부인은 남편 앞에서 자기 견해를 드러내는 법이 없었다. 그런데 그날 밤만은 그 아줌마도 조금 자기 의지대로 행동하는 것처럼 보였다.

"그 근사한 여객선이 '선체와 그 소유를 다 잃고' 침몰한 밤은 이보다 더 안개가 자욱하지 않았을까요?"

나는 아줌마의 말을 새겨들었다. 사람에게 '몸과 마음을 다 잃었다'고 하듯이 '선체와 그 소유를 다 잃었다'고 표현해서 흥미로웠다. 하지만 그보다 안개가 무엇인지 궁금했다.

"안개요?"

한 사람이 공기 중에 사방으로 넓게 퍼진 솜 같은 것을 안개라고 한다고 가르쳐주었다. 또 다른 사람은 안개가 우리 집 난로의 '오리' 굴뚝에서 나오는 미세한 연기처럼 생겼지만 훨씬 더 짙고 차갑다고 했다. 삼촌은 바다의 더운 공기가 흐르다가 차가운 물을 만나면 서로 섞이지 않으려고 싸운다고 했다······ 그럼, 서로 꼴 보기 싫다고 하얀 입김을 후후 불어서 생기는 게 안개일까? 나는 실제 사물을 딱 떨어지게 설명하기가 얼마나 어려운지 깨달았다. 그런데 엄마는 안개가 불행한 꿈이랑 좀 비슷하다고, 눈으로 볼 수도 없고 만질 수도 없지만 뭔가 위험이 닥쳤음을 알려주는 육감 같다고 했다. 보이지 않게 온통 희부옇게 막아놓고 매복한 위험······ 그래서 나는 뉴펀들랜드에서 멀지 않은 지점에서 그 대형 여객선이 맞닥뜨린 불행을 어느 정도 알아차릴 수 있었다.

"인간이 만든 선박 가운데 그보다 더 튼튼한 것은 없었지요. 그런데도 타이타닉 호는 침몰했습니다. 하느님은 인간의 오만을 항상 벌하시니까요."

엘리 아저씨가 말했다.

우리 집 주방에, 엄마의 재봉틀 바로 위에 바로 그 하느님이 계셨다. 성부 하느님 말이다. 그 그림 바로 밑에는 성가족화가 있었다. 마리아와 요셉은 앉아 있고 예수님은 어린 아이의 모습이었다. 성가족은 우리와 비슷해 보였고, 세 식구가 함께 있어서 행복한 듯했다. 나는 가끔 우리 집 커다란 난로에서 올라오는 온기를 성가족도 좋아할 거라고 상상하곤 했다. 하지만 성부 하느님은 구름에 휩싸인 채 혼자였다. 찡그린 눈썹 때문에 성부 하느님은 늘 우리의 허물을 들춰내고 싶은 사람처럼 보였던 것일까?

"승객들은 배에서 춤을 추었지요. 바다 한복판에서 춤을 춘 겁니다."

엘리 아저씨가 계속해서 말했다.

"그럼 배에도 춤을 출 수 있는 음악이 있나봐요?"

내 물음에 마조리크 삼촌은 꽤나 웃었지만 나를 놀릴 뜻은 전혀 없어 보였다. 오히려 삼촌은 이런저런 것들을 설명해주기 좋아했다. 삼촌은 설명을 참 잘했다. 집에 브리태니커 백과사전 한 질을 구비하고 있었기 때문이다. 매니토바의 시골 농가에서는 겨울에 할 일이 별로 없었다. 그래서 삼촌은 책을 파고들어 전화, 무선전신, 라디오가 어떻게 작동하는지 다 알아냈다. 삼촌은 우리 집에 올 때면 아주 예리한 비유를 동원해 그런 원리들을 잘 가르쳐주었다. 우리의 이해를 돕기 위해 직접 그림을 그리기도 했다. 삼촌은 또 나를 붙잡고 가르쳐주었다. 배에도 주방이 있고, 큰 솥이 있고, 서재와 거실이 있다고 했다. 그런 거실은 샹들리에와 생화로 꾸며져 있고, 승객들의 오락을 위해 마련된 온갖 종류의 활동, 계산을 하는 카운터, 선상 신문, 이발사, 마사지사, 승무원들이 다 갖춰져 있다는 것이었다. 요컨대 바다를 혼자 누비고 다니는 도시 같은 배였다나. 그날 밤에도 배가 가라앉으면서 휘황찬란한 불빛들이 바다에 쏟아지는 것 같았다고, 한순간이나마 검은 바닷물이 그래서 신이 난 듯했을 거란다……

삼촌이 타이타닉 호에 무엇 무엇이 있었다고 주워섬기는 내내 왠지 모르지만 자꾸 불편한 기분이 들었다. 하지만 나는 더 많이 알고 싶은 욕심이 더 컸다. 삼촌이 어떤 현대식 여객선들에는 수영장도 딸려 있다고 했을 때 나는 우스꽝스럽고 희한한 이미지에 사로잡혔다. 하지만 나는 전혀 웃지 않았다. 그보다는 한없이 너른 물에 배를 띄우고 그 안에서 다시 물을 받아 수영을 하는 승객들을 생각했고, 그러자 끔찍하고 낯선 공포가 떠올랐다. 마조리크 삼촌이 엘리 아저씨에게 이렇게 응수했다.

"실제로 승객들은 춤을 추었지요. 하지만 타이타닉 호에 탄 커플들이 대부분 갓 결혼한 부부들이었다는 점을 잊어서는 안 됩니다…… 선생님, 그들은 허니문이었다고요!"

그때 마조리크 삼촌은 내 눈에 떠오른 궁금한 빛을 바로 읽었다. 삼촌은 '허니문'이 무엇인지 가르쳐주었다.

"결혼한 지 얼마 안 되어서 서로 아주 사랑하는 시절이야. 모든 게 아름답게만 보이는……."

"그럼 나중에는 덜 아름다워 보이나요?"

사람들은 웃음을 터트렸지만 어색해했고 서로 눈치를 보는 것이 별로 정직해 보이지 않았다. 엘리 아저씨는 화가 나고 침울해 보였다. 마조리크 삼촌만 별로 안색이 바뀌지 않았다. 삼촌은 내게 부부가 서로 떨어져서 못살 것 같은 때가 허니문이라고, 시도 때도 없이 입을 맞추는 때라고 다시 설명해주었다.

그러자 엄마가 삼촌에게 눈치를 주었다. 삼촌은 노래 한 소절을 흥얼거렸다. 나는 타이타닉 호에 함께 오르며 행복해했을 그 딱한 사람들을 생각했다. 엘리 아저씨가 갑자기 신경질적인 웃음을 터뜨렸다. 아저씨는 타이타닉 호에 탔던 그 사람들에 대해 이야기했다.

"해머스타인…… 밴더빌트…… 뉴욕의 재계 인사들…… 그들이 타이타닉 호에 있었지. 백만장자들. 그 가엾은 사람들은 부자들이었어."

"그래요. 돈 많고, 잘나고, 젊고, 행복한 사람들이었죠."

삼촌이 말했다.

"그리고 그 사람들은 자기들이 탄 배가 그 어떤 위험도 이겨낼 거라고 생각했지."

엘리 아저씨가 말했다.

"튼튼한 배를 지은 게 잘못인가요?"

내가 아저씨와 삼촌에게 물었다.

엘리 아저씨조차도 내 질문에 깜짝 놀란 듯했다. 아저씨는 그건 아니라고 본다고 했다. 그 자체는 잘못이 아니지만 배가 튼튼하니까 하느님의 진노도 피할 수 있는 양 믿게 된 것 같다고 했다. 그런데 왜 엘리 아저씨는 그토록 하느님의 진노를 달가워하는 기색이었을까?

"애석한 일이죠. 선장은 그 일대에 빙산이 있다는 경고를 받았습니다. 그러니 선장이 속도를 좀 늦추라고 명령만 내렸더라도 승객들은 목숨을 구했을 거예요. 하지만 그러지 않았죠. 타이타닉 호는 당시로서는 굉장히 빠른 편이었던 정상 속도를 유지하면서 물살을 가르고 나아갔다고 해요."

삼촌이 말했다.

"빙산…… 그건 또 뭐예요?"

나는 이렇게 물었지만 그것이 무엇인지 알기가 겁났다.

마조리크 삼촌은 래브라도 빙하에서 어떻게 얼음산들이 떨어져 나왔는지, 그 얼음산들이 항로로 떠내려 오기 때문에 우리나라가 얼마나 운이 없고 가혹한지 설명해주었다. 그리고 빙산에서 물에 잠겨 있는 부분은 물 밖으로 보이는 일부의 일고여덟 배에 달한다고 했다.

그때 나는 아름답고 견고한 하얀 배를 분명히 보았다. 선창마다 환하게 불 밝힌 그 배가 우리 집 주방 벽에서 지나갔다. 그러나 엘리 아저씨 옆에서 래브라도 빙하에서 떨어져 나온 괴물 같은 얼음산이 그 배를 향해 똑바로 흘러갔다. 이제 곧 배와 빙하는 바다 한가운데 가장 끔찍한 지점에서 충돌할 터였다…… 한 번 더 그들에게 위험을 알릴 방도는 없었을까? 하지만 대양은 드넓다!

"타이타닉 호의 안개 경적이 그 두터운 침묵을 가르고 울려 퍼졌지…… 그러고는 한순간 메아리가 아주 가까이 있던 배로 되돌아왔어……"

삼촌이 말했다. 우리는 눈을 지그시 감고 있었다.

"날카로운 얼음 날이 타이타닉 호 한가운데로 파고들었지."

삼촌이 또 말했다. 엄마는 주변에 힘든 일이 있을 때처럼 나지막한 목소리로 이렇게 물었다.

"마조리크, 그 첫 번째 충돌이 있고서 타이타닉 호가 가라앉기까지 시간이 얼마나 걸렸대? 너 기억하니?"

"별로 오래 걸리지 않았어요…… 아마 20분 남짓이었을 걸요."

나는 벽시계를 쳐다보고 시곗바늘을 눈여겨보았다.

"그때 승객들이 〈주께로 가까이〉를 부르기 시작했다지?"

시간이 흐르고 있었다. 나는 또 물었다.

"배는 어떻게 가라앉는 거예요?"

엘리 아저씨도 나에게 이것저것 가르쳐주는 데 재미를 붙였다.

"배가 가라앉으려면 먼저 기울어지지. 물 위에 벌떡 서듯이 한쪽이 기울어진단 말이야. (아저씨는 볼펜을 심이 아래로 가게 허공에 세워서 보여주며 설명했다.) 그러다 갑자기 바다 속 깊은 곳으로 내려앉는 거야. 영원히 그 속에 처박히게 되지. 바다에 가라앉는 배처럼 완전히 사라져버리는 것이 또 있을까……"

"그러면 사람들은요? 그 행복한 사람들, 밴더빌트 집안 사람들은 어떻게 됐어요?"

나는 소리를 질렀다.

"여자와 아이들은 구명보트에 태웠어. 하지만 많은 구명보

트들이 뒤집히고 말았지. 불쌍하게도 그들은 얼음장 같은 바닷물에서 한동안 발버둥 쳤어……."

삼촌이 말했다.

"그럼 애들은요? 애들도 깊은 바다 속으로 가라앉은 거예요?"

그때 나를 주시하고 있던 엄마가 말했다.

"이제 다른 이야기로 넘어가야겠다. 너무 늦었잖니…… 넌 벌써 한참 전에 자러 갔어야 해."

나는 못 들은 척했다. 가끔 엄마는 이야기가 무서워지고 흥미진진해지면 나에게 이래라 저래라 하는 것도 까먹곤 했다.

"멀리서 지나가던 화물선이 그들을 구하러 올 수도 있었어. 그런데 화물선의 전신기사에게 타이타닉 호는 '우리는 아무것도 겁나지 않습니다'라는 메시지를 보냈다지. 이 메시지를 받고서 전신기사는 수신기를 꺼버렸지. 그래서 타이타닉 호의 구조신호는 그 누구에게도 닿지 못한 채 어둠 속을 떠돌았던 거야……."

삼촌이 말했다.

"그래요. 하느님께서는 종종 무서운 방법으로 인간의 주제넘은 허영을 벌하시지요."

엘리 아저씨가 말했다.

"그렇다고는 해도 인간은 그 후로 더욱 크고 견고한 배를 만들게 됐잖아요. 항공기 쪽도 점점 더 발전하고 있고요. 누가 알아요? 어쩌면 장차 인간은 달에도…… 화성에도 가게 될지 모르지요."

"맙소사! 그런 일이 실현되는 꼴을 보느니 차라리 죽겠어요."

가엾은 클레망틴 엘리 아줌마가 신음하듯 내뱉었다.

"어쩌면 화성에 생명체가 있을지도 몰라요."

마조리크 삼촌이 주장했다.

나는 삼촌 옆으로 몸을 피했다. 삼촌은 나를 무릎에 앉혀놓고 머리카락을 쓰다듬으며 말했다.

"나는요, 오래 살고 싶습니다. 아주 오래 살 거예요. 인간이 무엇에까지 도전할 수 있는지 정말 보고 싶거든요."

그러나 구름 속에는 성부 하느님이 있었다. 비행기로 그 높은 데까지 다다를 수 있을까? 하느님이 비행기가 지나가도록 내버려둘까?…… 하느님은 인간이 화성에 가는 모습을 보고 싶어할까?…… 우리 안에, 우리 주위에, 그렇게 사방 곳곳에 안개가 자욱한 것만 같았다.

집 나온 여자들

1

프로방셰르 다리 한복판에서 갈매기들이 엄마와 나를 에워 쌌다. 갈매기들은 루주 강 위를 나지막하게 날고 있었다. 엄마 는 마치 자기 영혼의 몸부림을 전달이라도 하겠다는 듯 내 손 을 꼭 움켜잡았다. 엄마는 하루에도 백 번씩 우주의 기쁨을 받 아들였다. 때로는 그저 바람결에 혹은 새들의 비행에 마음이 들썩이는 데 지나지 않았지만 말이다. 우리는 다리 난간에 기 대어 한참동안 갈매기들을 구경했다. 그러다 갑자기 엄마가 나 에게 말했다. 엄마도 마음이 내키면 언제고 가고 싶은 데로 갈 수 있었으면 좋겠다고 말이다. 엄마는 아직도 자유롭게 살고 싶다고 했다. 사람의 마음속에서 가장 마지막에야 사라지는 것 이 있다면 그것은 바로 자유를 향한 욕망일 거라고 했다. 숱한 불행과 아픔도 자유를 추구하는 엄마의 기질을 마르고 닳게 하 지는 못했다고……. 엄마는 나를 상대로 그런 견해를 꽤 자주 피력하곤 했는데, 아마도 그건 내가 그런 발언을 꼬투리잡고 늘어지기에는 너무 어리다는 걸 알고 있었기 때문일 것이다. 그리고 그런 말을 할 상대가 나밖에 없었기 때문이었기도 할 것이다.

하지만 엄마는 옛날에도 자유롭고 싶다고 했었다. 그런데 결과적으로는 자식이 더 늘었고, 바느질감도 늘었고, 일은 해도 해도 끝나지 않았다. 그렇게 매여 살면서 엄마는 왜 끝없이 자유를 갈망했던 것일까!

갈매기를 바라보는 엄마 얼굴에 미소가 번지기 시작했다. 엄마는 내게 말했다.

"모르는 일이지. 무슨 일이 일어날지 몰라…… 어쩌면 엄마는 폭삭 늙기 전에 멀리 떠나게 될지도 몰라. 그리고 흥미진진한 모험에 뛰어들 거야……."

"엄마는 벌써 늙었잖아요."

"그렇게까지 늙은 건 아니야." 엄마는 약간 심기가 상한 듯 대꾸했다. "너도 마흔아홉 살이 되거든 두고 봐라. 그 나이에도 아직 좋은 세월이 남았다고 생각하게 될 테니."

"으…… 난 절대로 마흔아홉 살이나 먹지 않을 거예요!"

내가 발끈했다.

그러자 엄마는 자기가 나이를 먹을 만큼 먹었다고, 엄마가 인생에서 정말로 바라던 것을 전부 다 얻기에는 늦은 게 사실이라고 순순히 인정했다.

엄마가 인생에서 간절히 바라던 게 무엇이었냐고 내가 물었다. 엄마가 바라던 것이 집, 남편, 나를 비롯한 자식들이 아니었단 말인가?

엄마는 아니라고, 적어도 엄마가 아주 젊었을 때에는 그런 것만 바라지는 않았다고 했다. 하지만 엄마는 남편, 집, 자식들을 세상 그 무엇과도 바꿀 수 없다고 덧붙였다.

우리는 위니펙 대형 상가를 향해 가던 길을 계속 걸었다. 매달 초면 우리는 그곳에 가서 아빠 돈을 펑펑 쓰곤 했다. 하지만 애석했다! 그 돈은 대부분 별 것도 아닌 생필품을 사는 데 다 쓰였으니까…… 하지만 갈매기들은 우리 머릿속까지 따라왔다…… 이튿 상점까지…… 피륙이 진열된 선반까지도 따라왔다…… 엄마는 걸음을 멈추고 감청색 천을 꼼꼼하게 뜯어봤다. 그리고 두루마리에서 천을 펼쳐서 엄마 어깨에서 골반까지 대어보고는 거울 앞에서 색상이 얼굴에 잘 받는지 살폈다. 내 생각을 물었다.

"이 천으로 엄마 여행복을 만들면 괜찮지 않을까?"

하지만 나는 엄마가 나와 우리 가정에 영원히 매여 사는 것 말고 다른 꿈을 꿀 수도 있다는 데 이미 골이 난 상태였기 때문에 시큰둥한 반응만 보였다. 그래도 새 천과 어우러진 엄마의 얼굴은 한결 덜 피곤해 보였다. 어쩌면 엄마의 미소 때문에, 수줍고 소극적인 욕심 때문에 그렇게 외모가 확 달라 보였는지도 모르겠다.

우리는 그 자리에서 그 천을 사지는 않았다. 하지만 아마 그 다음달에…… 정확한 때는 기억이 잘 안 나지만…… 하여간

다시 한 번 그 옷감 상점 계산대를 찾아갔는데 엄마 마음에 쏙들었던 그 옷감은 벌써 조금밖에 남아 있지 않았다. 점원 아줌마가 일주일 후에는 다 팔리고 없을 거라고 했다. 그러자 엄마는 그 천을 넉넉하게 끊어달라고 했다. 엄마는 점원 아줌마가 주문한 대로 옷감을 잘 재어서 끊는지 옆에 바짝 붙어서 감시했다. 그 다음에 엄마는 꾸러미를 안아들었고 우리 둘은 걸어서 집으로 돌아왔다. 집까지는 2마일 거리였고 나는 다리가 아팠다. 하지만 엄마는 꾸러미를 꼭 안고 훨훨 날다시피 했다. 엄마가 오로지 자기만을 위해 무엇을 사는 모습은 거의 본 적이 없었고, 그래서 나는 놀라다 못해 어이가 없었다. 자기 취향대로 생각하고, 변덕도 부릴 줄 알고, 그렇게 엄마가 변한 모습을 보자니 과히 좋지는 않았다. 그렇지만 '엄마가 피곤한 줄도 모르고 억척스레 고개를 뻣뻣이 들고 혼자 빙그레 웃으며 걸어가서 기분이 나빠요'라고 말할 수는 없는 노릇이었다. 아마 나는 내가 사랑하는 사람들을 꽁꽁 잡아놓고 싶었지만, 그래도 그들이 잡혀 살면서도 행복하기를 바랐던 모양이다.

나는 전차를 타자고 했지만 엄마는 우리가 돈을 왕창 써버려서 이제 푼돈도 아껴야 할 판국이라고 했다. 우리는 다시 다리를 건넜고 갈매기들은 짧고 새된 울음소리로 우리를 반겨주었다. 그 낯설음이라니! 나는 속으로 생각했다.

'엄마한테 여행복이 무슨 소용 있어? 나나 아빠나 다른 언니 오빠들이 엄마가 떠나게 내버려둘 것 같아?'

아빠는 집에 없었다. 아빠는 멀리 출장을 가느라 한 달 혹은 그 이상 집을 비우는 일이 잦았다. 아빠는 평판이 좋고 존경받는 사람이었다. 그렇지만 할 말 없게도 우리 집은 아빠가 집을 비울 때 더 활기가 넘쳤다. 우리 아빠는 아주 가벼운 부채도 다른 사람에게 넘길 줄 모르는 양반이었다. 아빠의 첫째가는 고민은 우선 빚을 갚는 것이었고, 그 고민이 너무 압도적이라서 다른 일에 머리를 싸맬 여유까지는 없었다. 또 아빠는 우리가 엄밀한 진실만을 말하두록 강요했는데, 엄밀한 진실만큼 부정확한 것도 세상에 없는 법이다. 아빠는 소음을 싫어했고, 밥상이 제시간에 딱딱 차려져야 했으며, 집안의 질서를, 언제나 한결같기를, 늘 똑같은 시각에 똑같은 일을 엄수하여 어제도 오늘 같고 오늘은 내일 같기를 바랐다.

엄마는 바느질에 착수했다. '어리지도 않고 나이가 다 차지도 않은 중간 연령'에 속하는 언니들이 엄마가 무엇을 만드는지 구경하러 왔다. 그러나 엄마 옷을 만든다는 것을 알아차리고는 곧 관심을 잃었다. 한 사람은 해먹을 타러 밖으로, 또 다른 사람은 자기 방으로 책을 읽으러 뿔뿔이 흩어졌다. 나 혼자만 엄마의 마음을 뒤흔드는 자유가 어쩌면 우리 가족을 괴롭게 할지도 모른다는 불안을 품고 엄마 곁을 굳건히 지켰다.

엄마는 투피스를 지었다. 다소 품이 좁은 치마와 길게 내려오는 재킷이었다. 재킷에는 주름이 잡힌 커다란 주머니가 양쪽으로 달렸고, 거기에 같은 감으로 만든 주머니덮개가 달려 있어서 단추로 잠그게 되어 있었다. 여기에 엄마는 '반망토demi-cape'라면서 등으로 늘어져 딱 팔꿈치까지만 오는 짤막한 망토까지 만들었다.

여행복이 모두 완성되자 엄마는 일단 입어보고 나에게 여행자처럼 보이느냐고 물었다.

내가 그렇다고, 엄마가 꼭 마차를 끄는 마부처럼 보인다고 했다. 그러자 엄마는 내 앞에서 한 바퀴를 돌아 보이며 망토가 바람이 불 때처럼 확 퍼지며 돌게 했다. 그런 엄마가 너무 자유로워 보여서 나는 슬슬 뿔따구가 나지 않을 수 없었다.

그러자 엄마는 남은 천 조각들을 결대로 요렇게 조렇게 맞춰보고 머리를 짜내어 내 여행용 재킷도 만들어냈다. 엄마 재킷을 그대로 줄인 듯 똑같은 주름 주머니에 빳빳하고 높은 깃, 짧은 망토까지 완전 똑같았다. 치마도 만들기 위해 우리는 이튿날 상점에 또 가야 했다. 너무나 다행스럽게도 옷감은 아직 남아 있었고, 게다가 팔기도 뭐한 자투리 정도밖에 남아 있지 않아 엄마는 대폭 에누리한 가격으로 옷감을 들고 올 수 있었다. 그때부터 자유에 대한 나의 적대감은 말끔히 사라졌다.

우리 둘은 완성된 여행복을 입었다. 엄마가 말했다.

"엄마에게 좋은 생각이 있어. 미시즈 오닐에게 우리 둘 다 떠날 준비가 됐다는 걸 보여주자. 미시즈 오닐도 회가 동할걸. 프록코트를 걸치고 미시즈 오닐 집 앞을 슬쩍 지나가면서 아주 멀리 떠날 사람들처럼 구는 거야."

미시즈 오닐은 아일랜드에서 데뫼롱 거리에 살러 온 아줌마인데, 그 집은 우리 집에서 2분 거리였다. 미시즈 오닐은 지겨운 생활에 넌더리를 내며 거실에서 판화 작품들, 특히 안개

긴 풍경, 희끄무레한 호수, 습기가 물씬 풍겨서 보기만 해도 재채기가 나올 것 같은 평원을 그린 동판화들만 바라보며 살았다. 그런 풍광을 지닌 나라에서 온 사람에게 나무 보도와 가옥들뿐인 우리들의 소도시가 얼마나 무미건조해 보였겠는가. 심지어 여기서 거의 평생을 보낸 우리 엄마조차도 지긋지긋해 할 때가 있었으니 말할 것도 없겠다. 게다가 당시 내가 알던 어른들은 모두 우리 동네가 지겨운 듯했다. 나야 지겨울 게 없었다…… 아마 나에게는 당시에 무언가 있었으리라. 나는 가진 줄도 몰랐지만…… 일단 잃어버리고 나면 평생을 바쳐 되찾으려고 발버둥 칠 그 무엇이.

엄마는 사람 성격을 알아보는 눈이 있었던 모양이다. 미시즈 오닐은 그 날도 화랑에 앉아 있다가 우리가 오는 것을 보자마자 의자에서 일어났다. 미시즈 오닐은 모기장을 열고 우리를 맞으러 일부러 몇 발짝 걸어 나왔다.

"어머나, 어쩌면 이렇게 예쁜 옷들을 차려 입었어요! 나랑 우리 딸 엘리자베스에게도 잘 어울릴 것 같은데요."

"별것 아니에요. 제가 직접 지은 옷이랍니다."

"솜씨가 대단한데요." 미시즈 오닐은 감탄하며 내게 말했다. "오, 애야. 살짝 돌아볼래? 이 작은 망토를 어떻게 만든 건지 좀 보려고 그래…… 우리 팻 삼촌이 읍내에 갈 때마다 입었던 인버네스*가 생각나는구나…… 이거랑 똑같은 옷을 두 벌

✛ 소매가 없고 망토가 달린 남성용 외투.

더 지어줄 수 있나요? 한 벌은 내가 입고 다른 한 벌은 우리 딸내미가 입게요. 그렇게 해주시면 참 좋겠는데…… 커다란 주머니도 참 마음에 드네요…… 이것저것 많이 넣을 수 있겠어요."

그러자 엄마는 이 여행복은 말하자면 하나의 작품이라고, 순전히 엄마의 머리에서 나온 아이디어로 만든 거라고, 이런 창작품은 재탕을 하지 않는 법이라고 했다.

"보수는 그만큼 합당하게 쳐드릴게요. 제발요……."

미시즈 오닐이 간청했다.

엄마는 미시즈 오닐의 주문을 받아놓고서 약간 후회했다. "내가 그러지 말았어야 했는데. 미시즈 오닐에게 내가 무슨 바람을 불어넣었는지 모르겠네. 여행복을 지어줘봤자 미시즈 오닐이 그 옷을 입고 아일랜드로 돌아갈 수 있을 리 없잖아." 그렇지만 엄마는 또 이런 말도 했다. "그렇지만 옷 두 벌만 대강 지어주면 미시즈 오닐에게 50달러를 받을 수 있겠지. 그러면 여행을 떠나면서 너희 아버지 돈을 쓰지 않아도 될 거야."

그러고서 엄마가 나에게 설명했다.

"하느님이 도와주셔서 엄마가 여행 경비를 벌어들인다면 그건 하느님도 엄마가 떠나기를 바란다는 뜻일 거야."

하느님은 과연 우리 엄마의 생각을 흡족하게 보셨던 게 틀림없다. 왜냐하면 바로 그 무렵 엄마는 마조리크 삼촌에게 10달러나 받았기 때문이다.

밤이면 엄마는 다른 집안일을 다 끝내놓고 미시즈 오닐과 엘리자베스의 옷을 지었다. 암녹색 옷감을 쓰고 손목과 깃 부분에 검은 단을 둘러서 그 옷들도 어엿한 작품이 되게끔, 어쩌면 우리 모녀의 옷보다 더 근사하게끔 만들었다. 엄마는 이렇게라도 해서 미시즈 오닐에게 저지른 잘못을 갚아야겠다고 했다.

"게다가 똑같은 작업을 반복하면 아무래도 나중 작업의 결과가 더 나을 수밖에 없단다."

엄마가 말했다.

엄마의 눈은 밤마다 바느질에 혹사당해 벌겋게 핏발이 섰다. 나는 자유를 향한 엄마의 열망이 엄마 처지에서 감당해야 할 의무 못지않게 강력하다는 것을 깨달았다.

아빠는 이런 사정을 꿈에도 몰랐다. 아빠는 서스캐처원에서 진을 다 빼고 거의 모든 의욕을 상실한 채 돌아왔다. 아빠가 상대하는 두호보르파 사람들은 옷을 다 벗어던지고 나체로 온 마을을 휘젓고 다녔다. 캐나다 정부가 그들에게 보통 사람과 같은 삶을 강요하기 때문이라고 했다. 두호보르파는 하느님이 인간을 벌거벗은 몸으로 만드셨다고 응수했다. 우리 아빠는 인간이라는 족속이 지긋지긋한 모양이었다. 우리를 바라보는 눈빛조차 별로 내켜하는 빛이 아니었다.

생각난다. 그날 우리는 모두 햇볕이 잘 드는 널찍한 주방에서 각자 자기가 좋아하는 일에 매달려 있었던 것 같다. 엄마는 바느질을 했고, 알리시아 언니는 수를 놓았다. 난로 위에서 솥단지가 들썩들썩했다. 나는 고양이랑 놀고 있었다. 그런데 아빠가 입을 열었다.

"우리 식구들이 얼마나 복 터진 사람들인지 스스로 알고 있나 모르겠어. 머리 위에 번듯한 지붕이 없나, 먹을 게 없나, 화목하기는 또 얼마나 화목해. 자기들이 팔자 좋다는 걸 알기나 하는지 난 정말 궁금해."

엄마는 얼핏 도전적인 자세를 취했다.

"물론이죠. 우리는 우리가 가진 것에 감사한답니다. 하지만요, 그래도 가끔은 집 밖에 나가봤으면 좋겠네요."

엄마는 좀더 풀어서 말했다.

"에두아르, 가끔은 당신과 내가 바꿔 살았으면 싶은 때가 있다고요. 여행도 가고, 새로운 것도 보고, 온 나라를 두루 돌아다니고……."

그렇게 말하는 엄마는 흥분해 있었다. 엄마 눈이 생기를 띠고 반짝이기 시작했다. 나는 그 상황에서 왜 아빠가 그렇게 길길이 뛰는지 알 수 없었지만 이제 아빠는 엄마를 내놓은 여자, 밖으로 싸도는 인간, 역마살을 주체 못하는 사람이라고 흥보기에 이르렀다.

엄마도 심사가 확 틀어져서 남자니까 그 따위 소리를 하는 거라고, 남자는 집 밖으로 나돌 기회라도 있으니 가정이 무슨 천국이나 되는 줄 안다고 받아쳤다.

아빠는 화가 머리끝까지 났다. 아빠는 엄마의 친정 식구가 모두 제자리를 지킬 줄 모르고 밖으로만 도는 족속들이라고 헐뜯었다. 이 말에 엄마는 어느 집안이든 다 사연이 있다고, 아빠 집안도 사연을 들추려면 얼마든지 들추겠지만 아예 집안 자체를 몰라서 차라리 다행이라고 쏘아붙였다.

그러자 아빠가 말했다.

"그러니까, 당신이 트레일러에서 태어났어야 했군."

"그래도 난 전혀 기분 나쁘지 않았을 걸요, 에두아르."

엄마가 대꾸했다.

하지만 그러고 나서 엄마는 갑자기 화제를 바꾸었다. 엄마는 상냥함의 화신으로 돌변했다.

"에두아르, 와서 식사하세요. 당신을 위해 맛있는 양배추수프를 끓여뒀어요."

그날 저녁 식탁에는 온통 아빠가 좋아하는 음식뿐이었다. 조금 있다가 엄마는 아빠가 마음이 가라앉았다는 것을 알고 슬쩍 옆으로 다가갔다.

"에두아르, 당신 생각에, 내가 여행가고 싶다고 해서 당신에게 손 벌릴 일은 없겠지요…… 당신은 짠돌이고 너무너무 힘들게 일해서 돈을 벌고 있으니까요…… 하지만 나에게 무료승차권이 생긴다면……."

아빠는 엄마가 생각했던 것만큼 기분이 확실히 풀리지는 않았던 모양이다. 아빠는 당장 펄쩍 뛰었다.

"절대로 그런 일은 없어. 당신 팔자 좋게 놀러가라고 정부에 무료승차권을 신청하는 일은 절대 없을 거야…… 혹시 누구 집에 초상이 나서 문상을 가야 한다면……."

"하지만 오로지 죽은 사람만 보러 가는 게 여행은 아니잖아요. 길베르 부인은 퀘벡에 사는 친척 집에 가도 좋다고 허락을 받았잖아요…… 당신은 도대체 왜 그런데요……."

엄마가 불평을 했다.

"안 돼. 나랏돈으로 당신을 유람시킬 순 없어."

아빠가 말했다.

"나라가 거지꼴이 되기라도 할까봐 그래요?"

엄마는 이렇게 말하고 아빠에게 예언하듯 말했다.

"내가 한 마디 할까요? 에두아르, 어차피 우리나라는 늘 가난할 거예요. 당신도 늘 가난할 거고요. 당신은 청렴이 지나쳐 병이에요!"

아빠 엄마는 그 문제로 좀더 옥신각신했지만 쓸데없는 짓이었다. 아빠는 엄마를 이해 못했고…… 아마 엄마도 아빠를 그리 잘 이해하지는 못했던 것 같다. 아빠는 떠돌아다니는 게 일인지라 가정에서 확고한 안정을, 말하자면 세월에도 끄떡없는 불변성을 구할 필요가 있었다.

아빠는 두호보르파를 설득하기 위해 다시 서스캐처원으로 떠났다. 아빠는 인내심과 온정을 품고 그곳에 도착했던 것 같다…… 그들을 감옥에 처넣는 캐나다 왕립 헌병대는 그곳에 아직 미치지 못했다. 훗날 나는 아빠가 식민지에서는 집에서와 딴판인 사람, 불쌍한 슬라브족에게 더없이 관대한 사람이었다는 사실을 알았다. 심지어 그들과 어울릴 때는 호탕하고 쾌활한 사람이었단다. 대평원에 천막을 치고 그들과 함께 노래도 흥얼거렸단다. 아빠는 회색 암말이 끄는 마부석만 딸린 마차를 타고 사방을 누비고 다녔다. 양 옆으로 키 큰 풀이 물결치듯 출렁거리고, 자그마한 웅덩이들에서는 자고새가 퍼뜩 날아올랐을 것이다. 참으로 가슴 아프다. 만약 아빠가 외국인들하고 어울릴 때처럼 우리 식구들하고도 어울렸더라면, 엄마가 아빠가 계실 때나 안 계실 때나 똑같이 굴었더라면, 두 사람 모두 더없는 행복을 누리지 않았을까?

아빠는 자기 직무로 돌아갔고, 갈매기들은 우리의 꿈과 생각으로 날아들었다.

2

그러나 훌훌 떠나기에는 풀고 가야 할 고리가 너무 많았기 때문에 엄마는 우울해졌다. 그때 나는 자유도 사람의 마음에 그리 휴식을 안겨주지 못한다는 사실을 알았다. 엄마는 기숙학교에 들어가게 된 제르베 오빠와 이별해야 했다. 수녀원에 가서는 에두아르 수녀를 면회실에서 만났다. 우리들의 오데트 언니가 이제는 그 이름으로 통했다. 엄마는 언니에게 중대한 계획이 있는데 다 밝힐 수는 없지만 엄마가 각별히 마음을 쏟고 있으니 그 계획이 잘 성사되도록 기도해달라고 했다. '무모한 계획이야. 하느님이 그다지 곱게 보시지 않을 것 같구나'라고 엄마는 말했다. 그래도 오데트 언니는 꼭 기도해주겠다고 약속했다.

그때부터는 '중간 연령' 언니들을 치우는 게 문제였다. 우리는 생 탄 데 센 수녀원에 언니들을 맡기러 갔다. 그곳 수녀님들이 아주 저렴한 금액으로 알리시아 언니와 아녜스 언니를 한꺼번에 맡아주었다. 우리 언니들은 둘 다 머리를 아주 치렁치렁하고 예쁘게 길렀다. 당시 매일 아침 엄마가 언니들의 머리를 빗고 땋아주는 데에만 한 시간씩 걸렸다. 자유를 사랑하는 여자 치고는 자기가 만들어놓은 족쇄가 많기도 많았다. 언니들은 넓은 깃에 빳빳하게 풀을 먹이고 촘촘한 주름치마에 장식 밑단이 달린 원피스를 입고 다녔다. 그 원피스들을 빨고 다림질하다 보면 한나절이 뚝딱 지나갔다.

생 탄 데 센 수녀원의 원장수녀님은 곧바로 거추장스러운 머리채와 건사하기 힘든 옷차림은 수녀원에서 용납되지 않는다고 선언했다.

엄마는 알리시아 언니와 아녜스 언니가 서로 번갈아가며 머리를 땋아주도록 일러두겠다고 약속했다.

"종이 한 번 치고 다음 종이 치기 전에 머리손질을 끝내야 해요. 제가 보니 자매님은 수녀원 생활이 어떤 건지 잘 모르시는군요."

원장수녀님은 이렇게 말하고 엄마에게 최후통첩을 날렸다.

"따님들 머리를 잘라주시든가 아니면 도로 데려가세요."

"참 너무하시네요. 진짜 수녀가 되는 것도 아닌데……."

엄마는 가위를 가져오라고 했다. 그 다음에는 신문지를 달라고 해서 왁스를 칠해 닦은 면회실 마룻바닥에 펼쳤다. 하지만 알리시아 언니 머리칼에 가윗날이 닿는 순간 엄마는 "안 돼요. 나는 못해요…… 우리 집으로 함께 돌아가자"라고 했다. 엄마의 딸들은 모두 금발이거나 적어도 연한 갈색 머리였다. 하지만 알리시아 언니만은 엄마 말마따나 "흑옥처럼 예쁘게 검은" 머리였고 누가 봐도 감탄스러울 정도로 머릿결이 고왔다.

그렇지만 알리시아 언니와 아녜스 언니는 머리를 잘라달라고 엄마에게 매달렸다. 언니들은 벌써 오래 전부터 남자애들처럼 거치적거리지 않는 머리 모양을 선망했던 것이다.

그러자 엄마는 눈을 질끈 감고 가위질을 시작했다. 일단 손을 대고 나자 엄마는 분명히 이렇게 생각했을 것이다. '손 갈 일을 어차피 없앨 바에야 확실하게 없애고 보자……' 왜냐하면 엄마는 언니들의 머리를 거의 몽땅 잘라내다시피 했기 때문이다. 언니들의 짧게 깎인 머리를 보고서 엄마 입에서 한탄이 쏟아졌다.

"맙소사, 내가 무슨 짓을 한 거야! 너희 아빠가 절대로 나를 용서하지 않을 텐데."

엄마와 나는 집으로 돌아왔고, 그때의 우리 집보다 더 쓸쓸한 집은 세상에 없었다. 전에는 집이 그렇게 넓었어도 잘 몰랐고 사람 말소리가 이 방에서 저 방으로 메아리치지도 않았다. 그런데 이제 엄마와 나는 까치발로 살금살금 걸어 다녀야 할 판국이었다.

"이 집은 왜 이리 소리가 잘 울리니."

엄마는 이렇게 말하고 자리에 앉아 아빠에게 편지를 한 통

썼다.

"사랑하는 에두아르. 내가 번 돈으로 여행을 떠나요. 하지만 안타깝게도 장사치들에게 줄 돈이 충분하지 않아요……."

엄마는 이렇게 편지를 썼다. 엄마 어깨 너머로 그 편지를 상당 부분 읽을 수 있었지만 그 내용을 다시 떠올리고 싶지는 않다. 내 생각에, 그때 처음으로 어른이 되고 싶은 마음이 싹 가셨던 것 같다. 어른이 된다는 것은 구구절절 설명할 일이 너무 많다는 뜻이다……. "에두아르, 내가 당신 허락을 받았어야 했다고 하겠지요. 하지만 당신이 허락하지 않을 게 너무 뻔해서요…… 그렇지만 지금 나는 행여나 당신이 허락해주었을지도 모른다는 고마운 의구심만은 품고 떠날 수 있어요……."

그후 우리 집 앞문에 빗장을 채웠다. 신발털이 밑에 열쇠를 밀어 넣고 길모퉁이로 걸어가 서서히 쏟아지는 차가운 비를 맞으며 전차가 오기를 기다렸다.

역에서부터 이미 엄마는 죄 지은 사람처럼 굴었다. 우리는 여행길에 먹으려고 빵을 가져왔다. 우리가 콧바람이 들어 정신이 나갔다면 적어도 다른 문제에서만큼은, 이를테면 소소한 경비 지출이라든가 하는 일에는 정신을 똑바로 차려야 했다.

3

나는 광활한 캐나다를 발견했고, 대략 전 국토의 3분의 1은 지나갔지 싶다. 엄마도 캐나다가 아주 큰 나라라는 데 자부심을 느끼는 것 같았다. 엄마는 사실 상황만 따라줬다면 평생을 사람과 도시 구경으로 보낼 수도 있었을 거라고 나에게 고백했다. 자기는 진짜 유목민으로 살다 갈 수도 있었다고, 하지만 그랬더라면 참으로 불행한 일이었을 거라고 말이다. 엄마가 여행을 통해 얼마나 다시 젊어졌는지는 내 눈에도 보였다. 우리가 무엇을 보든, 거의 모든 것에 대해서 엄마의 눈빛은 섬광처럼 탁탁 튀었다. 작은 전나무, 물, 기찻길 따라 늘어선 바위—그 모든 것을 엄마는 애정을 품고 바라보았다. "세상은 참 매혹적이구나"라면서 말이다. 그래서 엄마에게 젊게 살 기회를 좀더 자주 허락하지 않은 아빠에게 약간의 앙심마저 생겼다. 나이든 여자가 꽃띠 아가씨로 돌아간 듯한 모습은 정말로 보기 좋았다. 내가 만약 남편이라면 아내의 그런 모습이 가장 보고 싶었을 것이다.

어느 날은 우리 둘이 슈피리어 호수를 따라 거닐었다.

"이게 세상에서 제일 큰 호수예요?"

엄마는 그렇다고, 엄마 생각에는 세상에서 제일 큰 호수가 맞다고 했다.

그래서 나는 우리 캐나다에 세상에서 제일 큰 호수가 있다는 게 자랑스러웠다.

"이 호수가 온타리오 주보다 더 커요?"

엄마는 웃음을 터뜨렸다.

"이 호수가 온타리오 주 안에 있는데 어떻게 더 클 수 있겠니?"

그날 이후로 '캐나다'라는 단어가 좋아졌다. 그 전에 제일 좋아했던 단어는 '팜파'와 '티에라델푸에고'였다. 하지만 그때부터는 캐나다를 진심으로 사랑하게 됐다. '캐나다' 하면 즉시 영토가 매우 넓은 국가라고 생각하게 된다. 바로 그 시절에 나는 세계지도 위의 한 점 얼룩처럼 좁아터진 나라에서는 살고 싶지 않다고 생각했던 것 같다.

엄마와 나는 기차에서 또 하룻밤을 보냈다. 이튿날 엄마는 조금 걱정스러워졌고, 윈저 역에 내렸을 때에는 아예 대놓고 근심을 비쳤다. 몬트리올에는 우리와 가까운 지인이 아무도 없었기 때문이다. 엄마는 몬트리올에도 친척들이 많다고 떠벌리곤 했는데, 그중에서도 엄마의 사촌 닥터 놀트가 정 많은 성품을 여전히 간직하고 있을 거라고 했었다. 하지만 정작 역에 도착하자 엄마는 그 사촌을 마지막으로 본 것이 35년 전이라고, 닥터 놀트는 그 후에 큰 부자가 됐는데 사람이 부자가 되면 옛일이나 옛날에 알던 사람들 얼굴을 잘 기억하지 못하는 법이라고 했다.

우리는 두 개의 트렁크 중에서 큰 쪽은 수하물 보관소에 맡겼다. 그 다음에 전화번호부를 뒤져서 닥터 놀트의 주소를 찾았다. 그리고 족히 열 명은 되는 사람들에게 물어물어 겨우 어느 전차를 타야 하는지 알아냈다. 우리는 작은 트렁크 하나만 들고 엄마 사촌 집으로 향했다.

"짐을 가볍게 들고 가야 며칠 묵어갈 식객처럼 보이지 않을 거야. 그렇지만 사촌들은 틀림없이 며칠 더 지내다 가라고 붙잡겠지. 그러면 밤이 늦어 어쩔 수 없다는 식으로 수락하면 돼."

엄마가 말했다.

그러고 나서 엄마는 우리가 받게 될 열렬한 환대를 머릿속으로 그려보기 시작했다. 엄마가 하느님의 섭리를 확신하듯 슬며시 속으로 웃는 게 보였다. 엄마는 가끔 그 섭리를 '나의 수호성'이라고 부르기도 했다.

나 자신은 그때까지 내가 생각했던 것 이상으로 우리 아버지를 닮았던 모양이다. 엄마가 나를 끌어들인 모험이 슬슬 염려되기 시작했던 것이다. 어느덧 밤이 되었다. 나는 캐나다의 대도시에 바짝 질려버렸다. 몬트리올은 실로 거대했다. 입이 삐뚤어져도 그렇지 않다고는 도저히 말할 수 없을 만큼!

닥터 놀트는 라셀 거리에 살았다. 걸어가는 내내 지나가는 사람은 유대인들뿐이었다. 조금 있다가 꽤 오래된 집 같은 약국에 들어섰다. 선반에는 말린 허브나 가루를 채운 커다란 유리병들이 줄줄이 늘어서 있었다. 병에 써 있는 이름표는 '비소' '센나' '벨라도나' …… 그 이름표를 하나하나 읽고 있는데 높다란 계산대 뒤에서 인기척이 났다. 검은 옷, 검은 수염, 아주 새까만 눈동자의 키 작은 영감님이 유대인들이 쓰는 빵모자를 쓰고 있었다. 엄마가 물었다. "닥터 놀트세요?"

"맞습니다. 제가 바로 그 사람인데요."

영감님이 대답했다.

"그러면 저를 알아보시겠어요?"

엄마는 거울을 보거나 남 앞에서 돋보이려는 사람처럼 고개를 살짝 갸우뚱하며 그 앞에 버티고 서서 물었다.

영감님의 대답은 망설임이 없었다.

"전혀요. 제가 아는 분입니까?"

바로 그때 칸막이 너머로 조금 거리를 두고 방울소리가 났다. 닥터 놀트는 빵모자를 벗었다. 그는 우리에게 말했다.

"죄송합니다. 손님이 진찰을 받으러 와서……"

아저씨는 약국과 병원 진료실처럼 보이는 곳을 가르는 벽의 작은 문을 열었다. 실제로 어떤 여자 손님이 길가로 난 문을 통해서 그 진료실에 들어오는 모습이 보였다.

10분쯤 흘렀다. 우리는 손님이 종이쪽지를 들고 아까 들어왔던 길로 나가는 것을 보았다. 쪽지에 적힌 번지수를 뚫어져라 보는 품이 아마 어느 집 주소를 찾는 모양이었다. 그러더니 손님은 바로 옆에 있던 문—약국 문—을 찾아서 들어왔다. 그 순간 닥터 놀트는 아까 그 벽에 난 작은 문으로 약국에 돌아왔다. 그는 다시 빵모자를 썼다. 손님이 약국 계산대에 이르렀을 때 닥터 놀트는 약사 자리로 완전히 돌아와 있었다. 그는 진료실에서 방금 전에 자기가 써준 쪽지를 손님 손에서 도로 받아갔다. 엄마와 나는 그게 처방전이고 의사가 이제 약사가 되어

조제에 들어가려 한다는 것을 알 수 있었다. 실제로 닥터 놀트는 처방전을 꼼꼼하게 읽고는 왼쪽 병에서 한 자밤, 오른쪽 병에서 한 자밤, 위쪽 병에서 또 한 자밤 가루를 집어다가 한데 섞고 곱게 빻았다. 엄마가 나에게 웃으면 안 된다고 눈치를 주었다. 손님이 작은 약봉지를 받아들고 돈을 치르자 닥터 놀트는 아주 흥미롭다는 듯 우리를 돌아보았다.

"사뮈엘, 달걀 한 타를 몽땅 깨뜨려 먹었던 일 기억나?"

영감님이 펄쩍 뛰면서 안경을 고쳐 쓰고 우리를 보았다.

"다, 당신 누구야……?"

"그래, 사촌 에블린이야."

이제 더 이상 힌트를 주고 말고 할 것도 없었는지 엄마가 자기 입으로 말했다.

"이런, 도대체 어디서 날아왔어?"

"매니토바에서."

"그래, 네가 매니토바에 처박혀 산다는 말은 들었어. 그런데 여기는 웬일이야? 아직 결혼 안 했어?"

"결혼을 왜 안 해. 얘가 우리 막내딸이야."

닥터 놀트는 재빨리 나에게 눈길을 주었다가 다시 질문공세에 들어갔다.

"하지만 도대체 둘이서 여기는 웬일이래? 매니토바가 바로 옆집도 아닌데."

"당연히 매니토바는 바로 옆집이 아니지. 하지만 현대적인 교통수단을 이용하면, 그러니까 기차를 타면 빠르게 운신할 수 있는걸…… 애들은 있어, 사뮈엘?"

"열한 명이나 있어…… 어쨌거나, 세상에!"

"그냥 이 동네를 지나던 길이었어. 그런데 장난꾸러기 꼬마였던 사뮈엘이 생각나지 뭐야…… 사뮈엘, 아직도 속임수 장난치고 그래? ……그래서 네 안부, 너희 가족 안부가 궁금해서 와봤어."

"다시는 못 만날 줄 알았어."

영감님이 말했다. 그러고서 천장을 모호하게 쳐다보더니 손짓을 해 보였다.

"위에 올라가지도 않고 그냥 가면 섭섭하겠네. 우리 살림집이 바로 이 위층이거든. 올라가자."

닥터 놀트는 빵모자 아래로 머리를 긁적이며 뜨뜻미지근하게 청했다.

계단을 오르면서 엄마는 나에게 너무 걱정스러운 얼굴 하지 말라고 속삭였다. 놀트 가에서 우리를 반기지 않으면 다른 친척들을 찾으면 된다고, 엄마에게는 아직도 비장의 카드들이 있다고 했다.

우리는 딱딱한 소파에 앉아 놀트 부인과 그 양 옆으로 즐비한 그 집 딸내미들을 만났다. 모두들 치마에 두 손을 가지런하게 얹고 똑같이 앉아 있었다. 그 여자들은 모두 시커멓게 차려입었다. 엄마는 정중하게 혹시 상중인지 물었고, 놀트 부인은 자기네 집안은 늘 상중이라고 할 수 있다고, 거의 해마다 한 건씩 초상이 난다고 냉담하게 대꾸했다.

엄마는 애석하다는 표정을 지으며 위로의 말을 건넸고 놀 트 부인은 엄마 말에 고갯짓만 까딱해서 화답했다.

그때 우리는 놀트 부인이 대주교의 조카이자 누이이고, 처 녀 때 이름은 달릴라 포겟이었으며, 양갓집 규수들이 옛날처럼 좋은 집에 시집가기 어렵다는 말을 들었다. 괜찮은 혼처가 여 간해서 나오지 않는다나.

엄마도 귀부인 행세를 했다. 엄마는 놀트 부인 말이 백 번 옳다고, 그 집에서 좀더 오래 머물고 싶지만 몬트리올을 여행 하는 동안 가봐야 할 명소와 만나야 할 사람이 너무 많다고, 그 러니 이제 그만 호텔로 돌아가야겠다고 했다. 조금 있다가 엄 마는 우리 아빠가 캐나다 식민청에서 한 자리를 맡고 있다고 지나가는 말처럼 슬쩍 덧붙였다. 그러고도 이런저런 화제를 주 워섬기며 "우리 남편은 연방정부에 속한 사람이라…… 우리 남편은 국가공무원이니까요……" 같은 말을 곧잘 툭툭 끼워 넣을 기회를 놓치지 않았다. 나는 사회가 혈혈단신인 여자보다 남편을 내세우는 여자를 얼마나 더 좋게 봐주는지 똑똑히 보았 다. 그게 부당해 보였다. 남자가 잘나 보이려고 자기 아내를 들 먹거리는 경우는 한 번도 보지 못했으니까.

놀트 부인은 엄마가 '우리 남편'을 한 번씩 입에 올릴 때마 다 조금 움찔했다. 그러고는 결국은 매니토바에서부터 먼 길을 온 손님이 호텔에서 묵는 게 말이 되느냐고 말하고야 말았다. 놀트 부인은 아무리 좋은 호텔이라도 여자들끼리 묵으면 위험 에 노출되기 십상이고 몬트리올에서는 별 것 아닌 일로도 소문이 안 좋게 난다고 했다.

　우리는 약국 윗집에서 사흘을 묵었다. 내 생각에, 놀트 부인이 우리의 방문에 기뻐 뛰지는 않았지만 그래도 떠나는 손님을 붙잡지도 않았다는 말은 듣기 싫었던 모양이다. 놀트 부인의 표현은 이랬다. "서부에서 찾아온 사촌을 대접도 안 했다는 소리는 듣지 말아야지…… 친척은 친척 아니겠어요. 그런 소리를 들을 수야 없지요……." 엄마와 나는 어찌 말하자면 약국 위층에 붙잡힌 포로가 된 기분이었고 별 재미도 없었다. 엄마는 울며 겨자 먹기였지만 어떻게든 좋게 받아들이려고 애썼고, 놀트 가족은 우리에게 성 요셉 성당을 함께 보러 가자고 권하기에 이르렀다. 주 목적은 앙드레 신부님을 뵙는 거였다고 생각한다.[*] 이적을 행한다는 그 딱한 신부님은 아침부터 저녁까지 꼿꼿한 의자에 앉아 두 손으로 머리를 감싸 쥐고 줄줄이 행진하는 군중의 기도와 부름에 귀를 기울였다. 앙드레 신부님에게 고침을 받고자 하는 사람들은 부지기수였다. 신부님이 정말 성자 같은지 그냥 구경하러 온 사람들도 많았다. 더러는 그저 신부님에게 이해받고 싶었던 사람들이리라. 신부님은 자비를 베풀었다. 거의 시종일관 손으로 얼굴을 가리고 있었다. 신부님이 머리가 아프든가, 자기도 아무런 이해를 받지 못해 불평에 휩싸인 모양이라고 수군대는 소리를 들었다. 어쨌든 그 날만 그런 게 아닌 듯했고 신부님이 모두에게 화답하기에는 턱없

✛✛ 몬트리올 성 요셉 대성당은 앙드레 신부가 기적을 일으키면서 유명해진 가톨릭 순례지다.

이 시간이 부족하다는 점만은 확실했다. 엄마 차례가 왔다. 엄마는 앙드레 신부님에게 결혼한 여자가 남편의 허락 없이 여행을 떠나면 큰 죄가 되느냐고 물었다. 아마 앙드레 신부님은 엄마 말이 잘 안 들렸나보다. 신부님은 급히 이렇게 대꾸했다. "성 요셉 성인께 기도하시오. 커피를 너무 많이 마시지 말고 믿음을 지키십시오. 언제나 믿음입니다."

그 후에 우리는 몬트리올에 사는 다른 친척들을 찾았고 사정이 한결 좋아졌다. 다른 친척들을 찾아내지 못했더라면 놀트 부인이 절대로 우리의 자유를 돌려주지 않았을 테니까. "이런 대도시에서 도움 될 말 한 마디 없이 친척들을 방치했다는 말이 나와서야 되겠어요……"라는 이유에서였다.

나로서는 왜 그런 말을 하는지 모르겠지만 약국 문을 닫고 나오면서 엄마가 말했다. "불쌍한 사뮈엘."

4

몬트리올에서 또 무얼 했었는지는 이제 기억이 잘 안 나지만 굉장히 피곤한 나날이었다. 도시 끝까지 빛나는 분수를 구경하러 갔었고, 밀랍인형 전시관에도 갔다. 그러나 우리의 가장 화창한 날들은 죽은 사람들, 낯모르는 사촌들, 손자와 증손자 세대 이야기로 다 흘려보냈지 싶다.

그러다 어느 날 저녁, 너절한 마차를 탄 나와 엄마는 어떤 짐수레꾼 옆에 앉게 됐다. 우리는 군데군데 물웅덩이만 조금 빛나 보이는 컴컴한 내리막길을 서서히 내려가는 중이었고, 바퀴가 가르는 진흙이 우리 얼굴과 프록코트까지 뭉텅이로 튀었다. 우리는 아주 작은 마을에 도착했다. 숲 속으로 희미한 한 줌 불빛들이 보였을 뿐이지만, 적어도 마을은 마을이라고 생각했다. 그런데 이제 생각나는 일이, 그 조금 전에 짐수레꾼 아저씨가 우리 엄마에게 뭐라고 속닥거렸고 엄마가 화들짝 놀라 나한테 붙으면서 이렇게 말했던 것이다. "부끄러운 줄도 모르는 사람이군요. 게다가 아이가 앞에 있는데. 아저씨, 조심하세요! 나한테는 우리나라에서 힘 좀 쓴다는 친구들이 꽤 있거든요. 내가 마음만 먹으면 아저씨를 처벌하라고 할 수도 있어요."

그후 우리끼리만 마을에 내려서는 엄마가 나에게 남자들을 조심하라고 했다. "알지? 남자들하고는 항상 거리를 둬야 해……."

이름은 잊어버린 그 마을에 비가 퍼부었고 어찌나 깜깜하던지 그때부터는 마을에서 아무것도 보지 못했던 것 같다. 나는 두 발로 서서 꾸벅꾸벅 졸 정도로 피곤했다. 내 기억으로, 그 다음에 정신을 차려보니 천장이 낮고 기름등불이 희미하게 빛을 던지는 좁은 방 안이었던 것 같다. 엄마와 나는 검은 스타킹과 목을 높게 죄는 칼라가 달린 옷을 입고 긴 치마를 늘 발목까지 살짝 들어 올리고 있는 할머니들 틈바구니에 있었다. 엄마는 프록코트를 살짝 벌려서 약간 구겨지긴 했지만 멋진 옷차림을 드러냈다. 프록코트 안에 미색 크레이프천으로 지은 예쁜 블라우스를 입고 있었던 것이다. 엄마가 이야기했다.

"형님들의 사랑하는 동생 에두아르가 저보고 인사를 올리고 안부를 여쭈라고 했답니다……."

"에두아르는 정부 쪽에서 쫓겨나지 않았나? 그 애가 영국왕에게 매수됐다는 말을 들었는데……."

불룩한 궤짝 옆에 있던 할머니가 물었다.

"위르쥘 형님, 그렇지만 형님이나 저나 우리 모두 영국 왕의 백성들인 걸요. 캐나다 사람이라면 다 마찬가지죠. 게다가 형님 동생이 서부의 식민지 건설에 몸담고 이 나라의 발전을 위해 일하고 있다지만 프랑스계 캐나다인이라는 자신의 과거를 부인하는 건 절대 아니에요……."

"그 애는 고작 열여섯 살에 집을 떠났어. 오래 전에 카드 한 장 달랑 보낸 것 말고는 그날 이후로 생사기별도 없이 지냈지. 그러니까 올케가 말하는 만큼 성공하지는 못했을 게야. 진짜 성공했으면 틀림없이 우리에게 알렸을 테지……."

다른 할머니가 구시렁거렸다.

"어쩌면 그이는 형님들이 이제 자기를 좋아하지 않는다고 생각했을 거예요. 워낙 마음이 여린 사람이잖아요. 누나들이 자기를 그리워하지 않는다고 생각하면서도 속으로는 애정을 품고 있다는 걸 저는 알아요. 그 증거로 저는 형님들을 오랫동안 알고 지냈잖아요. 우리 좋으신 위르쥘 형님, 또 아글라에 형님……."

"올케가 그렇게 말해주니 내 마음이 좀 낫네."

아글라에 고모가 앙심을 한결 가라앉히고 말했다.

그러고서 고모는 엄마에게 물었다.

"그런데 매니토바는 살기 힘들지 않아? 그쪽에는 가난하고 불쌍한 사람들이 많지?"

"말도 꺼내지 마. 거기는 하도 추워서 얼어 죽기 일쑤라던 데." 위르쉴 고모가 잘라 말했다.

엄마는 뭐라고 대답해야 할지 조금 망설였다. 엄마는 벌써 여러 사람에게 매니토바는 세상에서 제일 비옥하고 살기 좋은 땅이라고 말해놓은 터였다. 하지만 그날 저녁에 엄마는 컴컴한 집구석에서 꼼짝 않는 자그마한 세 노파들에게 흘긋 눈길을 주고는 이윽고 놀랍게도 위르쉴 고모 말이 옳다고 대꾸했다.

"맞아요, 위르쉴 형님. 그쪽은 기후가 고약하고 바람이 그악스럽게 불죠, 사실이에요."

엄마는 또 평원이 가도 가도 끝이 없다고, 우리 식구들이 서부의 단조로움과 권태에 찌들어 산다고 했다!

나는 전혀 이해가 안 됐다. 놀트 부인 앞에서는 실제보다 더 호의호식하는 척했으면서 여기서는 정반대로 행동하고 있지 않은가. 그런데 고모들에게는 엄마의 그런 태도가 참으로 이롭게 작용했던 것 같다. 고모들은 그 순간 천장이 야트막하고 옹색한 집에 살지만 행복하고 부유한 사람들이 되었으니까. 그때 한 고모—아글라에 고모였다고 생각한다—가 이렇게 말했다.

"멀리 산다는 게 참 뭔지. 우리 사는 데보다야 훨 낫겠지 싶기도 하고…… 어떨 때는 여기가 골백번 낫다 싶기도 하고."

그러고 고모들은 아빠에 대해 좋은 말을 늘어놓기 시작했다. 고모들은 아빠가 아주 어렸을 때부터 천성적으로 자존심이 강했다고 했다. 엄마는 아예 한술 더 떴다.

"형님들 동생은 정부에 여행경비 보고서를 올리면서 1센트라도 남겨 먹으면 모가지가 달아날 줄 아는 사람이에요."

위르쉴 고모가 들고일어났다. 고모는 영국 정부에 들러붙어 그렇게 애를 쓰다니 정신 나간 짓 아니냐고 했다. 그때부터 그 자리에 있던 사람들은 각자 한꺼번에 떠들었다. 위르쉴 고모는 계속 영국인 이야기만 했고, 아글라에 고모는 플라시드라는 큰아버지 이야기만 했다. "플라시드를 보러 가야 해"라는 말이 몇번 나왔는지 모르겠다.

하지만 엄마는 말했다. "청렴은 청렴으로 인정해야죠, 위르쉴 형님……." 그리고서 엄마는 엄마 자신과 우리 모두를 위한 기도를 바치기 위해 생 탄 드 보프레 성당을 찾아가겠다는 생각에 사로잡혔다.

그곳에 도착하자 엄마는 나에게 아빠 앞으로 엽서를 한 장 쓰라고 했다. 엄마는 아빠의 식민지 사업이 잘 풀리고 기관지염에도 차도가 있기를 성 안나께 비는 것이 이번 여행의 진짜 목적이었다고, 그런데 드디어 그 목적지에 잘 도착했다고 쓰라고 재촉했다. 엄마는 아빠가 얼마나 훌륭한 분인지 일깨우면서 내가 하고 싶은 말도 몇 마디 '마음을 담아' 쓰라고 권했다. 하지만 여행길에 오른 다음부터 엄마가 아빠의 좋은 점을 너무 많이 발견했기 때문에 나는 이제 아빠가 정말 잘 아는 사람 같지도 않았고 엽서를 쓰면서도 내내 어색했다…… 낯선 이에게 보낼 엽서를 쓰는 기분이나 다름없는…….

5

엄마는 성 안나에게 인심이 후했다. 성 안나에게 바치기 위해 아주 큰 성초도 하나 샀다. 성 안나 상 앞에 무릎을 꿇은 엄마는 한참이나 성녀님과 대화를 나누었다. 나는 줄곧 엄마가 자유를 향한 욕구를 영원히 고쳐달라고 ―하지만 너무 급하게는 말고 두세 번만 여행 맛을 더 보고 나서― 기도했을 거라고 생각했다.

나는 우리가 갈 데를 다 갔다고, 그러니 성당에서 곧장 우리 집으로 돌아갈 거라고 생각했다. 하지만 아니었다. 엄마는 나에게 말했다.

"아직 오딜 콩스탕이 남았어. 내가 얼마나 오딜 콩스탕을 다시 만나고 싶었는데!"

나는 도대체 오딜 콩스탕이 누구냐고 물어보았다.

"오딜은 엄마가 어릴 때 아주 친했던 친구야. 엄마가 너보다 조금 더 나이가 많았을 때쯤."

"그런데 그 오딜이라는 친구를 어디서 찾아요?"

"옛날 친구를 꼭 찾겠다는 마음만 있으면 길은 항상 열리게 마련이야. 그 친구가 세상 끝에 있을지라도 만날 방법은 있어."

이렇게 해서 우리는 엄마와 오딜 아줌마가 태어난 고향 마을로 향했다. 우선 사제관에 들러서 알아보았다. 사제님은 오딜 콩스탕이 수도자 공동체에 들어갔다는 사실은 들어서 알고 있었지만 그곳이 어디인지는 정확히 몰랐다. 그래서 우리는 거기서 더 들어가는 시골에 사는 오딜 아줌마의 친척 집까지 찾아갔다. 친척 분은 오딜 아줌마의 수도자 공동체 이름은 알았지만 그게 어느 마을에 있는지는 몰랐다. 그 분도 오딜 아줌마를 못 본 지 15년이나 됐다고 했다. 오딜 아줌마는 여기저기로 옮겨 다닐 일이 많았던 모양이다. 하지만 아줌마가 아직 살아 있다는 것은 분명했다.

나는 우리가 완전히 '불타오른다는' 감이 와서 흡족했다. 딱 그럴 만한 때였다. 이젠 추적을 계속할 금전적 여력이 거의 없었다. 그러나 엄마는 사촌들을 모두 한 트럭에 실어줘도 그 오딜 아줌마라는 한 사람과 바꾸지 않을 것만 같았다.

우리가 강을 건너는 동안 다시 갈매기들이 물 위에 떠 있는 초록 덤불에 무리지어 나타났다. 그곳에서 바라보는 생 로랑 강은 그야말로 절경이었다. 커다란 섬이 보였다. 엄마는 그곳이 샹플랭[***]이 열두 살밖에 안 된 아내에게 청혼하면서 주었던 생 텔렌 섬이라고 했다. 그러고서 그는 아내가 그 섬에서 늙어

[***] 프랑스의 탐험가이자 캐나다 퀘벡 주의 설립자인 사뮈엘 드 샹플랭(1567~1635)을 가리킨다.

가게 내버려두었다나…… 그럼에도 내 머릿속에는 그 아름다운 풍광이 오딜 콩스탕이라는 이름과 연결되어 있다.

오딜 콩스탕을 찾으면 찾을수록 엄마는 그 옛날 소녀에 대한 추억을 새록새록 살려내서 개암열매 같다는 눈동자 색깔까지 뚜렷하게 기억해냈다. 그러다 보니 진짜로 살아 숨 쉬는 그 사람과 재회하지는 못했어도 꼭 그 사람을 찾은 것 같은 기분이었다.

"하느님께서 오딜을 다시 만나게 해주신다면 내 소원을 전부 다 이뤘다고 할 수 있을 텐데."

나는 왠지 모르지만 우리가 찾는 그 아줌마가 여전히 자그마한 계집아이처럼 생각되었다.

드디어 어느 수녀원 문 앞에서 엄마가 물었다.

"오딜을…… 아, 죄송합니다. 에티엔 뒤 소뵈르 수녀를 만날 수 있을까요. 아주 어릴 때 친구입니다. 하지만 그런 이야기를 하지 말고 불러주세요. 오딜이, 아, 죄송해요, 에티엔 뒤 소뵈르 수녀가 저를 알아볼지 정말 궁금하거든요."

엄마의 말을 듣고 문지기 수녀는 입에 손가락을 갖다 대며 비밀을 잘 지키겠다는 뜻으로 아름다운 미소를 지었다. 수녀는 소리 없이 에티엔 뒤 소뵈르 수녀를 데리러 들어갔다.

엄마와 나는 의자에 앉아 있었다. 우리가 조금 움직일 때마다 윤이 나는 마루판에서 의자가 조금씩 미끄러졌다. 엄마와 나는 서로 눈길을 피했던 것 같다. 이따금 다른 도리가 없을 때면 서로 잘 모르는 사이처럼 얼른 눈길을 다른 데로 돌렸다. 두 사람이 똑같은 것을 동시에 바랄 때면 꼭 그런 식이다. 그런 상황에서는 어느 한쪽이 너무 득의양양했다가는 상대의 실망이 더욱 커지기에 조심해야 하는 법이다. 혹은 두 사람이 함께 행복에 도달한다는 게 거북하다고나 할까⋯⋯ 나도 잘은 모르겠다. 어쨌든 점점 다가오는 가벼운 발걸음 소리를 듣는 동안 ― 두려움으로 목이 꽉 잠긴 듯― 우리가 바로 그랬다. 잠시 후 문이 열리고 그 자리에서 창백한 얼굴과 연한 새깔 눈동자 ― 하지만 그 눈은 개암나무 색이 아니라 회색이었다―의 수녀가 우리를 바라보았다. 엄마가 나에게 일렀다.

"넌 아무 말도 하지 마. 분위기 망치지 마. 엄마만 오딜 아줌마에게 다가갈 테니."

수녀님의 온화한 눈길이 나를 스쳤다. 수녀님은 지나치듯 나에게 미소를 던졌고, 그 다음에 우리 엄마를 보았다.

"오딜!"

엄마는 잠자는 사람을 깨우듯 그 이름을 불렀다.

수녀님은 그 이름을 듣고 움찔했다. 두 손이 목에 걸린 십자고상으로 올라갔다. 수녀님은 두 손으로 십자가를 꼭 쥐었다. 그러고서 우리 엄마에게 다가왔다. 엄마의 두 팔을 붙잡고 면회실 뒷벽의 키 큰 창 옆으로 이끌었다. 수녀님은 커튼을 걷어서 방에 햇살이 최대한 잘 들어오게 했다. 우리 엄마의 얼굴을 유심히 뜯어보는 그 기꺼운 태도는 이미 아름답기 그지없었다. 수녀들은 이 세상에 대한 애착을 끊고 산다고 한다. 하지만 나는 에티엔 뒤 소뵈르 수녀님의 얼굴을 본 다음부터 수녀들이 항상 완벽한 무애착의 경지에 도달하는 것은 아니라고 생각한다.

"오딜, 나를 알아보겠어?"

엄마의 목소리가 즐거운 두려움으로 가느다랗게 떨리며 새어나왔다.

그때 나이 많은 수녀님의 눈길이 엄마의 얼굴에서 아주 먼 곳을 찾아 헤매기 시작해서 나는 마음이 아팠다. 주름이 자글자글하고 늙어버린 엄마 얼굴에서 토실토실한 뺨과 길게 땋은 머리의 계집아이를 다시 찾기란 참으로 힘들었을 것이다. 노수녀는 얼마나 안간힘을 썼는지 턱, 입술, 손이 바들바들 떨릴 정도였다. 하지만 마침내 활처럼 크게 휜 엄마의 눈썹이 눈에 들어오면서 뭔가가 떠올랐던 모양이다. 차츰차츰 수녀님 눈에서 믿을 수 없다는 빛이 떠올랐다. 기어이 에티엔 수녀님은 탄식처럼 이 말을 뱉고 말았다.

"하느님…… 오, 하느님…… 내 친구 에블린이니?"

"그래, 나야! 에블린이야!"

엄마는 수녀님 품으로 달려들며 외쳤다.

그러고는 두 사람 다 눈물을 줄줄 흘리기 시작했다. 부둥켜안았다가 서로 얼굴을 들여다보려고 다시 떨어졌다. 울음을 그치지도 못한 채 이야기가 오갔다. "눈을 보니까 금방 알겠더라……." "나는 완벽한 활 모양 눈썹을 보니까 알겠더라…… 그렇게 그린 듯한 눈썹을 가진 사람이 너 말고 누가 있겠니……."

엄마와 수녀님은 눈물콧물을 한바탕 쏟고 나서 마주보고 앉았다. 수녀님은 엄마가 부여안고 비비느라 구겨진 수녀모의 매무새를 다듬었다. 그러고는 조바심이 나서 죽겠는지 숨도 안 쉬고 물었다.

"에블린, 내 친구 린. 이제 말 좀 해봐. 그동안 어떻게 살았니? 얼마나 많은 일이 있었겠어. 결혼은 했겠지? 행복하니? 몽땅 털어놓으렴."

"응, 결혼은 일찍 했어. 그런 거 있잖아, 오딜. 서로 보고 싶어 못 사는 사이, 좋아 죽겠는 사이는 아니고 그냥 덤덤하게…… 나보다 나이가 훨씬 많고 진중한 사람이랑 결혼했어. 그래도 같이 살다보니 좋은 점이 차차 보이더라."

"이렇게 여행도 보내주는 남편이니 오죽 자상한 사람이겠니."

수녀님은 더 말할 것도 없다는 듯이 단언했다.

"맞아, 참 자상한 사람이야."

"얼마나 기쁜지 모르겠다. 너희 남편은 정말 좋은 사람이라는 믿음이 온다. 그렇지 않을 리가 없어…… 애들은 있고?"

"애를 아홉이나 낳았어…… 딸 하나는 벌써 결혼했고…… 또 다른 딸은 수녀가 됐고…… 오딜, 딸 하나는 나보다 앞서 하늘나라로 갔어…… 참 예쁘고 귀여운 아이였는데, 너무 빨리 저세상으로 갔어……."

그러고서 엄마와 아줌마는 네 살 때 뇌막염으로 죽은 내 여동생을 생각하며 또 한바탕 눈물을 쏟았다. 엄마가 눈시울을 홈치며 말했다.

"네 이야기도 좀 해봐……."

"나는 별 사연 없이 살았어…… 네 이야기나 좀더 해봐
……."

"음, 우리 남편은 식민청에서 일해. 유럽에서 이민 온 사람
들을 서부 영토에 정착시키는 일을 하지. 그런 걸 '홈스테드
homestead'라고 해."

"직업도 참 좋구나. 장사꾼보다 훨씬 고상하다 얘. 너희 남
편이 하는 일과 식민지 이주자들의 노력에 하느님의 가호가 있
기를 기도할게…… 그런데 하루나 이틀쯤 여기 묵었다 가면 안
되니? 우리 관구장 수녀님이 마침 와 계시거든. 내가 그 분께 허
락을 받으면 네가……."

"그러고 싶은 마음은 굴뚝같지만 우리는 내일 위니펙까지
가는 대륙횡단 열차를 타야 해."

"대륙횡단 열차? 위니펙까지?" 수녀님은 십자고상 목걸이를
움켜쥐며 외쳤다. "어쩌면 너는 그런 말을 '나 전차 타야 해'처
럼 아무렇지 않게 하니…… 역시 내 사랑하는 친구 린이구나!
너는 절대 모험을 겁내지 않겠지…… 옛날에, 벌써 38년 전에
내가 이런 말 했던 거 기억하니? 내 친구 린, 내가 그랬잖아. 너
는 가슴 벅찬 감동을 맛보기 위해 태어난 아이라고……."

그러자 엄마는 어색하고 거북해진 듯했다.

"내가 너무 멀리까지 온 게 아닌지 모르겠어……."

"아니야. 하느님께서 모험심을 가득 불어넣어 주셨다면 그

건 당신이 창조한 이 아름다운 세상을 다른 사람들보다 더 많이 보고 잘 알라는 뜻 아니겠니. 에블린, 신을 섬기는 방식은 여러 가지가 있어…… 자유도 하느님께 다가가는 길 중 하나야."

수녀님은 엄마를 안심시켰다. 그러고 나서 엄마와 나의 이마에 엄지로 작은 성호를 그어주었다. 수녀님은 우리에게 목걸이와 수녀복에 걸치는 스카풀라리오를 주고 수녀님의 수호성인 그림도 한 장씩 나눠주었다.

수녀원 입구의 주랑에서 엄마와 수녀님은 또 부둥켜안았다.

"이렇게 혜성처럼 번쩍 나타났다가 번쩍 가버리는 게 어딨니?"

수녀님이 섭섭하다는 듯 탄식했다. 엄마는 친구에게 간청했다.

"오딜, 나를 위해 기도해줘. 나는 가끔 하느님의 섭리를 못되게 시험하곤 해."

수녀님은 피곤에 지친 고운 눈으로 엄마를 뜯어보면서 이렇게 말했다.

"그런 말 마. 하느님께서 각별히 여기는 사람들은 내가 보면 알아…… 그 분이 어여삐 여기는 사람들…… 너도 그런 사람이야…… 내 친구 린은 그런 사람이야. 친구야, 항상 하느님께 맡겨……."

수녀님은 또 이렇게 덧붙였다.

"에블린, 우리 가족들은 벌써 오래 전에 모두 세상을 떠났어. 아까 누가 나를 찾는다고 했을 때, 마지막으로 면회실에 가 본 게 4년 전이더라. 린, 4년이었어! 아무도 나를 면회하러 오 지 않은 세월이······."

수녀님은 수녀원 입구에 서서 어린 계집아이처럼 한참이나 우리를 향해 손을 흔들었다.

6

엄마는 위니펙으로 돌아오면서 늙어버렸다. 생 탄 데 센 수 녀원의 원장수녀가 생각난 엄마는 나에게 이렇게 말했다.

"거기 수녀는 정 없고 꼬장꼬장해 보였잖니? 그 수녀가 알 리시아를 붙들고 한 소리 했으면 큰일인데. 알리시아는 낯가림 이 워낙 심해서 그런 일이 잘 극복이 안 될 텐데."

이어서 엄마는 수녀원에서 제공하는 식사를 걱정했다.

"쥐꼬리만큼 돈을 내고 왔으니 식사가 잘 나올 리 없겠 지····· 그렇잖아도 아녜스는 입이 짧은데. 어쩌면 한 달 내내 쫄쫄 굶고 있었을지도 모르겠구나······."

엄마는 말하자면 양심의 가책에 내처 시달리는 중이었다. 나는 '그렇게 걱정을 달고 다닐 거면 여행은 뭐하러 떠났어' 라 고 속으로 생각했다.

"너희 아빠····· 딱한 양반! 너도 아빠가 손수 만드는 끼니가 어떤지 알지? 내가 없는 동안 소화도 못 시킬 음식을 먹으며 지냈겠지. 간섭하는 마누라가 없으면 늘 제멋대로 하는 사람이 니…… 그런데 이 기차는 왜 이리 느려 터졌담. 앞으로 가고는 있는 건지……."

우리가 다시 대륙을 가로질러 돌아가는 동안에는 불에 탄 숲과 벌목지대밖에 보이지 않았다.

"온타리오 주 북부는 어쩌면 이 모양이냐. 세상에 이보다 더 황량한 곳이 있기는 할지."

엄마가 투덜거렸다.

엄마는 알베르타 주 에스클라브 호수까지 다녀왔다는 어떤 아줌마와 몇 마디를 나눴다. "우리 남편 에두아르는 속이 안 좋아서 고생이에요. 얼마나 피곤하게 사는지…… 정직이 지나쳐 탈인 사람이지요. 내가 없는 동안 손도 쓸 수 없을 지경으로 몸이 상하지는 않았는지, 되는 대로 막 먹고 있지는 않은지 걱정이에요."

그 아줌마는 쌀쌀맞게 대꾸했다.

"그렇게 걱정이 됐으면 남편 혼자 두고 오지 말았어야죠…… 왜 집을 떠나셨대요?"

엄마는 차창으로 흘러내리는 빗물을 바라보았다.

"아마 더 나은 아내가 되고 싶어서였을 거예요."

엄마의 대답이었다.

나는 엄마가 하고 싶었던 말을 금방 알아차렸다. 가족들을 떠나야 바로 그때 그들의 참모습을 발견한다. 그 모습에 만족

하고 그들이 잘되기를 바란다. 그러면서 자기도 더 좋은 사람
이 되고 싶다. 하지만 알베르타에 갔다 온 아줌마는 엄마가 하
고 싶었던 말을 전혀 이해하지 못했다. 그 아줌마는 여행을 떠
나게 된 다른 목적이 있었다. 상속 문제를 해결하기 위해 서부
에 갈 일이 있었던 것뿐이었다. 사내구실을 전혀 못하는 늙은
남편은 집 밖으로 거동할 수 없는 처지였단다. 아줌마는 자기
는 밤낮으로 남편 수발을 드느라 '가정'을 비우는 일은 있을 수
없다고 냉담하게 말했다.

엄마는 이윽고 보기 흉하게 주름이 잡힌 치마에 손을 올려
놓고 꾸벅꾸벅 졸았다. 잠이 들자 엄마 입이 벌어지고 쌕쌕 소
리가 새어나오기 시작했다. 엄마는 늘 자기가 그렇게 소리를
내면서 자면 깨워달라고 했지만…… 거슬릴 만큼 큰 소리는 아
니었으니까…… 나는 엄마가 잠시 더 눈을 붙이도록 그냥 두었
다. 얼굴에 몇 가닥 주름이 잡혔다. 고개가 앞으로 살짝 미끄러
졌다. 약간이지만 엄마 턱이 한 겹 더 생겼다는 걸 알았다. 입
가에도 새로운 주름들이 등장하고 있었다. 엄마는 늙어 보였
다. 더럭 겁이 났다. 엄마를 깨웠다. 엄마! 엄마! 하고 불렀다.
멀리 아주 멀리 있는 엄마를 부르듯이. 엄마는 소스라치며 일
어나 내가 불렀다는 것도 뚜렷이 지각하지 못한 채 물었다.

"무슨 일이니? 무슨 일이지?"

그러고 나서야 엄마는 나를 알아보았다.

"아, 너구나! 꿈을 꿨거든…… 깨우기를 잘했다…… 엄마
가 혼자가 되는 꿈을 꿨어…… 여기저기로 뿔뿔이 흩어진 자식

들을 찾으려고 꿈에서 온 나라를 헤집고 다녔단다."

역에서부터는 전차를 탔다. 우리는 틀림없이 프로방셰르 다리를 지나왔겠지만 차창은 부옇게 김이 서려 있었고 엄마도 나도 루주 강을 창밖으로 내다볼 생각은 들지 않았다.

선선하니 바람이 불었다. 우리는 조금 추웠고 엄마는 매니토바는 동부보다 봄이 더디게 온다고, 위르쥘 고모가 이걸 알면 흡족해할 거라고 했다. 몬트리올은 가본 적도 없었던 것처럼 멀어졌다…… 우리의 여행을 통틀어 뚜렷이 떠오르는 거라고는 성 안나에게 바친 커다란 성초밖에 없는 것 같았다. 게다가 데뫼롱 거리와 데샹보 거리로 갈라지는 모퉁이에서 내리니 우리 집 창문에 죄다 환하게 불이 들어와 있었다.

"세상에, 누가 병이라도 났나봐!"

엄마는 나를 잡아끌고 발걸음을 재촉했다. 엄마 걸음이 너무 빨라서 나는 비틀거렸다.

우리가 집을 나가고 보름 후에 아빠가 집에 돌아왔다는 얘기는 나중에야 들었다. 사실 아빠가 집을 비운 동안 그 긴 여행을 마치고 아빠보다 한 발 앞서 돌아와 있을 수도 있겠다 싶었던 엄마의 속셈은 그로써 완전히 무너져버렸던 것이다.

아빠는 집에 들어오면서 엄마가 남긴 편지를 못 보았다. 아빠는 식구들이 몽땅 병이 나서 입원이라도 한 줄 알고 걱정으로 벌벌 떨며 이웃집으로 달려갔다. 길베르 아줌마는 거리낌 없이 우리 소식을 전해줬다. "뭐라고요? 에블린이 꼬맹이를 데리고 퀘벡 쪽으로 내려간다고 알리지 않았나요?…… 저는 바깥

양반도 당연히 아시는 줄 알았는데…… 게다가 에블린 말로는 무료승차권이 생겼다고 하던데요…… 그런 식으로 행동하다니, 정말 놀랍군요!" 하지만 아빠는 아줌마가 은근히 기대하던 대로 그 집에서 길길이 뛰는 모습은 전혀 보이지 않았다. 아빠는 매니토바 주를 쑤시고 다니며 흩어져 지내는 자식들을 데려왔다. 자식들이 모두 돌아오자 아빠는 한 마디도 하지 않았다. 아빠는 걸었다. 열흘째 아빠는 집 안에서 서성거리기만 했다. 아래층 복도를 따라 죽 걷고, 위층 복도를 따라 죽 걷는 식으로. 자식들은 감히 아빠에게 말도 못 붙였다. 우리가 없는 동안 우리 집에서는 모든 일이 공고한 침묵 속에서 이루어졌던 모양이다. 식사도 말없이, 설거지도 말없이, 비난조차 아무 말 없이.

엄마가 문을 살살 열었을 때 식구들은 바로 그 무시무시한 침묵을 지킨 채 모두 앉아 있었다. 아빠가 눈을 들었다. 우리를 보았다. 아빠는 얼굴에 핏기가 싹 가시더니 의자를 박차고 일어났다.

"아, 집 나간 여자들이 드디어 오셨구먼!"

나는 쫓겨날까봐 겁이 났다.

그러나 엄마는 아빠 앞으로 나아갔다. 엄마는 새빨간 포도송이 장식이 달린 작은 파란색 밀짚모자를 쓰고 있었다.

"에두아르, 마땅히 들어야 할 꾸지람을 듣기 전에 잠시 내 말 들어요. 당신 누나들과 플라시드 아주버님께서 마음을 담아 인사를 전하셨어요. 모두들 얼마나 끔찍이 당신 생각을 하시는지……."

"뭐? 거기까지 갔었단 말이야……?"

"그래요, 에두아르. 당신의 과거, 당신의 어린시절까지 갔다 왔어요…… 에두아르, 과거가 없다면 우리가 도대체 뭔가요? 가다가 뚝 끊어진 평원, 반쪽짜리 인생이겠죠…… 나는 그걸 깨달았어요……."

아빠는 뒷걸음질 치며 더듬더듬 의자 팔걸이를 찾았다. 엄마는 계속 말했다.

"위르쉴 형님은 당신이 오랫동안 연락을 끊고 살았다고 마음에 쌓인 게 조금 있으셨어요. 그래도 내가 찾아뵈어서 무심했던 지난 세월을 바로잡았다고 생각해요…… 게다가 지금은 형님도 당신이 막중한 일을 한다는 걸 알고 마음을 돌리셨어요…… 마을에서 형님이 그렇게 말씀하시는 걸 들었거든요…… 아글라에 형님은 마음이 여린 분이세요…… 플라시드 아주버님은 뵙자마자 정이 가던 걸요…… 이름과 성품이 딱 맞아 떨어지는 분이세요.++++"

나는 엄마를 쳐다봤다. 엄마의 빛나는 눈에는 진심이 담겨 있었다. 세상에, 이럴 수가! 엄마는 다시 젊어져 있었다. 프록코트를 벗지도 않고 단추만 풀어헤친 채 엄마는 벌써 이야기에 취했다.

"……그곳에선 취락이라고 부르는 곳에 집들이 모여 있는

++++++ '플라시드(placide)'는 '온화한'이란 뜻이다.

데 여기 평원지대처럼 집과 집 사이의 간격이 넓지 않더군요. 하지만 집들이 죽 줄지어 있어서 마을이 끝없이 길게 보여요. 여기 나무보다 훨씬 크고 튼튼한 나무들이 길가마다 아름드리 자라서 참 보기 좋고요. 하얀 벽면은 빛과 그림자의 놀이터지요. 퀘벡의 야트막한 가옥들에는 바닥 가까이부터 좁은 창을 내고 크고 뾰족한 지붕을 올리더군요. 그 집들은 우리 매니토바의 집들만큼 채광이 좋지는 않겠지만 따뜻한 추억을 간직하기에는 제격이겠어요. 등에 불이 들어오고, 얼굴에 우애의 빛이 떠오르고, 숲조차 반겨주는 듯 보일 때 그곳에 있는 게 얼마나 좋은지! 그럴 때면 아무 말 없이 추억의 소리에 귀 기울이죠…… 어쩌면 퀘벡의 그 오랜 고장에서는 죽은 조상님들이 아직도 산 자들 언저리에서 숨을 쉬는지도 모르겠어요."

우리는 모두 엄마에게 조금씩 다가갔다. 입술이 말하기도 전에 풍경들을 예고하는 듯한 그 눈을 좀더 잘 보고 싶어서였다. 엄마는 목에 걸린 가짜 진주목걸이를 만지작거리면서 추억에서 풍경들을 끌어내기 전에 먼저 눈으로 쓰다듬고 미소를 지었다.

아빠는 그렁그렁한 눈물을 훔치는 것도 잊었다. 아빠는 넌지시 다른 것들도 물었다. 헛간 바로 옆에 있던 오래된 사과나무가 아직도 있는지? 과수원 같은 것도 남아 있는지? 엄마는 진실하고 마음을 울리는 답변을 주었다. 엄마의 얼굴에서 추억은 날개를 활짝 편 새처럼 훨훨 날아올랐다.

던리 우물

1

우리 아빠는 더러 좋은 순간도 있었지만 대체로 고달프기 그지없었던 자신의 기묘한 인생담을 꽁꽁 감추고 살았다. 엄마나 내게 결코 많은 말을 하지 않았고 이웃들에게는 더욱더 그랬다. 하지만 아빠가 '아녜즈'라고 살가운 정이 뚝뚝 떨어지게 부르던 아녜스 언니에게만은 그런 이야기도 했다. 그렇다면 아빠는 도대체 언제, 무슨 이유로, 안 그래도 감수성이 유별난 딸내미에게 속내를 털어놓았을까? 아빠가 망설이고 또 망설이다가 겨우 고백한 사연을 아녜스 언니는 오랫동안 비밀로 간직했다. 그러다 어느 날 저녁 언니가 입을 열기 시작했다…… 아마 우리가 아빠는 너무 융통성이 없다고 불만을 터뜨렸기 때문에 그랬을 것이다.

언니는 "아빠는 이런 사람이었는데, 저런 사람이었는데, 아…… 너희도 알아주면 좋으련만!"이라고 했다. 사실 아빠가 버젓이 살아 있는데 오래 전에 돌아가신 분을 떠올리듯이 '아빠는 어떤 사람이었다'라고 말하는 것 자체가 좀 특이한 노릇이었다.

그 무렵 아빠는 던리에 정착한 러시아계 백인 및 슬라브계 정교도들의 식민지를 특히 만족스럽게 여겼다. 우리는 이유를 잘 몰랐지만 아빠는 그들을 '프티 뤼텐Petits-Ruthènes'이라고 불렀다. 아빠가 터를 닦은 식민지 중에서 그곳이 가장 번창했다. 사람이 살기 시작한 지 10년밖에 안 되는 곳이었다. 못 배우고 불신에 빠져 있던 이민자들의 무리가 살기 좋은 군락을 만들기에 10년은 턱없이 짧은 시간이다. 게다가 그루터기를 뽑아내고, 집을 짓고, 성상과 성초와 하느님을 모시기에도 한참 모자란 시간이다. 그런데 프티 뤼텐들은 이 모든 과업을 완수하고 그 이상을 해냈다. 그들은 두호보르파처럼 골칫거리로 전락한 이민자들이 아니었다. 아녜스 언니는 아빠가 프티 뤼텐도 슬라브족, 아마도 부코비나 출신이라고 했던 것 같다고 했다. 과거는 그들에게도 분명히 중요했다. 그것은 뿌리 깊은 불행의 과거였다. 그러나 미래, 놀랍고 굳건한 미래야말로 프티 뤼텐들이 캐나다로 오면서 간절히 믿었던 것이다. 그렇기 때문에 아빠는 식민지 이주민들을 좋아했다. 버리고 와야만 했던 것을 그리며 허구한 날 찔찔 짜기보다는 앞으로 힘차게 나아가는 그들을 좋아했다.

아녜스 언니는 아빠가 던리 개척지를 무슨 낙원처럼 말했다고 했다. '낙원'은 아빠가 아빠 입으로 쓴 표현이었다.

아빠가 던리에 가려면 오지와 사바나, 늘 바람이 휩쓸고 다니는 고약한 고장을 10마일이나 지나가야 했다. 그러다 갑자기 시원스레 뻗은 포플러나무, 사시나무, 버드나무들이 한데 모인 벌거벗은 황야의 한 점 오아시스가 나타나는 것이다. 아빠는 그 초록다발에 도착하기 조금 전부터 물이 솟구치고 흐르는 소리가 들린다고 했다. 참으로 무성하고 선연한 그 나무들 사이로 거의 나무 발치에 숨은 듯이 '로스트 리버Lost River' 라는 작은 강이 흐르기 때문이었다. 엄하고 침울한 우리 아빠, 과연 그 아빠가 정말로 아녜스 언니에게 그렇게 아름답고 세세하게 경치를 묘사했더란 말인가? 어째서 다른 사람 아닌 아녜스 언니에게만? "아빠가 그 로스트 리버를 얼마나 좋아했는지 몰라. 말하자면 아빠는 그 강을 만든 장본인이라고 할 수도 있거든." 언니가 말했다.

아빠가 하루는 발길 닿는 대로 숲 속을 헤매다가 말라붙은 강바닥에 이르렀단다. 바닥에 깔린 반들반들한 조약돌 하며 나무 몇 그루의 배치를 보아하니 전에는 물이 흘렀던 자리가 분명했다. 아빠는 과거에는 초록이 무성했을 그곳에 홀딱 반해서 마음을 빼앗겼고, 약간의 수고를 기울이면 옛 영화를 되찾을 거라고 믿었다. 그러고는 열심히 일하는 식민지 정착자들, 약간의 상상력과 인내심만 있으면 어떤 일을 현실로 만들 수 있는지 내다볼 줄 아는 영리하고 용감한 정착자들을 그곳에 뿌리내리게 하겠다고 다짐했다. 그런데 프티 뤼텐들을 데려가서 로스트 리버의 강바닥을 보여주었더니, 그들은 아빠가 거기서 무엇을 분명하게 보았고 무엇을 좋아했는지 당장 알아차렸다. 프티 뤼텐들은 그곳에 정착하기로 마음먹었다. 아빠는 토양의 수분을 붙잡을 수 있도록 사라진 강 주변에 나무를 많이 심으라고 조언했고, 프티 뤼텐들은 그 말을 따랐다. 그리하여 해마다 강바닥에 물이 조금씩 차오르기 시작하더니 어떤 지점에서는 수심이 6피트까지 되기에 이르렀다. 그러자 오만 가지 다른 나무들이 강둑을 따라 차츰 저절로 자라기 시작했고, 무성한 가장귀가 얽히고설켜 초록 터널을 이루니 그 아래로 사라졌던 강물이 졸졸졸 노래하며 흐르게 됐다. 그 때문에 강물이 돌아온 후에도 계속해서 '없어진 강Lost River'이라고 부르게 됐단다.

아빠는 아녜스 언니에게 정착지에서 가장 좋아했던 것은 단연 물이었다고 말했던 모양이다. 실제로 물이 늘 부족한 서스캐처원 주에서 강을 되살리는 것은 매우 중요한 문제였다. "화재와 가뭄은 식민지 정착자들에게 가장 골치 아픈 적이지. 맑게 흐르는 물이야말로 그들의 가장 좋은 친구란다."

프티 뤼텐들은 강물이 돌아올 거라는 아빠의 예언을 믿었기 때문에 말라 있던 강바닥 주변에 집을 지었고, 덕분에 10년 후에는 집집마다 물과 숲의 속삭임이 들리는 쾌적한 그늘을 누리게 되었다.

아빠가 간이마차에서 내려 암말 돌리를 던리 우물가에 잡아맬 때면 황홀한 경치가 눈앞에 펼쳐졌다. 작고 하얀 초가집 스무 채가 초록 숲 군데군데서 반쯤 드러나 있었다. 역시 스무 채 남짓한 별채들도 매년 봄마다 회칠을 해서 아주 깨끗했다.

꿀벌통, 비둘기집, 나뭇가지와 짚으로 대강 지어 한낮에 소들이 더위를 피할 수 있게 한 간이 축사도 있었다. 하얀 거위 떼가 마을을 자유롭게 가로지르면 그네들의 재미나는 꽥꽥 수다가 울려 퍼졌다. 하지만 집들이 정말로 하얗지는 않았다고 아빠는 말했다. 완전히 하얀 빛은 아니고 언뜻 보아 구분은 잘 안 가지만 살짝 누그러진 흰색이었는데, 그 이유는 뤼텐 여자들이 석회 물에 파르스름한 표백세제를 풀어서 벽을 칠하기 때문이었다. 여자들은 좁고 낮은 창에 빨간 제라늄 화분을 내놓았다. 아빠는 가시덤불과 야생림 천지의 몹쓸 땅을 오랫동안 달려온 후 던리에 도착하면 이보다 더 마음에 들 수 없는, 언감생심 꿈도 못 꾸던 별세계 같았다고 했다.

아마 아빠는 던리에 가면 이 작은 촌구석의 미래를 보았던 그 날의 계시가 실현됐다는 벅찬 기쁨도 느꼈을 것이다. 그리고 어쩌면 아빠의 기쁨은 그의 꿈을 잘 따라와준 프티 뤼텐들의 기쁨보다도 더 컸을 것이다.

아빠는 간이 마차에서 내리자마자 아이들에게 둘러싸였다. 아빠는 아이들의 볼을 토닥토닥 어루만지거나 귀를 살짝 잡아당겼다…… 참 희한한 일이다. 정작 자기 자식들에게는 그런 애정표현을 하지 않은 양반이었으니…… 하지만 아마 그 아이들이 우리보다 더 아빠를 신뢰했을 것이다. 우리는 아빠의 피곤하고 낙담한 얼굴을 심심찮게 봤다. 아빠가 늘 성공하지 않는다는 것도 알았다. 그러나 던리 사람들은 아빠를 거의 초자연적인 힘을 가진 존재처럼 믿었다. 아빠가 프티 뤼텐들 속에서 느꼈을 확신과 안온함을 누가 알겠는가! 그들은 다른 마을과 동떨어져 있었고 아직 타지 사람들과의 의사소통도 원활하지 않았기 때문에 아빠를 전적으로 믿었고, 그 신뢰는 가히 완벽했다.

거위, 닭, 칠면조 들이 아빠 앞에서 활개를 쳤다. 아빠는 지천으로 흐드러진 온갖 꽃들 사이로 거닐었다. 아빠는 식민지 정착자들의 집에 꽃이 있다는 것은 성공과 행복의 표시라고 했다. 그런데 프티 뤼텐들이 사는 곳에서는 향기로운 스위트피가 울타리를 타고, 키 큰 해바라기가 태양을 따라 고개를 돌리며, 바람은 하얀 양귀비가 펼치는 미끈한 꽃잎들을 간질였다. 여자들은 집에서 옥외 변소까지 이어지는 오솔길에도 꽃을 심었다. 아빠는 집을 너무 극성스럽게 꾸민다고 좀 우스워했던 것 같다.

그러나 아빠는 진중한 사람이었으므로 우선 수확부터 살피러 갔다. 그런데 마을에서 몇 마일을 나가도 입이 떡 벌어지기는 마찬가지였다. 프티 뤼텐들의 경작지는 워낙 붙잡고 매달려 관리를 잘한 탓에 해로운 잡초 한 포기도 찾아볼 수 없었다. 밀, 여러 가지 곡물, 알팔파, 개자리속, 토끼풀, 모든 식물이 기막히게 잘 어우러져 자랐다. 농사 문제에서도 그들은 아빠의 뜻을 좇았다. 아빠는 당장 큰 수확을 얻으려고 애쓰기보다는 인내심을 갖고 윤작을 하라고 했는데, 어김없이 그 말대로 따라주었던 것이다. 어쩌면 바로 그 때문에 아빠는 던리를 낙원이라고 했던 게 아닐까? 아빠는 태초의 하느님처럼 그의 지상

낙원에서 순종을 받지 않았던가? 아빠는 믿음을 얻었고 프티 뤼텐들에게 일렀던 그 모든 일에 한점 실수가 없었다. 그런데 이 프티 뤼텐들은 절대로 '프티petit, 작은'하지 않았다고 아녜스 언니가 짚고 넘어갔다. 오히려 그들은 대체로 키가 큰 편이었고 더러 아주 억세고 기골이 장대한 사람들도 있었단다. 아빠는 키가 아닌 다른 이유로 그들을 '프티 뤼텐'이라고 불렀다는데, 아녜스 언니도 그 이유가 정확히 무엇인지는 기억하지 못했다. 어쨌거나 그들은 눈동자가 아주 맑고 파랗기 때문에 어린아이 눈처럼 보이는 모양이라고 언니가 말했다.

아빠는 채소밭을 둘러봤고 그곳 여자들이 심어놓은 보기 드문 채소들에 관심을 기울였다. 여느 채소밭처럼 마늘, 양배추, 순무도 있었지만 서양자초, 즙이 많은 검정 잠두, 아몬드처럼 단맛이 도는 오이도 있었단다. 그밖에도 별의별 것이 다 있었는데 멜론도 그중 하나였다. 프티 뤼텐들은 멜론을 무척 좋아했다. 아빠는 여기저기를 오갔고 주위는 눈에 띄지 않지만 분주한 활동으로 들썩들썩했다. 그러다 아빠는 어느 집으로 불쑥 들어갔다. 문지방에서 여자들이 아빠 손에 입을 맞추러 달려왔지만 아빠는 얼른 손을 거두었다. 아빠는 이러한 복종의 표시가 거북했던 것이다. 통역을 대동하고 사람들 집을 방문했다. "내가 깜빡 잊고 말을 안 했는데, 아빠는 그 사람들 말을 배울 시간이 없어서 스무 개 남짓한 낱말밖에 몰랐대. 그 사람들은 그 사람들대로 영어를 잘 못했고. 그렇지만 아빠와 그 사람들은 얼마나 뜻이 잘 통했는지 몰라. 통역에게 말을 하면 그 사람이 '정부에서 보내신 나리가 여러분에게 어떠어떠한 조처들이 필요한지 알려주십니다' 라든가 '보리스 마살리우크가 공손하게 여쭙는 바인데……' 라는 식으로 전달을 해줬거든." 아녜스 언니가 부연 설명을 했다.

그 후에는 식사가 차려졌다. 남자들이 일 이야기를 하는 동안 여자들은 놀랍도록 조용조용히 요리를 했다. 귓속말로 조곤조곤 이런 말을 건넬 때마다 아빠는 깜짝 놀라곤 했다.

"나리, 부디 누추한 자리나마 식사를 함께 하시면 저희가 무척 기쁘겠습니다……".

남자들이 밥상으로 와서 앉았다. 여자들은 겸상하지 않고 손님들 뒤에 서서 음식을 나르는 데 정신을 쏟았다. 아빠는 이 말없고 수줍음 많은 여자들, 아름다운 머리칼을 삼각 숄로 감추고 남자들 시중을 들며 '부디 괜찮으시다면……' 을 중얼거리는 이 여자들을 불만스러워하면서도 좋아했다.

아빠는 아녜스 언니에게 뤼텐 여자들 목소리는 졸졸 물 흐르는 소리 같고 침묵 같다고 했다. 하지만 그 여자들이 자기가 손수 차린 상에 남자들과 함께 앉아서 식사를 하면 더 좋겠다는 아빠의 생각은 확고했다. 아빠가 프티 뤼텐 남자들에게서 발견한 단점은 집에서 확실히 주인으로 군림한다는 그것뿐이었다. 여자들도 같이 앉아서 먹자고 말을 꺼내보려고 한 적도 몇번 있었지만…… 자기 집도 아닌데 주제넘게 그럴 수는 없었다.

아빠는 곧잘 던리에서 하룻밤을 묵곤 했다. 그곳에서 아빠는 어린애처럼 잠들었다. 여자들은 언성을 높이거나 듣기 싫은 소리를 내는 법이 없었다. 그 여자들은 행복해 보였다. 아빠는 속으로 생각했다. '이게 무엇을 입증할까? 옛날 노예들도 주인들보다 행복했을 게야. 행복이 반드시 정의에 따라오는 건 아니라고.' 따라서 던리 여자들의 팔자는 아빠를 서글프게 하는 유일한 문제였다. 아빠는 여자들이 아기를 재우며 읊조리는 자장가를 들으며…… 자신도 근본적이고도 완전한 복종에 빠지듯 스르르 잠이 들었다. 아침에 깨어나면 아래층에서 여자들이 준비하는 진한 커피 향기가 그윽하니 밀려왔다.

언제까지나 지속되기에는 모든 게 너무 좋다고 아빠는 생각했으리라.

어떻게 이곳에서만 평화와 풍요가 지배할 수 있겠는가? 다른 곳에서는 식민지 정착자들이 너나없이 난관에 부딪치고 있었다. 두호보르파도 그렇지 않은가. 두호보르파의 경우는 사탄의 간교함이 그리스도의 가르침 그 자체를 물고 늘어져 더 큰 혼란을 심는 격이었다. 실제로 두호보르파는 그리스도가 이 시대를 산다면 어떻게 할지 그대로 따르겠다고, 그리스도의 행위와 비유의 의미를 밝히겠다고 하면서 어리석은 짓을 거듭하고 있었다. 겨울이 닥치기 전에 가축 떼를 풀어놓고 "우리 하느님께서는 모든 피조물을, 비단 사람뿐만 아니라 짐승들도 자유롭게 살도록 만드시지 않았습니까?"라고 팔자 좋은 소리를 하던 이들이 바로 두호보르파 아니었던가.

그러나 하느님이 우리가 그토록 연약한 생명들을 보호하기를 바라셨을지 어떻게 알겠는가? 아빠는 그렇게 느꼈고 두호보르파에게 그런 문제로 너무 골머리를 싸매서는 안 된다고, 중요한 것은 동물을 학대하지 않는 것이라고 말했다. 그렇지만 두호보르파는 하느님의 뜻을 눈곱만치도 거슬러서는 안 된다는 생각에 여전히 자학적으로 매여 있었고…… 가축을 아무렇게나 풀어주었다. 다시 말해, 그들은 가축들을 축사에서, 안식처에서 내쫓아야 했다.

가엾은 동물들은 불안과 실망을 이기지 못해 다시 인간의 포로가 되기 원했다. 하지만 두호보르파는 기어이 동물들이 돌아오지 못하게 했다. 눈이 내렸다. 동물들은 먹을 것이 없어 대부분 죽었고, 겨우 봄을 맞은 몇 마리도 앙상하니 뼈만 남아서 인간들에게 돌아왔다. 두호보르파 아이들은 우유를 마시지 못한 탓에 온갖 질병을 달고 살았다. 메논파 교도들은 다른 종류의 미친 짓을 저질렀다. 당시 서스캐처원에는 참으로 딱한 일이 많았다…… 거의 대부분 선의가 지나쳐서, 하느님의 뜻을 온전히 헤아리겠다는 생각에서 비롯된 일이었다.

그런데 어째서 던리만은 무사했을까? 그곳 사람들이 지혜로웠던 것은 사실이다. 그들은 하느님을 믿었다. 어쩌면 하느님이 두호보르파나 메논파보다 자기들을 더 사랑한다는 믿음마저 있었을지 모른다. 그 생각만 제외하면 그들은 참으로 현명해 보였다.

어느덧 아빠 자신도 왜 유독 프티 뤼텐들이 하느님의 은혜를 입는 것처럼 보이는지 궁금해졌다. 아빠는 그들의 소박하고 순진한 영혼을 당혹스럽게 하는 일이 없도록 조심했다. 그들이 유별나게 선한 뜻을 행한다는 느낌은 없었다…… 그때부터 아빠는 살짝 불안해졌다. 던리에서 자신이 지나치게 오만했었다는 자책이 들었다.

정부의 힘 있는 사람들이나 식민청 고관들이 식민지를 방문하고 싶다고 하면 아빠는 그들을 늘 던리로 데려갔다. 던리는 아빠가 확실한 눈도장을 받고 경력을 쌓는 데 도움이 되었다. 철도회사들은 사진사를 급파하여 로스트 리버의 경관을 찍어갔다. 그리고 캐나다태평양철도회사는 이민자들의 구미를 당기기 위해 던리의 이모저모를 꽤 자세하게 찍어서 폴란드니 루마니아니 거의 온 세상 곳곳으로 보냈다. 그 이유는 이 회사가 이민자 수송으로 짭짤한 수입을 올리고 있었기 때문이다. 어느 날 아빠는 유혹적인 포스터 한 장만 보고 캐나다로 덜컥 이민을 왔다는 딱한 체코 사람도 만나봤다. 강, 금빛 밀밭, "그런데도 우리나라의 집들과 똑같은" 가옥들…… 그런데 그 체코 사람은 지금 광산에서 일한다고 했단다.

아녜스 언니가 이런 이야기를 털어놓자 왜 아빠가 거짓을, 특히 누락으로 빚어낸 거짓을 그토록 가증스러워했는지 납득이 갔다. 왜 엄마가 사실을 미화하면 그토록 질색하는지도 알 만했다. 하지만 그건 다른 이야기고…… 하여튼 아빠의 두려움에도 불구하고 던리에서 밀은 여전히 잘 자랐고 튼실한 가축들은 수를 불려나갔다. 프티 뤼텐들은 그들의 번성함으로 인해 신의 돈독한 사랑을 받는다는 믿음이 더욱 굳건해졌다. 그들은 때맞춰 햇살과 비를 보내주는 신에게 감사를 올렸다. 하느님의 부드러운 손길이 그들을 무겁게 짓누르리라고는 꿈에도 생각하지 않았다.

2

여리고 가냘픈 아녜스 언니가 이제야 털어놓는 그 광경을 그렇게 오랫동안 혼자만 속에 품고 있었다니! 아빠가 언니에게 말하기를 그 무렵 서스캐처원에서는 대평원 어딘가에서 꼭 화재가 발생하곤 했단다. 그 지역은 워낙 비가 적고 바람이 많이 불어서 큰불이 나기 십상이었다. 어찌나 기후가 건조한지 그냥 짚더미나 깨진 유리병 따위에 햇볕만 내리쬐어도 평원에 불길이 치솟곤 했다. 그럴 때 조금 센 바람만 불어도 금세 바람 퍼지는 대로 불길도 걷잡을 수 없이 퍼졌다. 그런데 그 동네 바람은 수확물을 바닥에 패대기치거나 나무를 뿌리 뽑고 지붕을 날려 보낼 정도로 극성맞았다. 그래도 바람은 악마 같을지언정 살아 있는 그 무엇, 낮게 자라는 풀은 내버려두었다. 하지만 화재가 쓸고 간 자리에는 도망치다 불길에 잡혀 달리던 자세 그대로 타죽은 사슴새끼, 멧토끼의 유해밖에 남지 않았다. 불이 한 번 났던 자리에는 맹금조차 시체의 눈알을 파먹으러 오지 않았기 때문에 그런 유해들에서는 고약한 냄새를 풍겼다. 서스캐처원의 참으로 많은 지역에서 이런 광경을 심심찮게 볼 수 있었고, 그토록 무참한 폐허를 바라보기란 여간 힘든 일이 아니었다.

프티 뤼텐들은 자나 깨나 불조심을 했다. 어쩌다 그루터기나 잡초를 태울 일이 있으면 바람이 거의 없는 날을 기다렸다. 불이 필요한 작업을 마치면 불씨를 완전히 비비고 다시 차가운 흙을 덮어서 꺼뜨렸다. 그런데 로스트 리버가 속삭대는 그들의 오아시스에는 항상 물이 있었으니 어떻게 진짜로 불을 두려워할 수 있었겠는가?

그해 여름은 무덥고 가물었다. 로스트 리버도 수위가 몇 피트나 낮아졌다. 던리에서 북쪽으로 20마일 지점에서 —아마도 햇볕 때문에 저절로— 불이 났다. 처음에는 바람이 다른 방향으로 불었다. 우리 아빠는 18마일 떨어진 곳에 진을 치고 측량사들과 함께 그 지역을 둘러보는 중이었다. 한밤중에 아빠는 잠에서 깼다. 풍향이 바뀌었다. 바람은 눈과 목을 따갑게 하는 독한 연기를 거느리고 한결 거세게 몰아쳤다. 얼마 지나지 않아 심부름꾼이 도착했다. 불길이 던리 쪽으로 옮겨간다고 했다. 아빠가 간이 마차에 뛰어올랐다. 그 지역의 길은 굽이굽이 돌아가야 했지만 아빠는 그 길을 무시했다. 가시덤불과 말라붙은 작은 웅덩이를 형편 닿는 대로 마구 가로질렀다. 돌리는 뾰족하게 곤두선 덤불에 찔리면서도 아빠가 가자는 대로 잘 따라주었다. 아빠는 음산한 사바나를 달리면서 멀리 뒤에서 따라오는 불길을 보았고 그 요란한 으르렁거림을 들었다. 아빠는 로스트 리버를 위해 기도했다. 던리만 아니면 아무 데나 상관없으니 불길을 다른 데로 돌릴 새 바람이 불기를 바랐다. 어쩌면 그게 선한 기도가 아니라는 것을 아빠도 인정했다. 사실 로스트 리버가 흐르는 자리에서 외떨어진 딱한 농가들보다 아빠의 프티 뤼텐들을 더 위하는 기도를 하는 이유가 무엇이란 말인가? 불행은 모르는 사람들보다 자기가 좋아하는 사람들을 덮칠 때 더 크게 느껴지는 것일까? 아빠는 그런 생각을 했다.

던리에 도착해서 아빠는 사람들에게 말을 타고 쟁기를 챙겨서 얼른 마을 주위를 넓게 에워싸라고 했다. 또 다른 사람들에게는 방공호를 파라고 했다. 하늘이 시뻘게졌다…… 대낮처럼 앞이 훤히 보여서 작업하기는 좋았다. 그러나 얼마나 괴상한 낮인가! 미친 듯이 날뛰는 짐승들, 달려가는 사람들, 그림자 하나하나의 몸짓과 태도가 진저리나는 그 빛에 그림자로 비쳐 보였지만 얼굴이 드러나지 않았기 때문에 지평선을 배경으로 살아 있는 것들은 모두 시커멓게 보였다. 조금 있으니 불길이 한층 용을 쓰며 두 갈래로 갈라지더니 군락의 양쪽에서 동시에 타올랐다. 아빠는 여자들에게 노인과 아이를 데리고 도망치라고 했다. "무얼 가지고 나갈 생각 말아요…… 빨리요…… 가구는 포기해요…… 다 두고 그냥 나가요……." 아빠는 고함을 질렀다.

그러나 그토록 순종적으로 봤던 이 여자들에게 아빠가 얼마나 기겁했는지! 처음에 여자들은 남자들과 함께 팠던 참호에서 도무지 나가려 하지 않았다. 아빠는 이 여자 저 여자에게로 뛰어다니며 몇몇은 어깨를 붙잡고 밀어내다시피 했다.

아, 여자들의 고집이란! 여자들은 집에서 매트리스, 솜털이불, 솥단지 따위의 쓸모없는 물건들을 바리바리 챙기기 시작했다.

"지금 그딴 걸 챙길 땝니까!"

아빠는 화가 나서 고래고래 소리를 질렀다.

하지만 그러고도 여자들은 커피포트를 가져와야 한다는 둥, 또 누구는 고급 찻잔을 챙겨야 한다는 둥 다시 집으로 들어갔다.

짐수레, 이륜마차, 무개 이륜마차 등은 살림으로 꽉 찼다. 그 위에 자다가 끌려나와 바락바락 우는 애들, 퍼덕대는 닭, 어린 돼지들을 얹었다. 여자들은 수레 뒤에 소까지 맸다. 지지리도 말을 안 듣고 뭐 하나라도 가져갈 게 있으면 절대 못 떠나겠다는 태세였다. 아빠는 이 대상의 앞쪽으로 달려가 말에게 채찍질을 했다. 말들은 펄쩍 뛰며 점점 다가오는 불기둥을 뚫고 남쪽의 돌파구로 달려갔다.

그때 아빠는 마을 북부의 수확물에 맞불을 놓아야겠다는 생각이 들었다. 양쪽 불길이 서로 만나서 한 번 확 타고 비로소 잦아들 수 있을 것 같았다. 전에도 몇번 이런 전략을 써서 성공한 적이 있었다. 아빠는 프티 뤼텐 중에서 특히 신임하던 얀 시불레스키를 불렀다. 판단력이 뛰어나서 합리적인 선택과 상식적인 도리를 잘 아는 사람이었다.

"빨리요, 빨리 사람을 서너 명 모아서 밀밭에 사방으로 불을 놓으세요."

아빠가 얀 시불레스키에게 일렀다.

바로 그 순간, 프티 뤼텐들은 이제 아빠를 이해 못하겠다는 표정을 지었다. 얀도 다를 바 없었다. 아, 고집 센 족속들, 욕심 많고 지독한 인간들! 원래 자기 나라에서는 가진 것이 전혀 없 던, 있어봤자 척박한 카르파티아 산비탈에서 밭 한 뙈기 일구 어 온 식구가 먹고살던 사람들이었다. 그래서 집착 없이 그곳 을 버리고 올 수 있었던 것이다. 그러나 이제 모두 다 그들의 소유였다. 가축에게 먹일 꼴, 사탕무, 양질의 밀, 꽉 찬 곳간, 정 말로 전부 다 가졌기에 아무것도 잃을 수 없다고 기를 쓰는 것 이었다.

"몽땅 다 쥐려고 하면 몽땅 다 잃습니다."

아빠가 말했다. 아빠는 화가 머리끝까지 치밀었다. 아빠는 심한 말을 하면 그들이 들을까 해서 길길이 뛰며 욕설을 퍼부 었다. 그러나 말로 해서 통하는 사람들이 아니었다. 그들은 여 전히 군락 주위에서 자욱한 연기를 가르며 죽자 살자 수레를 밀고 있었다. 어떤 사람들은 강물을 퍼서 집에 부었다. 벽에 물 을 끼얹는 수준이었다. 마을 중앙의 공동우물에서 물을 길어 올리는 사람들도 있었다. 우물은 매우 깊었고 거의 얼어붙어 있었다. 양동이에 김이 서릴 만큼 차가운 그 물이 강물보다 빨 리 공기를 식혀줄 거라고 생각했을까? 그래서 아빠는 혼자 수 확에 불을 놓으러 가려고 했지만 프티 뤼텐들이 가로막았다. 아빠는 그들이 아빠가 아까 한 말을 아주 잘 알아들었다는 것을, 이제 이 사람들 가운데 아빠 편은 한 명도 없고 그들 모두를 아빠 혼자 상대해야 한다는 것을 알았다. 아빠는 이 위험 속의 고립에 절망했다. 열기가 점점 더 높아졌다. 이따금 날름대는 불꽃의 혀끝이 마을보다 더 높이 솟았다. 우악스런 불의 포효가 사방에 울려 퍼졌다. 전부 끔찍한 아수라장에 휩싸였다. 이제 주인도 없고 복종도 없었다. 저마다 고군분투하며 진을 뺐다. 도끼를 손에 들고 불길이 다가오기를 기다리는 사람도 더러 있었다. 잠시 후 불길이 한 번 치솟는가 싶더니 방공호 중 하나를 덮쳤다. 불은 초가지붕으로 튀어 올랐다. 눈 깜짝할 사이에 그 집 안쪽이 환해졌다. 전부 끝장이었다.

"떠나요. 도망가요. 이제 목숨을 구할 시간밖에 없어요."

아빠는 사람들에게 외쳤다. 그날 밤의 아빠 모습을, 하늘을 향해 두 팔을 쳐든 키 큰 아빠를, 그런 아빠의 모습이 하늘에 그려냈을 시커먼 실루엣을 곧잘 머릿속에 그려보았다. 얼마나 근사한 실루엣일까!

그러나 이제 프티 뤼텐들은 불타는 집을 구하겠다고 난리였다. 그래서 아빠는 협박이라도 하듯이 그들에게 다가갔다. 아빠는 손을 들어 작열하는 붉은 하늘을 가리키며 그들의 언어로 물었다.

"이게 무슨 뜻인지 모른단 말입니까?"

모두 어안이 벙벙해서 머리 위에 펼쳐진 악몽의 색조를 쳐다보았다. 아빠는 그 모습이 이해할 수 없는 표시를 다함께 뚫어져라 응시하는 새대가리들 같았다고 했다. 아빠는 역시 그들이 쓰는 말로 이 표시가 무엇을 입증하는지 말했다.

"하느님의 진노예요! 잘 들어요, 하느님이 노하셨다고요!"

그렇게 아빠는 너무나 잔인한 짓을 하고 말았다. 마침내 모두가 납득하고 떠날 채비를 했다. 단 한 사람, 아빠가 그렇게나 좋아했고 절대로 판단이 그릇된 법이 없어서 곧잘 모범으로 제시했던 얀 시불레스키만 빼고 말이다. 그는 냅다 예배당으로 달려갔다. 그러고는 성모상을 안고 나왔다. 성모상을 방패처럼 앞세우고 그는 불길에 휩싸인 자기 집으로 걸어갔다. 아빠는 얀이 무슨 짓을 하려는지 단박에 알아차렸다. 얼굴, 입, 꺾을 수 없는 결심으로 굳어진 이마, 금빛 수염, 파란 눈이 넘실대는 불꽃에 환해졌다. 위대한 인간 얀이 환한 빛 속을 걷는 모습이 또렷이 보였다. 그가 안고 있는 자애롭고 순진한 표정의 성모상도 또렷이 보였다. 성모상의 눈은 밝은 불빛을 받아 마치 살아 있는 사람의 눈처럼 반짝거렸다. 아빠가 얀에게 고함을 질렀다.

"그만해! 바보!"

그러나 아무도 아빠의 말을 듣지 않게 된 지 이미 오래였다. 하느님의 진노 운운하면서 아빠는 명백히 무서운 과오를 범했다. 하느님의 뜻을 해석하다니, 그런 식으로 하느님을 감히 판단하다니, 아빠는 평생 동안 그게 자기 죄라고 생각했다. 얀은 찬송가를 부르며 준엄한 얼굴 앞으로 신실한 성모의 모습을 높이 든 채 여전히 불길을 향해 걸어갔다.

"그러다 죽어." 아빠는 얀에게 말했다. 다른 사람들에게도

호소했다. "저 사람을 말려요. 저 딱한 미치광이를 붙잡으라고
요."

그러나 구경꾼들은 살아 있는 울타리를 이루었다. 그 순간
그들은 하느님에 대해, 얀에 대해 간절히 알고 싶었으리라. 절
박한 호기심 때문에 다른 생각은 남아나지 않았던 것이다. 불
꽃이 타닥타닥 타는 중에도 찬송가 노랫소리는 잠시 울려 퍼졌
다. 갑자기 그 소리가 소름끼치는 비명으로 변했다. 기원의 노
랫가락에 이어진 그 무시무시한 울부짖음이 아빠의 귓전에서
평생 떠나지 않았다. 숯처럼 이글이글 타오르던 대들보가 얀
시불레스키에게 무너져 내렸다. 기적이 궁금했던 사람들도 드
디어 떠날 마음을 먹고 혼비백산했다. 사람들은 말에 올라탔
고, 말들은 날카로운 울음으로 분위기를 더 험하게 자극했다.
수레의 빈자리에 엉덩이를 들이밀려고 난리였다. 모두 서로 치
고 받으면서 마을 밖으로 빠져나갔다. 아빠는 앞 다투어 달려
가는 사람들에게 자기 이름을 큰소리로 외치라고 했다. 이제
연기가 짙어서 얼굴을 알아볼 수 없었고, 아빠는 프티 뤼텐이
한 사람도 남지 않고 다 빠져나가는지 확실히 해두고 싶었기
때문이다. 아빠는 말과 수레가 자기 앞을 지나칠 때마다 "남쪽
으로 가요!"라고 고함을 질렀다. 그쪽에는 아직 불의 벽 사이로
빠져나갈 여지가 있었지만 촌각을 다투며 그 자리도 점점 좁아
지고 있는 판국이었다.

마침내 아빠도 간이 마차에 올라 연기를 뚫고 사라진 대상
의 말발굽 소리를 따라갈 때가 되었다. 그러나 자갈과 흙덩어

리가 많은 땅에서 질주하기에 간이 마차는 너무 무거웠다. 아빠는 한달음에 몰리의 등으로 펄쩍 뛰어오르고는 주머니칼로 말과 마차를 잇는 띠를 끊었다. 가죽 띠들은 단칼에 끊어지지 않았지만 배겨내지 못하고 하나씩 툭툭 나가 떨어졌다. 돌리가 속도를 냈다. 하지만 이미 불길은 아직 뚫려 있던 단 하나의 길마저 여기저기 잠식하고 있었다. 아빠는 돌리가 혼자라면 화상을 입지 않고 그 길을 빠져나갈 수 있겠지만 사람을 태운 몸으로는 불가능하겠다고 생각했다. 저 앞에서 프티 뤼텐 한 사람이 서두르라고 고함을 지르고 있었다. 아빠는 걱정하지 말라고, 곧 간다고 대답했다. 그것이 아빠가 그날 밤 마지막으로 들은 사람의 말이었다. 아빠는 돌리 옆으로 내려와 명령했다. "가라…… 어서 가…… 나는 던리 우물이 있으니 괜찮아. 거기까지만 돌아갈 수 있으면 내 목숨은 걱정 없어…… 게다가 먼 길을 달리기에 나는 이미 너무 지쳤어, 정말로 지쳤다…… 우물에서 쉬련다……."

하지만 그날 밤은 아무도 아빠 말을 듣지 않기로 작정한 듯 착하고 말 잘 듣는 돌리, 아빠가 식민지를 둘러보러 위니펙을 떠날 때면 과자와 단 것을 챙겨서 먹였던 돌리마저 고집을 부렸다.

그래서 아빠는 채찍을 번쩍 들어 돌리를 한 대 후려쳤다. 그것도 제일 민감한 부분, 눈 있는 데를 겨냥해서. 돌리는 고통과 비난이 섞인 울음을 토하고는 떠났다. 아빠는 불길을 피해 몸을 숙이고는 던리 마을 한가운데로 뛰어왔다. 머리칼, 수염, 눈썹은 시뻘겋게 그을렸다. 물에 적신 수건으로 입을 막고 가능한 한 숨을 참았다. 아빠는 우물가에 당도했다. 양동이를 매달아 물을 길어 올리는 밧줄을 잡고 우묵하고 서늘한 우물 속으로 들어갔다. 수면에 닿을락말락하게 내려갔다. 순식간에 으르렁대는 불길이 우물을 포위했다. 주변의 풀은 깡그리 타버렸다. 밧줄도 슬슬 열기를 견디지 못하고 끊어지려 했다. 아빠는 밧줄이 한 올 한 올 나선형의 재가 되어 끊어지려는 것을 보았다. 우물 안쪽으로 금방이라도 굴러 떨어질 것 같은 벽돌들을 얼른 뽑아내어 움푹한 틈새를 만들고 거기에 몸무게를 의지했다. 그리고 아빠는 손을 최대한 뻗어 밧줄을 끊었다. 그와 동시에 우물 위에서 뚜렷한 윤곽의 그림자를 보았다. 그림자는 히힝히힝 울음을 길게 뽑아 주인을 불렀다. "오…… 돌리! 가라니까! 어서 가!" 아빠는 고래고래 소리를 질렀다. 아빠가 벽돌 한 장을 돌리의 머리를 향해 집어던졌다. 아빠는 돌리가 성난 고함소리와 함께 벽돌이 불쑥 튀어나오는 우물 안을 들여다보았다고 했다. 그러고 나서 머리와 갈기를 세우고는 뒷발로 펄쩍 일어섰단다. 조금 있으니 고기 타는 냄새가 풍기기 시작했다.

아빠는 우물 안이 뜨거운 불가마로 변했다고, 숨을 쉴 수 없어서 더 깊이 내려가는 수밖에 없었다고 했다. 잡고 있던 밧줄을 우물 안의 툭 튀어나온 부분에 매달아 아래로 내려가는 수단으로 삼았다. 우물물이 무릎까지, 조금 있으니 허리까지 찼다. 아랫도리는 얼어붙어서 감각이 사라졌는데 머리 위에서는 불씨들이 타닥타닥 비처럼 쏟아졌으니…… 아빠는 모든 게 끝났다고 생각했다. 불현듯 전부 다 상관없다는 마음이 들어서 자기가 죽은 줄 알았다고 했다. 훗날 아빠는 그때를 돌이켜보며 다른 것들은 다 제쳐두고라도 우물 바닥이 너무 음산하고 적막하며 단절되어 있어서, 그 범상치 않은 적요함이 무엇보다도 불안했다고 회고했다. 아빠는 우리 생각도 나지 않았다고 했다. 그저 안식을, 크고 넉넉하여 거부할 수 없는 안식을 느낄 뿐이었다. "후회도 희망도 욕망도 없는 완전한 쉼의 상태"였다고 아빠는 자기 입으로 말했다. 우물 바닥에서는 삶에 대해, 그동안 살아온 날들에 대한 기억도 거의 떠오르지 않았다. 그토록 심원한 무념무상을 박차고 나올 수가 있었겠는가! 아빠는 자기가 죽은 줄 알면서도 죽음이 이렇게나 어둡고, 차갑고, 공허하고…… 이렇게나 크나큰 안식을 주기에 죽은 이에게 애착이란 있을 수 없겠구나 생각하며 놀라워했다. 아빠의 내면은 황야, 아빠 머리 위에서 화마가 할퀴고 간 던리의 황야와 다르지 않았다.

아빠는 그때 그 생명의 부재 속에서 아녜스 언니를 보았다고 했다. 언제나 그렇듯이 위니펙에서 아빠가 타고 오는 전차를 마중 나온 아녜스 언니를. 아빠는 우리가 사는 데샹보 거리 모퉁이의 전차 정거장에서 아녜스 언니와 항상 언니를 졸졸 따라다니는 우리 집 늙은 개 콜리를 보았단다. 바로 그 광경이 기어이 아빠의 안식까지 파고들어 아빠를 먼 곳까지 쫓아왔다. 며칠이 지나도, 몇주, 아니 몇 달이 지나도 돌아오지 않을 자신을 기다리는 아이와 개를 바라보는 회한이 아빠의 죽어버린 영혼을 되살려냈다. 아빠는 옛 말을, 저만치 멀어져가는 단어들을 되찾았다. "가거라. 너도, 개도 얼른 집으로 돌아가." 아빠는 아녜스 언니에게 말하려고 했다. 그리고 '집'이라는 단어를 아빠 입술이 뱉는 순간 머릿속 깊은 데서 엄청난 충격만이 깨어났다. "집! 누구의 집? 왜 집들이……." 아빠는 다시 싸늘한 바람에 덜덜 떨면서도 길모퉁이를 고집스레 떠나지 않는 아이를 떠나보내려고 안간힘을 썼다. "기다려도 소용없단다. 아빠는 벌써 죽었는걸. 모르겠니. 죽으면 정말로 아무 근심이 없어지는 거야." 하지만 아녜스 언니는 우물에 처박힌 아빠에게 대꾸했다. "아빠는 돌아올 거예요. 난 알아요…… 어쩌면 이번 전차에는 아빠가 타고 있을 거예요……."

아빠는 문득 자신의 혼잣말을 듣고 소스라치게 놀랐다. 그리고 그 목소리를 듣고 자기가 아직 죽지 않았음을 깨달았다. 길모퉁이에 나온 아이 때문에 아빠는 밧줄을 잡고 우물 벽을 기어오르느라 젖 먹던 힘까지 쥐어짰다. 아빠는 의식을 잃었다.

다음날 아침 프티 뤼텐들은 우물에서 아빠를 찾아냈다.

한때 로스트 리버가 흐르던 폐허에서 아빠는 눈을 뜨고는 자신이 지옥에 왔다고 생각했다. 희한하게도 아빠는 전날 밤 이글이글 타오르는 불길이나 악다구니의 비명, 아무도 명령을 따르지 않던 아수라장이 아니라 지금 이 광경—파고들 수 없는 두터운 침묵, 온통 시커먼 땅, 끔찍한 죽음—에서 지옥을 연상

했다.

불에 구워진 흙에 드러누워 있던 아빠는 자리를 털고 일어나 프티 뤼텐들을 격려하려고 애썼다. 적어도 살아 있으니 가장 중요한 것은 구한 셈 아니냐고 했다. 그러나 그런 말을 하는 아빠 자신도, 프티 뤼텐들도 가장 중요하다는 삶에는 애착이 없어 보였다. 그들은 어쨌거나 삶도 잃은 거라고, 적어도 지난 10년의 삶은 잃어버렸다고 했다……. 아빠는 여자들의 안부를 물어야겠다는 생각이 들었다. "여자들은 모두 안전하게 피했습니까?" "네, 모두 안전합니다. 하지만 정든 집과 불룩한 여행용 궤짝, 좋은 옷감을 쟁여두었던 상자를 다 잃었다고 통곡들을 하고 있지요."

아빠는 우리 식구에게 돌아왔다…… 그러나 던리에는 영영 돌아가지 않았다.

엄마는 아빠의 꼬락서니에 질겁하며 물었다.

"에두아르, 무슨 일 있었어요? 또 무슨 일이 있었던 거예요?"

아빠는 엄마에게 그 일의 표면적인 부분밖에, 어쩌다가 식민지 한 곳을 잃게 됐다는 말밖에 하지 않았다. 아주 오랫동안 아빠는 그 일을 결코 입 밖에 내지 않았다. 아빠 곁에 다가와 앉으며 극진한 눈길로 바라보는 아녜스 언니한테만 ―언니는 겁이 없었다. 아빠의 반쯤 타버린 눈썹도 무서워하지 않았다― 어쩌다가 아빠가 하느님의 뜻을 사람들에게 해석한답시고 끼어들었던가를 어느 날 저녁 털어놓았을 뿐이다. 아마도 아빠가 우물 속에 그대로 처박혀 있지 않았던 것이 후회된 날이었으리라…… 무덤에서 살아 나온 나사로[+]는 우리가 아는 한 결코 쾌활하지 않았다.

다만 참으로 희한한 점이 있었다. 아빠는 기쁨을 모르는 사람이 됐다. 얼굴에 기쁜 빛이 떠오르는 것을 거의 볼 수 없는 사람이 됐으면서 고통에는 유난스레 민감해졌다.

아! 참으로 당황스러운 노릇이었다. 아빠는 우리가 깔깔 웃고 아직도 행복할 수 있다는 데 너무나 놀랐다. 그러나 어떤 불행이나 아픔이 식구 중 어느 한 사람에게 떨어질 때면 그제야 아빠는 되살아나…… 우리에게 돌아와…… 더욱 고통스러워했으니!

✛ 예수님이 죽음에서 살려준 성경 속 인물.

알리시아

1

알리시아 언니 이야기도 기어이 해야겠다. 아마 내 삶에 가장 깊은 영향을 끼친 이야기이리라. 그러나 내게 얼마나 모진 아픔이었던가…….

우리 알리시아 언니는 눈이 아주 컸고 짙은 파란색을 띠었다. 새까만 머리칼과 그 눈이 얼마나 묘한 대비를 이루었던가! 내가 기억하는 한 가장 아름다운 눈썹을 언니는 엄마에게서 물려받았다. 활처럼 멋들어지게 휘어진 눈썹, 눈썹산이 유난히 높고 단정해서 언니의 눈매는 삶을 마주한 채 깜짝 놀라거나 힘들어하는 것 같았다. 언니는 여전히 갸름하고 창백한 얼굴의 알리시아, 내 언니였다. 그렇지만 한편으로는 아니었다. 이제 예전의 알리시아 언니가 아니었다. 벌써 언니는 그토록 사랑했던 사람들을 알아보지 못하고 있었다. 어쩌다 내 얼굴만 겨우 알아볼 뿐이었다. 언니만의 그 독특한 눈빛이 아주 먼 곳에서 가까스로 돌아오는 모습이 나에게도 보여서 더럭 겁이 났다. 그러자 언니는 나를 바라보며 예전처럼 미소를 지었다. 아마 나를 다시 보고 반가워서 뽀뽀도 했던 것 같다. 하지만 언니는 나를 우악스럽게 꽉 껴안았다. 이제 나는 우리 언니가, 알리시아가 두려웠다! 그 다음에 언니는 자기가 왔던 곳으로 되돌아갔다. 언니 눈에서 부모도, 친구도, 여동생도 사라졌다. 언니의 기묘한 눈빛에는 그 안에 갇힌 자신 외에는 아무도 없었다. 자기 안에서 처절하게 혼자가 된다는 것이 얼마나 끔찍한 일인지 나는 벌써부터 알 것 같았다.

"알리시아 언니가 왜 저래요?"

나는 엄마에게 가서 물었다.

우리 식구들은 집에서 터놓고 눈물을 보일 줄 모르는 사람들이었다. 하지만 그 무렵에는 부엌에 불쑥 들어갔다가 엄마가 혼자 앉아서 앞치마로 눈가를 훔치는 광경을 한두 번 목격한 게 아니다. 엄마는 할 일이 엄청 많아서 내가 방해하면 안 된다는 식으로 나왔다. 나는 호락호락하지 않았다.

"알리시아 언니에게 무슨 일 있어요?"

그들—어른들을 말하는 거다—은 나에게 진실을 감추었다. 알리시아 언니에게 아무 일도 없다고 했다. 너무 많은 거짓말로 인해 외따로 떨어진 세상에서 곱게 머무는 것, 그게 바로 어린 시절인가? 그러나 '그들'은 내가 진실을 추적하는 것까지 막지는 못했다. 의지할 데 하나 없이 혼자 용을 써도 어른들의 세상에 나아갈 수 있었다.

여름이었다. 데샹보 거리에서 전에 없이 무덥고 햇볕이 쨍쨍한 여름이었지 싶다. 과실이 주렁주렁 영글어가고 집 주위에 꽃이 활짝 피고 잔디는 잘 깎여 있었기에 우리는 행복을 맞이할 준비가 된 듯했다. 그해 여름이 유독 뚜렷이 기억난다면 그것은 아마도 그 여름이 참으로 마뜩찮아서, 우리 생각과 크게 어긋나버려서일 것이다. 알리시아 언니만은 그러한 간극을 생각하지 못하는 듯했다. 우리 집에 불행을 몰고온 장본인이면서도 언니는 자기 소행이 아니라고 시치미 떼듯 딴청을 부리고 있었다. 거의 늘 노래만 흥얼거리면서 말이다.

어느 날 언니는 다락방에 올라갔다.

갑자기 식구들은 제 앞가림도 못하는 어린애가 없어졌을 때처럼 불안해하면서 "알리시아는 어디 갔어?"라고 서로 묻기에 바빴다.

대답하는 사람은 거의 언제나 바로 나였다.

"다락방에 있어요."

그렇지만 나도 한 번은 한참을 걸려서야 겨우 언니를 찾아낸 적이 있다. 알리시아 언니가 어두컴컴한 벽장에 처박혀 있었던 것이다.

고생고생해서 찾아낸 언니는 두 손에 얼굴을 묻고 있었다. 언니는 울고 있었다.

마치 숨바꼭질이라도 하고 싶은 듯 구는 언니를 찾아내고서도 나는 그게 놀이라는 기분도, 그렇게 언니와 놀고 싶다는 기분도 들지 않았다. 예전에는 알리시아 언니와 그렇게 숨바꼭질을 하면서 좋아했는데 말이다. 그때는 장난으로, 혹은 어떻게 상대를 속여 넘겼는지 들추어내면서 희희낙락했던 놀이가 분명하다.

"알리시아는 어디 있니?"

엄마가 나에게 물었다.

그러면 나는 엄마에게 언니의 행방을 가르쳐주며 이런 식으로 말했다.

"오늘은 노래를 부르면서 꽃을 엮고 있어요."

세월이야 가거나 말거나 꽃목걸이나 꽃팔찌를 엮어 치장하느라 여념 없는 언니를 보면서 왜 그리 서러웠을까? 단순히 언니가 이제 조그만 계집애가 아니어서 그랬을까?

하루는 알리시아 언니가 다락방에서 하얀 원피스를 입었다. 허리에는 넓은 하늘색 띠를 두르고 머리에는 장미꽃을 꽂았다. 그때처럼 언니가 예뻐 보인 적이 없었다. 어여쁜 언니를 바라보면서 왜 그리 슬펐던가? 언니는 거리 쪽으로 난 다락방 천창에 기대어 지나가는 행인들 머리에 장미 꽃잎을 한 장 두 장 따서 날리기 시작했다. 그러면서 구슬픈 목소리로 노래했다.

"여기 꽃이 있다오…… 선량한 님들아…… 여기 지나가는 그대들을 위한 장미가 있다오!"

왜 그랬는지는 모르지만 엄마에게 가서 알리시아 언니가 지나가는 사람들 머리에 꽃을 뿌린다는 말을 해야 할 것 같았다. 그런 건 몹시 창피한 일이라는 말을 들은 적이 있었다.

"알리시아를 찾아와. 딴 짓으로 주의를 끌어. 언니가 창가에 바짝 서 있지 못하게 해."

엄마가 말했다.

하지만 그 날은 언니가 나도 전혀 알아보지 못했다. 언니를 끌고 가려고 했더니 갑자기 심술궂은 눈길을 나에게 던지지 않겠는가. 언니는 "유다야! 유다야!"라고 고래고래 악을 썼다. 그런 언니가 너무 무서웠다. 벌벌 떨면서 겨우 그 자리를 피했다…… 어제까지만 해도 알리시아 언니는 나를 돌봐줬는데. 엄마가 너무 피곤할 때면 알리시아 언니가 나를 맡았다. 엄마는 오후 한나절을 고스란히 바느질에만 쏟고 싶을 때에도 언니에게 나를 일임했다. "알리시아, 막내 데리고 산책 좀 다녀오겠니? 네가 좀 돌봐줄 수 있을까?"라면서 말이다. 다 큰 언니들은 이런 식으로 어린 동생을 엉겁결에 떠안게 되는 상황을 달가워하지 않았지만…… 알리시아 언니는 나를 맡기 싫다는 기색을 내비친다든가 해서 사람을 창피하게 만드는 법이 절대 없었다.

내가 될 수 있는 대로 언니 속을 썩이지 않으려 했던 것은 사실이다. 우리는 함께 집 밖으로 나갔고, 항상 우리가 사는 거리 옆 미개발구역으로 향한다는 것을 알았기에 나는 행복했다. 알리시아 언니와 나는 절대로 시내 쪽으로 가지 않았다. 도시를 외면하고 우리 거리의 제일 끝 집까지 가벼운 나무보도를 걸었다. 그 다음에는 평원을 가르고 나아갔다. 검은 떡갈나무들이 울창한 우리의 작은 숲이 지척이었다. 어릴 때는 그 숲이 한없이 넓은 줄 알았다, 광대한 숲이라고 생각했다…… 그러나 손바닥만한 작은 숲에 지나지 않는다는 것을 알게 된 지 이미 오래다. 우리 집 합각머리도 다 가리지 못할 만큼 작은 숲이었다. 상관없다. 숲에 왔다는 엄숙한 즐거움, 쾌적함, 조금은 위험스러운 미스터리마저도 가장 절실하게 느낄 수 있었던 곳이 바로 거기였으니까. 알리시아 언니는 내가 그런 기분을 간직할 수 있도록 도와주었다. 작은 떡갈나무에 다가갈 때면 언니는 이렇게 말했다. "보렴, 나무들이 검은 망토를 길게 드리우고 음모를 꾸미는 한패 같구나." 조금 있다가 우리는 떡갈나무들이 음모를 꾸미느니 어쩌니 하는 것은 다 잊고 풀밭에 벌러덩 누워서 후드득 떨어지는 도토리를 구경했다. 미처 피하지 못해 도토리가 얼굴에 정통으로 떨어지는 때도 있었다. 언니와 나는 아무 말 없이 몇 시간이고 보낼 수 있었다. 하지만 그때도 이미 언니의 생각이 늘 행복한 것만은 아니었다. 하루는 내가 어른이 되면 아주 아름답고 훌륭한 일을 할 거라고 떠벌렸더니 언니는 서글프게 대꾸했다.

"모두 그렇게 말하지. 그러고는 좀스럽고 비루한 일들만 하게 되는 거야."

"하지만 난 굉장한 일을 할 거야!"

그러자 언니는 내가 어디 아픈 양, 멋모르고 물가에 나온 아이라도 되는 양, 얼른 자기 품에 안았다. 언니는 바람결에 사부작대는 떡갈나무 아래서 자장자장 하듯 내 몸을 가볍게 흔들어주었는데 떡갈나무, 푸른 하늘, 가없는 따사로움이 나를 안고 둥둥 어르는 것 같았다. 알리시아 언니 품에서 조금 빠져나와서 보니 언니는 울고 있었다.

"아니, 내가 바라는 건 아무도 고통스럽지 않은 거야. 불행이 사람들을 건드리지 못하게 싸우면서 평생을 보내고 싶어. 우선은 아빠 엄마가 불행하지 않기를 바라고, 그 다음은……아! 누구든 불행해져서는 안 돼. 아무도 그래선 안 돼. 세상에는 얼마나 아픔이 많은지!"

언니는 나를 다시 끌어안으며 이렇게 말했다.

"언니가 너를 지켜줄게. 너를 아프게 하는 것들을 막아줄게."

2

이제 언니는 우리의 불행이고 뭐고 몰랐다. 언니는 식구 중 아무도 기억하지 못했다. 언니야말로 우리의 가장 큰 불행이었다. 집에 손님이 오면 언니를 숨기느라 진땀을 뺐다. 여전히 언니 소식을 묻는 지인이나 친구들이 있었다. 물론 대부분은 우리 식구 중에서 언니를 찾지 않는 척했다. 하지만 더러 몇 사람은 아직도 엄마에게 물었다.

"댁의 따님 알리시아는 어때요?"

그러면 엄마는 알리시아 언니가 심한 열병을 앓아서 기력이 다 떨어졌다는 이야기, 의사가 그런 질병들을 두고 한 이야기를 했다. 누가 그 병에 걸려서 죽었다는 둥, 아니면 차라리 죽느니만 못한 운명이 기다리고 있다는 둥……

나는 정원 구석에 숨어서 이런 이야기들을 낱낱이 엿들었다. 그런데 죽느니만 못한 운명은 도대체 무엇이었을까? 그래도 나는 아직 알리시아 언니가 죽느니보다는 불행한 언니라도 곁에 있는 게 좋았던 모양이다. 어른들이 이제 언니가 죽는 게 낫다고 여기게 되는 것이 두려웠다. 그때부터는 내가 속으로 다짐했다. '내가 언니를 지켜줄 거야. 언니를 아프게 하는 것들을 막아줄 테야…….' 하지만 하루는 언니가 나를 호되게 물어뜯었고 엄마가 그 일을 알아채고 말았다. 엄마는 부들부들 떨면서 캐물었다.

"언니가 널 아프게 했어? 전에는? 전에도 언니가 너한테 그런 적 있니?"

아니라고 딱 잡아떼지 못했다. 나 역시 두려운 감정을 가눌 수 없었기 때문이다.

그러자 '그들'은 알리시아 언니를 멀리 보내기로 작정했다. '그들'은 나에게 진실을 말해주지 않았다. '그들'은 진실을 듣기 좋게 꾸미고 딴판으로 바꿔버렸다. "알리시아 언니는 어디 갔어요?"라고 악착같이 물고 늘어졌지만 '그들'은 언니가 치료를 잘 받고 있다고, 아마 씻은 듯이 건강해져서 돌아올 거라고, 언니를 위해 기도나 하라고 둘러댔다. 그러면 나는 이따금 또 이렇게 물어보았다.

"언니는 도대체 왜 그러는 건데요?"

나를 그토록 참을성 있게 대하던 엄마가 모질게 꾸중했다.

"엄마가 정신없는 거 안 보여? 그러니까 엄마 좀 그만 내버려둬!"

하루는 아빠 엄마가 몰래 이야기를 나누고 있었다. 아빠 엄마가 내 관심을 끌 만한 이야기를 할 때는 두 사람 얼굴만 봐도 딱 감이 왔다. 나는 그림책 색칠하는 데 푹 빠져서 아무 소리도 안 들리는 척했다. 아빠 엄마는 흘끗 나를 곁눈질하고는 하던 이야기를 계속 이어나갔다.

"놓칠 수 없는 기회요. 알리시아가 쟤를 얼마나 끔찍이 여겼소……."

"그래도 아직 어린애예요…… 에두아르, 쟤를 거기 데려가다니요. 생각을 해봐요."

그러나 아빠는 이렇게 응수했다.

"걔는 막내를 극진히 사랑했소. 어쩌면 저 애를 다시 보면 너무 기뻐서…… 무슨 수든 써봐야 하지 않겠소?"

엄마는 턱으로 나를 슬쩍 가리키며 말했다.

"저 나이 때는 그런 일이 평생 지울 수 없는 기억으로 남기도 해요……."

"알리시아가 쟤를 얼마나 끔찍하게 생각했는지 생각해보구려. 뭐라도 할 수 있는 누군가가 있다면, 그건 틀림없이 저 애요…… 저 애만이 기적을 일으킬 수 있어……."

그때 아빠 엄마가 나에게 기적을 바란다는 것을 알아차리고 나는 자리를 피해서 가장 나지막한 전나무 가지 아래 숨어버렸다. 모두들 그날 오후 내내 나를 찾아다녔다. 저녁이 다 되어서도 성과를 거두지 못한 식구들은 집에서 큰소리로 나를 불렀다.

"프티트! 미제르! 크리스틴!"

전나무 아래 어슴푸레한 그늘에서 나는 알리시아 언니와 단 둘이 곧잘 즐기던 피크닉을 떠올렸다. 언니는 어릴 때부터 그런 욕구를, 독립성에 대한 확고한 취향을 간직했던 것 같다. 우리 같은 아이들은 진정한 독립성이라고는 거의 없기 때문이다. 어쨌든 언니나 나나 식탁에 앉아 밥을 먹는 것보다 더 진부하고 따분한 일은 없다고 여겼다. 그래서 빵이랑 잼을 떡갈나무 숲에서 조금 떨어진 옥수수밭으로, 작은 센 강가로 들고 나가서 먹어도 좋다는 허락을 엄마에게 종종 받아내곤 했으니, 참 독특하지 않은가? 밥 먹기 편한 장소는 아니었다. 평평한 데가 별로 없어서 먹을 것을 늘어놓기도 마땅찮았으려니와 근사한 지평선이 보이는 곳도 아니었다. 그렇지만 우뚝하게 줄선 옥수숫대 사이에서 알리시아 언니와 나는 꽁꽁 갇힌 듯, 철통처럼 보호받는 듯, 완벽하게 숨은 듯 한참이나 재미있었다. 엉덩이 붙일 자리밖에 없어도, 빽빽한 옥수숫대 사이에 쭈그리고 있어도 조금도 불편한 줄 모르고 몇 시간이고 보냈다. 커다란 잎사귀가 스치는 소리, 옥수수밭을 이따금 가르는 새 울음소리, 바람이 물소리 비슷하게 어린 이삭을 스치며 내는 소리…… 옥수수수염을 뜯어서 우리의 콧수염 턱수염이라고 붙이며 놀았던 일까지 전부 다 흥이 뻗치고 신나기만 했다. 게다

가 우리는 정말로 안전하다는 느낌, 누군가 우리에게 다가오면
반드시 소리로 발각될 수밖에 없다는 확신이 있었다. 옥수수밭
에 있으면 요새에 들어앉아 단단히 보호를 받는 듯했고, 놀랍
도록 유연한 옥수숫대들이 조금 거칠게 부서진다 싶으면 우리
영토에 침입자가 있다는 신호였다. 그러나 결국 엄마가 저녁이
다 되도록 우리 둘이 어디서 지내는지 알아내고는 벌써부터 걱
정하기 시작했다.

"옥수수밭이라니, 예쁜 곳이 지천에 널렸는데 왜 항상 옥수
수밭에 먹을 걸 싸들고 간다니."

3

엄마와 나는 아침 일찍부터 그곳에 가려고 나섰다.

가는 길에 엄마에게 물어보았다.

"엄마 아빠가 알리시아 언니를 가두어놓았어요?"

엄마는 억지로 웃으려 했다.

"가두다니. 어쩌다 그런 생각을…… 아니란다. 언니는 아
주 잘 있어. 최고의 의사 선생님들에게 치료를 받고 있단다."

그러나 우리가 도착한 소도시는 여느 도시 같지 않게 유난
히 칙칙했다. 적어도 내 눈에는 그렇게 보였다. 그런 인상은 나
때문이었을 수도 있다. 그때부터 나는 생각이 상황에 크고도

희한한 힘을 발휘한다는 사실을 알았다. 어떨 때는 생각만으로도 케케묵은 잿빛 집이 아름다워 보인다. 반면 실제로는 별로 그렇지도 않은 것을 굉장히 추악하게 보여주기도 한다. 그 도시는 내 눈에 적막하고, 따분하고, 햇빛을 편하게 못 참아 시뻘겋게 달아오른 듯 보였다. 도시에서 조금 외곽으로 나가니 작은 언덕배기에 유난히 더 적막하고 가혹해 보이는 크고 하얀 건물이 있었다. 그 건물이 엄마와 나의 목적지였다. 잊혀지지 않는다. 엄마는 그 건물로 가는 길을 물어야 했는데, 그때 엄마는 얼굴을 붉히면서 기어들어가는 목소리로 무척이나 딱하게 굴었다. 이제 우리는 길을 알았다. 높다란 벽돌 건물을 향해 발걸음을 옮기다 보니 그곳이 통로와 벤치, 그네가 딸려 있고 나무도 많은 아름다운 정원 한가운데 자리 잡고 있음을 금세 알 수 있었다. 그런 정원도 있건만 그 건물에 출구가 아무데도 없는 것처럼 보였던 까닭은 도대체 무엇일까? 아마 사방으로 둘러친 철책 때문이었으리라…….

옥수수밭이 떠올랐다. 그래, 그곳에서도 우리는 갇혀 있었지만 그건 전혀 달랐다. 아주 옹색한 공간에 머물지언정 언제든지 마음대로 박차고 나갈 수 있는 게 자유 아니겠는가?

나는 생각했다. 엄마와 벌써 세상에서 제일 아름다운 곳들을 얼마나 많이 다녀왔던가. 그런 곳에서 나를 둘러싼 모든 것을, 풍경을 가리는 슬픈 사람들을 보았다. 여행이란 참 희한하기도 하다.

우리는 육중한 문을 두드렸다. 차분한 여자가 나와서 우리를 면회실로 데려갔다. 더 나은 표현을 찾지 못해 면회실이라고 하지만 수녀원이나 사제관의 면회실보다는 훨씬 세간이 잘 갖춰진 방이었다. 브로슈어가 흩어져 있고, 제법 밝은 색깔의 질긴 무명을 덧씌운 안락의자도 많았다. 그런데도 그곳이 응접실이라는 생각은 들지 않았던 것 같다. 그곳에 있는 한 오로지 기다리는 수밖에…… 기다림 외에는 할 일이 없어 보였다. 그곳의 침묵과 저 멀리서 아득하니 들려오는 온갖 잡다한 소음으로 알 수 있었다. 가볍게 도망치는 발자국 소리, 자물쇠에 넣고 돌리거나 허리춤에 늘어뜨린 사슬 끝에서 짤랑대는 열쇠 소리…… 조금 있으니 짧지만 소름끼치는 웃음소리가 났다. 나는 서둘러 귀를 틀어막았다. 엄마에겐 그 웃음소리가 안 들렸던 모양이다. 엄마는 내가 얼마나 바짝 얼어 있는지도 눈치 채지 못했다. 엄마 자신의 고뇌가 너무 버거워 나의 고뇌가 눈에 들어오지 않는 게 분명했다. '그들'은 동병상련이라고들 말한다. 하지만 늘 그렇지만은 않다. 그날 고뇌는 등받이가 꼿꼿한 의자에 앉아 있던 엄마를 꽁꽁 에워싸 작은 경계를 이루고 있었다.

그때 발자국 소리가 점점 크게 들렸다. 문이 열렸다. 알리시아 언니가 푸른 제복을 입은 여자를 따라서 문턱에 모습을 드러냈다. 알리시아 언니라고 하지만 그 역시 달리 뭐라고 부를 말이 없어서다. 물렁한 몸뚱이를 꺾듯 ─그렇게 흉물스럽게 몸이 구부러질 수 있을까 싶을 정도로─ 고개를 푹 숙이고 묘하게 서 있는 그 사람은 도저히 내 언니 알리시아일 수 없었다.

나는 여자들에게, 그 건물에게, 그 시뻘건 도시 전체에 악을 쓰고 싶었다. '알리시아 언니에게 무슨 짓을 한 거야?'라고 외치고 싶었다.

제복을 입은 여자는 '아가씨'가 많이 좋아졌다고, 딱히 기대할 만한 여지가 없음은 분명하지만 그래도 일말의 차도가 있었노라고 엄마에게 말하고는 우리만 남겨두고 나갔다.

알리시아 언니는 꿈쩍도 하지 않고 앉아 있기만 할 뿐 아무것도 바라보지 않았다.

"알리시아! 나 모르겠니?"

엄마는 다정하게 물었다. 그러고는 자기가 먼저 대답을 했다.

"엄마야, 엄마……."

엄마는 그렇게 말하는 것이 너무나 힘겨워서 흡사 불에 내놓은 밀랍처럼 금방이라도 녹아내릴 것만 같았다…….

알리시아 언니가 고개를 조금 들었다. 눈은 엄마 쪽을 보고 있었지만 언니의 시선은 호감 가는 낯선 이의 얼굴을 대하듯 잠시 스쳐 지날 뿐…… 다시 다른 세상으로 가버렸다…….

참말로 희한하다. 바로 그 순간 얼마 전부터 엄마가 혼잣말처럼 중얼대던 소리가 무슨 뜻인지 대번에 알아차렸다. "저세상에 가야지. 저세상에 가서 이 꼴 저 꼴 안 보면 좋으련만."

그때 엄마가 나에게 어떻게 좀 해보라고 눈치를 주었다. 엄마 자신도 확신은 없었지만 이렇게 생각하는 것 같았다. '네가 기적이 일어나게 애 좀 써다오.'

나는 의자에서 살짝 일어났다. 알리시아 언니 곁으로 다가 갔다. 언니 허리를 껴안고 나도 언니 이름을 불러보았다.

"알리시아 언니!"

언니는 나에게 미소 지었지만, 그 미소는 자신을 사랑하는 사람들의 얼굴과 목소리를 어렴풋하게나마 알아볼 뿐인 아기 의 배냇짓이나 다름없었다. 심장이 찢어졌다. 내 심장이 그때 찢어졌다는 것을 안다. 더는 기적에 도전할 용기가 없었다. 문 득 우리 머리 위에서 옥수숫잎이 스치던 서걱서걱 소리가 떠올 라 알리시아 언니의 무릎에 얼굴을 묻고서 나는 그만 울어버렸 다.

그때 언니의 손길이 너무 이상해서 설명할 수도 없는 그 무 엇을 다 이해한다는 듯이 나의 젖은 뺨을 다정하게 어루만졌 다. 그 몸짓이 오래전에 잊어버렸다가 차츰 되살아난 습관과 맞아떨어졌는지 언니는 어느새 내 머리칼과 관자놀이까지 쓰 다듬고 있었다.

나는 언니의 무릎에 다시 얼굴을 묻었다. 언니의 눈은 끈질 긴 문제에 사로잡힌 듯 한 점에 고정되어 있어서 동공이 거의 움직이지 않았다. 내면의 빛이 눈으로 뚫고 나오려는 것 같았 다. 순간 나는 손에 든 전등의 한 줄기 빛에 의지하여 걸어가는 길고 어두운 복도를 떠올렸다. 그렇다면 알리시아 언니도 홀로 그 어두운 길을 오랫동안 걸어왔던 것일까? 이따금 언니의 눈 동자 안쪽에서 번득이는 미세한 빛은 그 추억의 자취였을까?

불현듯 빛이 좀더 환하게 솟았다. 알리시아 언니가 작은 전등을 켜고 출구에 다가갔던 모양이다. 생각, 진짜 생각이 언니의 얼굴에 스쳐갔지만 베일을 써서 얼굴이 보이지 않는 행인들처럼 모호한 생각들이었다. 아! 한 사람의 얼굴에 영혼이 돌아오는 광경을 지켜본다는 것은 얼마나 손에 땀을 쥐게 하는지.

언니가 나를 바라보았다. 뚫어지게 바라보고 미소를 지으며 내 이름을 더듬더듬 찾았다. 심지어 나에게 말도 걸었다.

"막내야. 너로구나. 그런데 어떻게 너 혼자 왔니?"

그러다가 언니의 목소리가 높아졌다.

"네가 날 데리러 왔구나. 네가 날 데리러 왔어…… 네가 올 줄 알았어!"

그러자 언니의 얼굴에 기쁨이 태양처럼 솟아올랐다. 참으로 경이롭지 않은가? 알리시아 언니의 영혼이 살아나자마자 맨먼저 찾은 것이 기쁨이었으니! 그 영혼은 기쁨을 누리기 위해 태어나기라도 했는가…….

그러나 곧바로 언니의 입술과 손이 경련을 일으키기 시작했다. 기쁨이 깃드는가 싶더니 어쩌면 그토록 한순간에 절망이 덮칠 수 있단 말인가. 나는 그 전까지 절망을 목격한 적이 없지만 그것이 절망임을 그 자리에서 알아보았다. 그것은 과연 절망이었다. 찰나의 명철함에서 생명이 엿보였지만 타인들을 덮치는 악, 그들의 모든 불행, 그런데도 어떻게 해볼 도리가 전혀 없는 그 상태는 절망이다. 너무 늦었다. 혹은 그 자신은 그저 고통의 도구일 뿐이었다…… 하나부터 열까지 손써볼 여지는 전혀 없다.

그 절망도 오래가지는 않았다. 엄마도 나도 더는 견딜 수 없었으니까…… 알리시아 언니 자신도 견디지 못했다. 우리가 지켜보는 앞에서 절망이 언니를 죽여버렸다고나 할까.

그러니까 언니 안에서 우리가 참모습이고 우리 안에서 언니가 참모습이었던 순간, 우리가 강의 이편에 함께 있으면서 서로 바라보며 손에 닿을 듯 가깝던 순간은 아주 잠깐이었다. 그 후에는 절망이 곧바로 알리시아 언니를 낚아챘으니까, 언니는 슬슬 멀어지기 시작했다. 불현듯 눈에 보이지 않은 어두운 강물이 언니와 우리 사이를 갈라놓았다. 언니는 강 저편에서 점점 멀어져갔다…… 수수께끼처럼…… 자꾸만 물러났다. 나는 언니를 부르고 싶었지만 이미 언니는 너무 멀리 있었다. 언니는 이제 곧 시야에서 사라질 사람처럼 팔을 번쩍 들고 우리에게 손을 흔들어 보였다.

그러고 나서 언니는 내 또래의 말 잘 듣는 계집아이 같은 표정으로 손가락을 깍지 꼈다 풀었다 하며 놀았다.

언니는 몇달 후에 죽었다. '그들'은 언니를 보통 사람 장사지내듯 장사지냈다. 사람은 숨이 끊어지는 그날 비로소 죽기도 하고 그보다 훨씬 전에, 어쩌면 삶 그 자체 때문에 죽기도 한다…… 두 죽음에는 무슨 차이가 있을까? 왜 어른들은 알리시아 언니가 죽었을 때…… 하느님이 언니를 데려가심으로써…… 은총을 베푸신 거라고 했을까?

테레지나 베이의 숙모

1

테레지나 베이의 숙모는 춥기로 이름난 우리 매니토바 주에서 나고 자랐는데, 그것은 여간 딱한 일이 아니었다. 천식을 지병으로 앓는 숙모에게 우리 고장의 찬바람은 그야말로 쥐약이었기 때문이다. 바람은 둘째 치고 공기를 호흡하는 자체가 숙모에게는 고통이었다…… 찔레꽃 향기를 싣고 은근하게 다가오는 6월 즈음의 대기만 빼고 말이다. 숙모는 그 무렵에만 가슴을 졸이지 않고 마음껏 숨쉴 수 있었다.

숙모는 젊을 때 연애소설에 심취했다. 나중에 숙모의 성격이 어떤 성향으로 기울었던가를 돌이켜보면 다른 분야의 책을 읽는 게 더 낫지 않았을까 싶지만 달리 읽을 책도 없었다고 한다. 숙모가 자라던 당시의 시골 촌구석에 책이라고는 대중적인 연감이나 순박한 사람들을 정기 구독자로 거느리고 이 사람 저 사람 손을 거치던 연재 소설류밖에 없었기 때문이다. 테레지나 숙모는 연애소설이 항상 너무 허무맹랑하게 끝난다고, 봐줄 것도 없는 가난한 처자가 늘 끝에 가면 헝가리나 세르비아의 왕자님과 결혼한다고 투덜대면서도 그런 책을 수백 권이나 읽었다.

몇년 후에 숙모는 자식들을 낳고서 우리가 사는 동네에서는 참으로 흔치 않은 이름들을 붙여주었다. 세르주, 막상스, 클라리스, 레오폴드…… 그래서 우리는 숙모가 수녀원에서 생활하는 동안 탐독하던 연애소설에서 그런 이름을 따왔겠거니 짐작했다. 어쨌든 숙모는 매니토바의 흙길과는 완전히 따로 노는 이름들을 자식들에게 붙여주고 무척 자랑스러워했다. 물론 숙모의 삶에 소설적인 면이 있기는 했다.

숙모는 처녀 때 황당하고 장황한 연애소설에 빠져 살았지만 과연 진짜 결혼을 할 수 있을지는 알 수 없는 상황이었다. "불쌍한 테레지나, 천식을 달고 사는 저 애를 누가 데려가겠어." 누가 안타깝다는 듯이 이런 말을 뱉으면 다른 사람이 테레지나는 아직 젊다고 한마디 하곤 했다.

숙모는 학교에도 제대로 다니지 못했다. 집에서 2마일이나 떨어진 밀밭 천지에 아주 작은 학교가 덩그러니 자리 잡고 있으니 어쩌다 이틀 또는 사흘 나가는 게 고작이었다. 1년 중 날씨가 가장 온화한 때에도 갑자기 폭우가 쏟아지고 바람이 매섭게 몰아칠 수 있었으니까…… 그래서 오래전부터 테레지나와 제일 친한 친구였던 늙은 콜리가 끄는 작은 수레에 다 죽게 된 아이를 태우고 누군가 집까지 데려다주어야 하는 때도 많았다.

숙모는 스무 살이 되자 저녁에 열리는 파티에도 이따금 얼굴을 내밀었다. 그것도 반드시 따뜻한 실내에서 열리는 파티라야만 가능한 일이었지만 말이다. 남들이 폴카를 추거나 목이 쉬도록 노래를 불러 젖히는 동안 테레지나 숙모는 고운 양모로 짠 보라색 숄을 어깨에 두르고 가만히 앉아서 이따금 한랭사 수건을 입술에 가져가곤 했다. 마조리크 삼촌은 숙모의 바로 그런 모습을 보고 사랑을 느꼈고, 그후 일편단심으로 숙모만 바라보았다. 숙모는 눈이 아주 파랗고 예뻤는데 그 무렵에는 지병 때문에 안광眼光이 유독 더했던 모양이다. 게다가 숙모는 천식 발작을 일으키지 않을 때, 특히 일주일 이상 무탈하게 지나갈 때에는 남들보다 더 많은 것을 관찰하는 사람처럼 참으로 표정이 활발하고, 재치 있고, 약간은 조소마저 머금고 있는 듯이 보였다. 마조리크 삼촌은 그 표정을 보고 저 아가씨는 아주 영리한 사람이 틀림없다고 여겼고, 그런 모습의 숙모를 사랑했다. 나도 옛날에 누구에게 들은 이야기지만, 삼촌이 우연히 에밀리 브론테의 사진을 보았는데 숙모하고 굉장히 닮았다고 그랬단다. 그러나 우리 삼촌의 상상력이 지나쳐 좀 어떻게 됐던 모양이다. 테레지나 숙모도 에밀리 브론테처럼 얼굴이 길고 이마가 넓기는 하지만 꽁꽁 갇힌 채 들끓는 정열이 뚝뚝 떨어지는 눈빛은 전혀 찾아볼 수 없었으니까.

우리 집안에서는 삼촌과 이 아가씨의 혼사를 막으려고 했다. "마조리크, 네가 어떤 삶을 꾸리려고 하는지 한 번 생각이나 해본 게냐?"

삼촌은 1년 중 가장 무더운 달을 잡아서 결혼식을 올렸다. 그래서 테레지나 숙모는 외투 없이 모슬린 드레스만 입고도, 심지어 털이 부들부들하고 예뻤던 그 숄도 두르지 않고 성당에 갈 수 있었다. 하지만 그 후에, 그러니까 숙모가 출산을 할 때가 기억난다. 사람들이 수군대고 한숨을 쉬었다. 어쩌다 어이없다는 표정을 보이기도 했다. 숙모가 출산을 한 번 겪을 때마다 불행도 그런 불행이 없다는 듯 비난조의 분위기가 흘렀다. 게다가 자기 자식들도 건사하지 못할 만큼 병약한 숙모가 자식 낳느라 온 세월을 보내는 데에는 아무 무리가 없어 보이는 것이 그 시절에는 나도 무척 놀라웠다. 그때 내 나이에는 가장 괴로운 순간에야말로 생명이 악착같이 피어난다는 사실을 알지 못했다. 나이가 들면서 새록새록 이해가 되는 그 인생의 섭리를.

2

8년이 지나고 삼촌네 식구는 우리 도시, 좀더 정확하게는 우리 동네 바로 옆 도시 위니펙에 자리 잡았다. 삼촌은 거리들이 줄줄이 이어진 위니펙 같은 도시가 제일 가까운 농가도 1마일은 달려야 보이는 시골보다는 겨울을 나기가 더 좋을 거라고 주장했다. 또한 항상 건조하고 따뜻하게 지낼 것, 비를 피할 것

등등의 구태의연한 조언보다는 도시에 살면서 뭔가 새로운 시도를 도모할 수 있는 의사들을 찾아볼 생각도 하고 있었다.

삼촌은 농장을 팔고 위니펙에 시계상을 차렸다. 우리가 삼촌이 택한 일에 놀라워하자 삼촌은 껄껄 웃으며 삼촌이 어떤 일을 계획하고 할 수 있는지 우리는 상상도 못 할 거라고 했다. 그러면서 도시에는 시계공이 모자란다고 했다. 도시에 오자마자 거리를 둘러보고 그 점을 간파하니 벽시계나 회중시계 고치는 일을 하면 수입이 짭짤하겠다는 결론이 나왔다나. 삼촌이 넌지시 암시하는 바로는 우리 집에도 고장 난 괘종시계가 무척 많았던 모양이다. 시계마다 가리키는 시각이 제각각이라서 약속을 제때 못 맞추기 일쑤였으니까. 삼촌은 겉으로는 장난꾸러기 같아도 찬찬히 사귀다보면 실용적 감각이 남다른 사람이었다. 게다가 삼촌은 실제로 꽤 솜씨 좋은 시계공이 되었다.

삼촌은 숙모를 위해 이처럼 변화를 모색했지만 불행히도 숙모는 별로 나아지지 않았다. 1월에 가끔 저녁 시간을 틈타 숙모를 보러 가곤 했는데, 현관에 발을 들이기 무섭게 이중문을 닫고 펠트 리본이 달린 실내 문까지 허겁지겁 닫아야 했던 기억이 난다. 가끔은 너무 서두르다가 외투자락이 문에 끼기도 했다. 그리고는 신발털이를 얼른 문턱에다 밀어붙였다. 하지만 우리가 아무리 재빨리 지령에 따랐어도 살을 에는 밤공기가 조금씩 실내로 들어와 굳게 닫힌 복도 맨 끝 방까지 파고들었던 모양이다. 집에 들어서자마자 숙모가 쓰는 그 방에서 쉭쉭 거칠게 몰아쉬는 숨소리, 안쓰러운 기침소리가 터져 나오곤 했으니까.

눈과 얼음이 아직 묻어 있는 옷차림으로 숙모를 보러 가서
는 안 되었다. 우선 언제나 땔감을 가득 담고 가르랑대는 커다
란 난로 옆에서 충분히 몸을 덥혔다. 삼촌은 그곳에서 늘 쾌활
한 모습으로 시내 중심가에 낸 삼촌 가게를 찾는 재미있는 손
님들 이야기를 늘어놓으며 우리를 한바탕 웃겼다.

그 다음에야 테레지나 숙모에게 가서 인사를 했는데, 그때
도 숙모 얼굴은 볼 수 없었다. 숙모는 우리가 찬 공기를 가르고
왔기 때문에 머리칼이나 살갗에 아직도 뭔가 남아 있을지도 모
른다고 두려워했기 때문이다. 1, 2년 전부터 숙모는 옷을 겹쳐
입고 이불을 몇 장이나 칭칭 감고 들척지근한 냄새가 나는 따
가운 연기 속에 처박혀 지냈다. 위니펙 의사들이 숙모에게 특
수한 약재로 제조한 담배를 피우라고 했기 때문이다. 우리를
볼 때에도 천막에 사는 사람이 잠깐 내다보듯 머리에 쓴 숄 자
락을 살짝 들어 올릴 뿐이었다. 안쪽에서 뭔가가 빛나는 듯했
다. 테레지나 숙모의 눈, 마조리크 삼촌이 사랑했던 그 파란 눈
이었다. 가늘고 긴 손이 얼굴의 나머지 부분을 가리고 있었다.
우리 숙모는 이제 손으로 입을 막고서만 —마치 꼭 필요한 만
큼의 공기만 들이마시겠다는 듯이— 숨을 쉬었다. 내 평생 그
렇게 조심해가며 신중하다 못해 겁에 질려 숨을 쉬는 사람은
보지 못했다.

우리 어린애들은 숙모에게 인사만 하고 서둘러 삼촌 곁으
로 돌아갔다. 삼촌은 노래를 불러주거나 도미노 시합을 하자고

했다. 숙모는 치마와 니트와 숄 따위의 거대한 꾸러미일 뿐이
어서 그 꾸러미에게 말을 걸거나, 무슨 감정이니 웃음이니 하
는 것 자체가 있을 수 없는 일 같았다. 도저히 그 꾸러미에게
상냥하게 굴거나 허심탄회하게 말할 수는 없었다. 그렇지만 우
리 엄마는 침대 가장자리에 걸터앉은 괴상한 보따리와 진실한
대화를 나누었다. 심지어 엄마는 보따리의 웃음보를 터뜨리기
까지 했다. 이따금 이불뭉치가 우스꽝스러우면서도 무섭게 흔
들리곤 했으니까. 하지만 금세 쉭쉭 거친 숨소리가 비어져 나
오고 흔들림이 묘하게 변했다. 그러면 모두 숙모에게 달려가
숨을 고르도록 등을 두드려주고, 부축을 하고, 발작에 대처할
준비를 하고 난리가 났다. 사실 숙모에게 웃음은 숨쉬기보다
더 치명적이었다. 그래서 테레지나 숙모 앞에서는 재미있고 웃
기는 이야기를 잘 하지 않았다. 게다가 그 무렵 숙모는 이미 아
픔이 많은 사람들을 더 좋아하기에 이르렀으니…… 그 점에
관한 한 우리 엄마가 숙모에게 지나치게 오냐오냐하는 편이었
다. 숙모가 관심을 보이던 갖가지 불행한 사연의 사람들을 두
고 저녁 내내 고개를 끄덕여가며 담소를 나누고 이런 결론을
내리곤 했으니까. "아, 정말 그래요. 우리보다 훨씬 딱한 사람
들이지요."

　그렇지만 엄마는 항상 그렇게 저녁 방문을 하고 돌아갈 때
마다 숙모에게 많이 배우고 온다고 했다. 숙모는 바느질도 못
하고 요리도 못하지만 매사에 어떻게 처신해야 하는지를 아주
잘 알고 있다는 것이었다. 엄마는 숙모가 실생활에는 젬병이지

만 이론에 빠삭하다고, 좀 권위적이고 엄격하기는 해도 참으로 제대로 알고 있다고 주장했다. 그러고는 사람들이 실수하거나 심각한 과오를 범하는 모습을 오랫동안 지켜보았기 때문에 숙모가 남다른 비판정신을 갖게 된 거라고 했다. 숙모는 타인의 결점을 정확하게 지적했다. 집 밖에 나가지도 않고 꼼짝없이 갇혀만 사는 숙모가 가정을 참으로 잘 꾸려나가는 것만 해도, 자기 집뿐만 아니라 온 도시 사정을 손바닥 들여다보듯 하는 것도 기실 범상치 않은 일이기는 했다. 우리 도시에서 학업을 마치기 위해 부모님 명으로 우리 집에 살게 된 사촌언니 이본이 밖에서 행실을 어떻게 하고 다니는지 우리 엄마에게 맨 처음 일러준 사람도 테레지나 숙모였다. 이본 언니가 매일 저녁 성당에 가기에 신심이 두터운 줄 알았는데 그 핑계로 벨로 씨라는 남자를 만나고 다닌다나. 우리 동네에 온 지 얼마 안 된 데다가 집안 내력을 전혀 알 수 없어서 특히 수상쩍게 여겨지던 남자였다. 그런데 사실 그때만은 엄마가 이본 언니보다 되레 테레지나 숙모에게 분통을 터뜨렸다.

하지만 테레지나 숙모의 진정한 관심, 비판에 대한 관심보다 한 발 앞서는 그것은 제라늄 가꾸기였다. 숙모는 불꽃처럼 아주 빨갛고 독특한 제라늄을 가꿨는데, 지금까지 나는 그 비슷한 것도 보지 못했다. 숙모는 몸이 아주 불편할 때만 아니면 창가에 가지런히 늘어놓은 작은 제라늄 화분을 보러 나오곤 했다. 손끝으로 잎사귀에 앉은 먼지를 조심조심 털면서 —아직도 그 모습이 눈에 선하다!— 이런 말을 했다. "식물의 잎에 먼지가 앉게 해서는 안 돼. 식물은 잎으로 숨을 쉬거든. 식물에게도 좋은 공기가 필요하단다." 6월이 되어 제라늄을 땅에 옮겨 심는 일이 숙모에게는 삶의 커다란 낙이었다. 삼촌은 숙모를 위해 두 팔을 걷어붙였다. 삼촌에게는 숙모가 아직도 차갑고 축축한 흙을 가까이하는 것 자체가 병세가 악화될 위험에 노출된다는 의미였다. 그래도 숙모는 날씨가 좋은 날을 잡아 스웨터를 서너 겹 껴입은 채 작은 흙손을 들고 손수 제라늄을 심었다.

어이할거나! 매니토바의 여름은 너무 짧았다. 가을을 알리는 첫 비가 내리자마자 테레지나 숙모는 난방이 과한 작은 방으로 돌아가야 했다. 숙모가 피우기 시작한 그 괴상망측한 약용 담배 때문에 방에는 냄새가 진동했다. 마조리크 삼촌 입에서 매니토바는 테레지나 숙모가 지병을 안고 살기에는 너무 힘든 땅이라고, 전혀 다른 고장을 알아봐야겠다는 말이 슬슬 나오기 시작했다…… 이를테면, 캘리포니아라든가…… 아, 그래. 캘리포니아로 떠나지 못할 이유가 어디 있겠나.

"집사람은 식물을 무척 사랑하잖아요. 1년에 다만 두 달이라도 꽃과 나무를 구경하고 즐길 수 있다는 게 그 사람에게는 각별한 의미가 있다고요." 삼촌은 이렇게 말하고 여행사에 부탁해서 캘리포니아에 대한 오만 가지 정보와 브로슈어들을 손에 넣었다.

이리하여 관광안내서와 강렬한 원색—그 색감은 과장된 것 같지만—의 그림엽서를 통해서 얼어붙은 대평원의 지평선 너머로 캘리포니아가 등장했다. 태양이 작열하고 희고 작은 집들이 자리한 캘리포니아는 그렇게 멀지 않았고 경이로우리만치 사실적이었다.

삼촌이 받은 뒤죽박죽 엽서더미에서 숙모는 거대하고 위풍 당당한 꽃송이들이 흐드러지게 피어난 제라늄 사진 한 장을 보았다. 사진 속의 제라늄은 한낱 화초가 아니라 나무 같았다. 숙모는 그 종이를 잘 접어서 교황의 사진과 '고인을 추도합니다In Memoriam'라고 씌어 있는 부고장들과 함께 기도서에 끼워놓았다. 이리하여 테레지나 숙모도 캘리포니아 이주 프로젝트를 긍정적으로 생각하게 되었다.

숙모는 하얗게 회칠한 그림엽서 속의 집들을 바라보다가 이렇게 말했다.

"이것 봐. 예쁜 집이지."

숙모는 그런 집 안에 '파티오patio'라는 안뜰이 있다는 것도 벌써 알고 있었다.

그리고 드디어 엄마에게 언제 캘리포니아로 놀러오라는 말을 하기에 이르렀다.

"우리가 거기 가서 살거든 꼭 오세요, 에블린. 제가 모실게요. 형님도 류머티즘이 있으니 거기서 지내면 참 좋을 거예요……."

우리 집 식구들은 마조리크 삼촌의 새로운 발상을 별로 진지하게 받아들이지 않았다. 말도 안 되는 소리라고 일축하는 분위기였다. 말이 안 되나? 그랬다. 아마도…… 거기까지의 거리와 경비를 생각하면 말이다. 그런데 삼촌은 확실히 믿을 만한 정보를 얻었다. 삼촌이 1만 달러의 재산을 소유하고 있고 숙모가 완치될 수 없는 병을 앓고 있음을 증명할 수 있다면, 가족과 함께 그곳에 이주하는 것을 미국 정부가 허락한다는 정보였다. 그 조건만 제외하면, 더운 공기와 햇볕을 위해 이사를 간다는 프로젝트는 지극히 합리적인 결정 아니겠는가? 그러나 우리 삼촌의 전 재산은 미국 정부가 요구하는 재산 규모에 한참 미치지 못했다

삼촌은 최선을 선택할 수 없는 처지에서 서스캐처원 주의 기후가 기관지에 좋다는 말만 듣고 온 가족을 데리고 우리 도시를 떠나 그래이블버그로 살러 갔다.

3

서스캐처원에는 겨울만 아니라 여름에도 줄곧 바람이 불었다. 아마 그곳은 여름 바람이 겨울 바람보다 더 고약한 모양이다. 사막을 보지 못했고 서스캐처원에 대해서도 크게 아는 바가 없는 우리가 듣기로, 그곳에는 사하라 뺨치는 사막풍이 분다고 했다. 그러한 비교에 우리는 그래이블버그의 바람을 상상했다. 구슬프고, 무덥고, 건조한 바람. 하루 종일 가엾은 땅을 못살게 들볶아 불쌍하게 떠도는 먼지로 만드는 바람. 그렇게 해서 가장 비옥한 토양이 없어지는 것이다. 테레지나 숙모는

참으로 애달픈 편지를 짤막하게 써서 보냈다. "친애하는 에블린. 소식을 전하러 잠시 펜을 잡아봅니다. 우리 식구는 여기서 그럭저럭 잘 지내요. 제가 한여름에도 밖에 나갈 수 없다는 점만 빼면요. 바람에 숨을 쉴 수가 없네요…… 가축이 죽어가요…… 우물도 말라붙었고요."

삼촌이 그곳에서도 시계상을 하기에는 경쟁업체가 너무 많았다. 혹은 다른 분야에 더 좋은 기회들이 있었던 모양이다. 삼촌은 목재장수가 되었다. 그 무렵 그래이블버그에서는 한 주가 멀다 하고 새 집이나 건물이 들어섰으니까……. 첫 해에만 삼촌은 얼마인지는 모르지만 어마어마한 양의 널판을 팔아치웠다. 그럼에도 불구하고 그곳의 기후가 숙모에게 전혀 맞지 않았기 때문에 삼촌은 벌써 재고량을 넘길 만한 거래처를 찾고 있었다.

숙모는 꿋꿋이 참았다. 여전히 캘리포니아 이주 계획을 믿으며 그때부터 편지를 꼭 이런 문장으로 마무리했다. "캘리포니아에 조금 가까워진 것은 사실이지만 그곳을 생각하면 아직 멀었지요…… 그 날이 속히 와야 할 텐데요. 조금만 더 있다가는 이 빌어먹을 그래이블버그를 떠날 기력도 없어지지 않을까 싶어요……."

그러나 마조리크 삼촌은 그래이블버그에서 4년 반을 살았고, 그후 더 서쪽으로 이사했다는 소식을 우리는 들었다. 삼촌네 식구는 이미 이사를 마친 상황이었고 그 소식을 알리는 편지는 노스배틀포드에서 부친 것이었다.

무슨 사정으로 삼촌은 그 도시를 선택한 것일까? 그래이블버그는 그렇다 치자. 그래도 그곳은 비교적 남쪽에 위치한 프랑스계 캐나다인들의 중심지라서 삼촌네 가족들은 그곳에 도착해 지인들을 몇몇 찾을 수도 있었다. 하지만 노스배틀포드라니. 진흙탕에 세운 너저분한 개척도시요, 아침부터 저녁까지 망치소리가 요란하고 골드러시 시절의 클론다이크 강 유역 도시들처럼 파라 많은 노스배틀포드라니! 우리는 오랫동안 머리를 굴려봤지만 삼촌이 그곳을 택한 이유는 크게 한탕 벌어들이겠다는 목표 외에 있을 수 없었다. 삼촌은 과거의 직업으로 돌아가는 한편 보석상이라는 새로운 직업도 겸했다. "일거양득이지요. 여기는 졸부들이 많아서 다이아몬드가 박힌 결혼반지라든가 그 밖의 기념일에 어울릴 만한 보석쪼가리들을 얼마든지 팔 수 있으리라 생각됩니다……" 삼촌의 편지였다.

그러나 그 무렵 삼촌은 꿈에 부풀어 방방 떠다녔기 때문에 숙모는 남편에 대한 신뢰를 거둬들이기 시작하고 있었다. 그때부터 숙모는 삼촌을 허황된 사람, 몽상가 등 듣기에 별로 탐탁치 않은 여러 호칭들로 불렀다. 숙모는 우리 엄마에게 편지를 썼다. "형님도 그이를 잘 아시잖아요. 꿈만 야무지고 싸돌아다니기 좋아하는 사람이잖아요. 그이가 저를 짐짝처럼 이 도시 저 도시로 내돌리네요. 이삿짐을 겨우 다 풀었다 싶으면 잘나신 마조리크 님께서 또 딴 데로 가보자 하시니…… 캘리포니아! 그래요, 우리 캘리포니아 이야기나 해요. 그런데 요즘 돌아가는 꼬락서니로는 어느 날 기차에서 눈을 떠보면 알래스카일 것 같네요. 사실 형님 동생은 그저 자기 역마살을 다스리지 못해 캘리포니아 이야기도 꺼냈던 게 아닌가 싶어요."

마조리크 삼촌은 삼촌대로 편지를 통해 테레지나 숙모에 대한 불만을 조금이나마 우리에게 드러냈다. "가엾은 아내는 불평불만이 어지간하지 않네요. 몹쓸 병에 시달려 그러겠거니 이해도 되고 저 자신이 그런 일로 크게 괴로워하는 것도 아닙니다만…… 그래도 애들이 커가고 있잖아요. 허구한 날 집구석에서 싸움질이면 애들이 좋겠습니까. 막상스와 클라리스를 오랫동안 가족의 품에 붙잡아둘 수 없을 것 같아 걱정입니다."

분명히 테레지나 숙모는 쾌적한 기분, 떠들썩한 소란, 노래, 춤 따위를 자연스럽게 받아들이는 감각을 점점 잃어가고 있었다. 딸들이나 이미 장성한 아들들에게 숙모가 모질게 군다는 말도 들었다. 그러나 숙모가 가장 애석해한 일은 아들 세르주가 그레이블버그로 돌아가서 목재 판매를 관리하게 된 것이었다. 그 다음에는 딸 클라리스가 노스배틀포드에서 —삼촌 말로는 물질적으로 넉넉한 결혼이란다— 결혼을 하게 되었다고 무척이나 유감스러워했다.

"도시 하나를 거칠 때마다 자식을 그곳에 남기는 신세예요. 이제 곧 자식들도 다 떠나고 아무도 남지 않겠지요…… 가족이 이렇게 뿔뿔이 흩어진다니." 숙모의 편지였다. 그러고 나서 숙모는 이 모든 불행의 책임을 어리석기 짝이 없는 캘리포니아 이주 계획으로 떠넘겼다. "우리가 원래 살던 곳에서 계속 살 걸 그랬어요." 이 기이한 세월의 연금술—오직 추억의 변형만으로 성취할 수 있는—로 인해 매니토바에서 살던 때와 위니펙에서 질식할 것 같은 작은 방에 틀어박혀 지내던 때마저도 숙모에게는 인생을 통틀어 가장 좋았던 시절로 둔갑했던 것이다.

삼촌네 식구가 떠난 지도 16년이 되어 그들이 에드먼턴에 당도했다는 소식을 들었다.

"맙소사! 하필이면 에드먼턴이라니. 캐나다에서 가장 북쪽에 있는 도시 아냐. 가엾은 테레지나. 캘리포니아와는 한참 멀어졌네."

류머티즘으로 점점 더 고생하던 우리 엄마는 이제 본인을 위해서나 숙모를 위해서나 하루 속히 삼촌네 식구가 캘리포니아에 입성하기를 학수고대하기에 이르렀다. 오렌지가 영그는 계절에 엄마를 그곳으로 초대하겠다는 숙모의 약속은 여전히 유효했기 때문이다. 우리 집안 어른들은 휑하니 떠나고 싶은 욕구가 유난해서 나는 그 점이 무엇보다 놀라웠다. 다른 집에서는 젊고 팔팔한 사람들이 집을 못 떠나 안달인데 우리 집만은 추위에 이골 난 사람, 환자, 관절염을 달고 사는 노인, 나이는 많고 기력은 떨어진 사람들이 훨훨 떠나고 싶다고 성화였다. 물론 우리 젊은이들은 동장군을, 밟으면 뽀드득 소리가 나는 눈을, 하얗게 뿜어 나오는 입김을, 속눈썹에 우스꽝스럽게 엉겨 붙은 성에를, 그리고 우리 머리 위로 쏟아지는 파르스름한 별빛을 좋아했다. 이따금 오로라가 펼치는 한바탕 유희를 보는 것도 좋았다.

테레지나 숙모가 에드먼턴에서 보낸 편지는 한 통뿐이었고 그나마도 짤막하기 그지없었다. 편지의 첫머리는 이랬다. "오늘 기온이 영하 52도에 이르렀다는 이야기를 하고 싶어서 잠시 펜을 듭니다…… 말들조차 실외로 나갈 수 없어요. 전에는 내가 추위를 잘 안다고 생각했지요. 추워서 못살겠다는 소리를 내가 너무 일찍 뱉었던 건 잘못이었어요." 숙모는 편지 말미에서 이런 이야기를 했다. "마조리크 님께서는 에드먼턴이 미래가 있는 도시라고 하시네요…… 미래를 운운하는 그이는 자기가 아직도 스무 살인 줄 아나 봐요…… 저는 빨리 끝을 봐야겠어요. 애초에 남쪽으로 떠났던 것부터가 하느님의 뜻이 아니었던 게지요…… 하느님의 뜻이 이제 이루어질 거예요."

그 후로는 숙모의 병이 너무 위중해서 우리에게 편지도 쓸 수 없었다. 그 집 딸내미 노에미를 통해서나 간간이 소식을 듣는 정도였다. 노에미는 전문 간병인이 되어서 가족들이 모두 밴쿠버로 떠날 때에도 함께 가지 않고 에드먼턴에 완전히 뿌리를 내렸다.

숙모는 아주 비관적인 사람이 되어서 끝내 추운 고장만을 전전할 운명이라고 굳게 믿은 나머지 밴쿠버에서도 그곳 공기가 온화하고 쾌적하다는 사실을 꽤 오랫동안 인정하지 않았다. 가혹한 환경에서 살아간다고 믿었던 숙모는 그래도 어느 날 집 밖으로 몇 발짝 나가보고 활짝 핀 장미를 보았다. 숙모는 장미 꽃잎을 잘 말려서 우리 엄마에게 편지와 함께 보냈다. "아마 형님은 못 믿으시겠지요. 이 장미꽃을 2월 28일에 땄답니다. 친애하는 에블린, 꽃을 따면서 형님 생각이 났어요……." 작은 기뿜이 가엾은 숙모의 가슴에 따뜻한 정을 일깨워주었다 생각하니 우리도 기뻤다.

그러나 해안지대 특유의 습한 안개는 숙모의 천식에 해로웠다. 숙모는 평생 어디를 가나 그랬듯이 밴쿠버에서도 질식할 것 같은 작은 방에 처박혀 지내게 됐다. 숙모는 이렇게 말했다. 결과적으로는 숱한 도시를 보았고, 멀고도 먼 거리를 질주했으며, 대륙의 이쪽 끝에서 저쪽 끝까지 횡단했다 해도 과언이 아니라고.

그동안 우리 삼촌은 세탁업에 손을 댔다. 늘 젊게 살며 대담하고 기민했던 삼촌은 밴쿠버에 세탁업자들이 아주 적다는 사실을 간파했으리라. 사업은 순풍에 돛단 듯 굴러가서 3, 4년 만에 지점을 여러 군데 거느릴 정도였다. 셋째 아들 레오폴드가 지점 관리를 맡았다. 그리하여 삼촌의 아들들 중에서 레오폴드는 밴쿠버에 계속 남았다. 마조리크 삼촌과 테레지나 숙모의 자녀들은 오늘날까지도 캐나다 곳곳에 흩어져 살고 있다. 그토록 잦았던 이사, 있을 법하지 않은 여정이 쾌적한 공기를 이유로 삼지는 않았음을 톡톡히 입증하는 듯하다. 우리 삼촌으로 말하자면, 겉보기에는 그랬어도 삼촌의 생각이 한 가지뿐이었음을 결국에는 알았다……. 비록 남쪽으로 가기 위해 먼저 북쪽을 향하고 그나마도 서쪽으로 멀리 돌아가기는 했어도 끝내는 목표에 꽤 근접했으니까. 어쨌든 삼촌은 부동산 중개인을 끼고 캘리포니아에 땅을 조금 샀다. 삼촌이 숙모의 결심을 얻어내려고 떠나기도 전에 먼저 그곳 땅부터 샀다는 말을 들었다. 돈을 써서 그곳에 테레지나 숙모가 살아갈 터전을 준비해놓지 않으면 숙모는 밴쿠버의 안개가 아무리 고약해도 다시 이삿짐을 꾸리고 먼 길에 오르려 하지 않을 게 분명했기 때문이다.

삼촌의 땅은 부에나비스타 혹은 벨라비스타라고 하는 작은 마을 근처에 있었다. 소유지에는 오렌지와 아보카도를 주로 심은 과수원이 있었다. 거리는 좀 있었지만 바닷가 쪽으로 난 땅이었고 먼발치에서나마 눈 덮인 산도 볼 수 있었다. 작은 집이 삼촌과 숙모를 기다리고 있었다. 정원은 한낮의 햇살을 최대한 누리면서 바람을 완벽하게 차단하는 구조였다. 하지만 지금 당장의 문제가 꽤 심각했다. 과연 테레지나 숙모가 그 먼 여행을 감당할 수 있으려나? 숙모는 심장이 매우 약해져 있었다. 그해 겨울 우리는 매니토바에서 '테레지나 숙모가 캘리포니아까지 갈 수 있을까?'를 궁금하게 여기며 하루하루를 보냈다.

엄마는 이렇게 말했다.

"평생을 바라던 것이 이제 곧 내 손에 닿는구나 싶은 바로 그 순간에 갑자기 그것을 빼앗기는 경우가 종종 있지."

4

숙모는 캘리포니아에 도착했지만 여행에 시달리고 부대끼며 이미 늙은 몸이었다. 참으로 그랬다. 숙모는 말하자면 자기가 정말로 캘리포니아에 왔다는 사실을 믿지 않았던 셈이다. 그럼에도 마침내 스웨터, 두툼하니 누빈 치마, 머리띠, 매니토 바에서부터 갖고 다닌 낡은 회색 스카프를 벗어던졌다. 숙모가 유난히 귀여워했던 막내딸 라셸이 한 번도 만난 적 없는 우리에게 편지를 보냈다. "우리는 모두 엄마가 그래도 체격이 있고 투실투실하니 살집이 있다고 생각했었지요. 그렇게 믿었다고요. 그런데 웬걸요. 엄마가 칭칭 감고 사는 플라넬 뭉치와 니트, 그 다음에 또 한 겹의 플라넬과 다른 니트를 다 벗겨보니…… 세상에! 에블린 고모, 그러고서야 엄마가 정말 한줌밖에 안 된다는 걸 알았어요……."

그들은 별로 티내지 않으면서 숙모를 주시했다. 이 작은 몸집의 늙은 여인이 야외로 나가 고장을 둘러보고 하늘을 쳐다보며 짓게 될 표정을 기다렸다. 그곳의 자연은 숙모에게 해롭지 않고 오히려 이로울 것이다. 삼촌, 라셸, 로베르토는 숙모가 하느님이 지으신 자연을 바라보며 어떤 얼굴을 할지 얼른 보고 싶어서 조바심이 났다. 그러나 숙모는 아직도 짧은 순간이나마 무언가를 즐길 수 있다고 누가 일러줄라 치면 짜증을 냈다.

드디어 숙모가 손과 얼굴을 노출한 채 바깥공기를 쐬러 나갔다.

숙모의 눈앞에 펼쳐진 작은 고장은 우리가 받았던 그림엽서와 별로 비슷하지 않았지만, 하느님이 사람들의 눈을 즐겁게 해주고 싶어서 지은 고장인 것처럼 참으로 보기 좋더라고 인정하지 않을 수 없었다.

왼쪽에는 유칼립투스들이 아름드리 자라는 오솔길이 있었고 그 나뭇잎들이 마구잡이로 넓적하게 자라며 유칼립투스 특유의 향으로 공기를 맑게 씻어주었다. 반대편으로는 진달래가 무성했고 포인세티아도 있었다. 그 다음에 숙모는 또 거창하게 자라는 다른 식물 너머로 저 멀리 파란 바다를 보았을 것이다. 숙모는 여기서 보이는 바다의 이름이 태평양이고, 그 바다가 머나먼 섬들, 어쩌면 하와이의 조개껍데기도 실어와 완만한 파도로 모래톱에 밀어놓고 간다는 말을 들었다. 가족은 테레지나 숙모를 정원에 마련한 의자로 데려갔다. 그곳에 앉으면 숙모는 계곡도 볼 수 있고 고개만 살짝 돌리면 바다도 볼 수 있었다. 꽃이 만발한 고광나무 가지들이 숙모의 안락의자 위에서 살랑거렸다.

숙모는 고광나무 아래로 두세 번 바람을 쐬러 나갔다. 어느 날 가족들은 그렇게 앉아서 눈을 크게 뜬 채 영영 움직이지 않는 숙모를 발견했다. 가엾은 테레지나 숙모의 영혼은 이 세상을 떠나면서 '왜? 어째서?'라고 묻고 싶었는지 그 파란 눈에는 심원한 물음이 떠올라 있었다.

다만 이 '왜?'의 의미에 대해서는 집안 사람들의 견해가 결코 일치하지 않았다. 어떤 이들은 숙모가 하느님께 간신히 이곳에 왔는데 왜 지금 죽어야 하는지 묻고 싶었을 거라고 했다. 또 어떤 이들은 눈 덮인 산봉우리를 보면서 숙모가 매니토바를 떠올렸을 거라고, 숙모가 이 고장을 사랑했고 어쩌면 영영 그리워했을 거라고 했다. 그래서 왜 자기가 머나먼 매니토바, 자기 고향이 아니라 그곳에서 생을 마감하는지 묻고 싶었을 거란다.

***

　오래된 스페인 포교단 산 후안 카피스트라노에 딸린 작은 묘지만큼 살기 좋은 곳은 없을 것이다. 그곳의 바람은 아이들의 숨결만큼 가벼워 아무렇게나 자라는 유칼립투스 잎들이 살짝 나부끼는 정도밖에 안 됐다. 후추나무들은 작고 긴 잎사귀를 요절한 여인의 베일처럼 얄팍하게 드리웠다. 멕시코 토기 색깔의 테라코타 벽돌담이 야트막하니 그 정원을 에워싸고 있었다. 이 원시적인 흙벽돌을 '아도비adobe'라고 부르는데 두 자음의 위치를 바꾸면 '어보드abode', 다시 말해 '거처'라는 단어가 될 것이다. 실제로 이 묘지는 수천 마리 제비들의 거처이기도 했다.

　매년 정확히 3월 17일이면 시각까지 딱 맞추어 제비들이 도착했다. 호기심 많은 사람들은 조금 일찍부터 무리지어 몰려와 제비들의 범선을 기다렸다. 그 시각이 되면 바다 쪽 하늘이 어두워진다. 소용돌이처럼 한데 뒤엉킨 새들의 무리가 점점 더 뚜렷이 보인다. 그리고 1분도 어김없이 제비들은 묘지 안의 자기네 집으로 들어간다.

　숙모가 세상을 떠났을 때 산 후안 카피스트라노 묘지에는 빈자리가 없었다.

삼촌이 꽤 큰 금액을 제시했는데도 사제는 거부했다. 벌써 오래 전부터 정원이 찔끔찔끔 한 귀퉁이씩 다른 용도로 넘어간 터라 이 유명한 포교단 영지가 일종의 박물관처럼 변해가고 있다면서 말이다.

삼촌은 인내심을 갖고 아마 조금은 눈물까지 흘려가며 ― 삼촌은 자기가 캘리포니아행을 강요했기 때문에 숙모가 죽었다고 생각했다― 캐나다에서 가장 추운 곳으로 손꼽히는 고장에서 태어난 테레지나의 이 희한한 사연을 털어놓았다. 어째서 그렇게나 책 읽기를 좋아하던 테레지나가 어려서 학교에 제대로 다닐 수 없었는지, 어째서 한창 좋을 시절에 파티에 참석해도 춤 한 번 출 수 없었는지, 무엇이 테레지나로 하여금 춤을 경박하고 당치 않은 일로 여기게 했는지. 마침내 삼촌이 어찌나 말을 잘하는지 산 후안 카피스트라노의 사제도 난처해졌다. 사제는 후추나무 가지를 흔들면서 테레지나 베이외라는 이름으로 태어난 우리 숙모의 기막힌 팔자를, 그 인생을 뼛속 깊이 시리게 했을 추위까지도 짐짓 고려하는 표정을 지었다.

그러고서 사제는 넌지시 이런 기색을 비추었다…… 어쩌면…… 아주 옛날에 깊이 판 묘혈 위쪽으로 얕은 혈을 다시 팔 수 있겠다고. 200여 년 전, 어쩌면 그보다 더 오래 전으로 거슬러 올라가 스페인 사람들이 살던 시대에 만들어진 무덤들이 있다는 것이었다. 사제는 그처럼 오래된 무덤의 연고 가문은 이미 대가 끊어져서 항의도 할 수 없고 시체는 이미 바싹 말라빠진 뼛조각에 지나지 않을 거라고 했다……. 흰옷을 입은 사제 자신도 이 매니토바 출신의 망자에게 태양이 오랜 세월 구워낸 이 벽돌담 안의 묘소보다 더 나은 안식처는 있을 수 없다는 생각이 든다면서 말이다.

그런 연고로 우리 숙모 테레지나 베이외의 무덤 위에서 새들은 하루 종일 노래를 부른다.

이탈리아 여자

1

그 무렵 우리 집에서는 '벨' 피아노 위에 조지아나 언니 사진, 기숙학교에 들어간 제르베 오빠 사진, 내 사진을 그밖에 내가 잘 모르는 오래된 사진들과 함께 올려놓았다. 그리고 사진 액자들 틈바구니에 손잡이가 양쪽으로 달리고 주둥이가 긴 파란색 자기 같은 것—꽃병일 거라고 생각한다—을 꽤 오래 전부터 놓아두고 있었다. 하지만 그 자기가 워낙 손상된 탓에 귀하게 다룬다는 뜻에서 아무것도 꽂지 않고 담지도 않았다. 유약이 갈라지고 주둥이는 이가 빠져서 부서지기 쉬운 하얀 물질, 아마도 석고로 추정되는 원재료가 그대로 드러나 보였다. 나는 그 꽃병을 싫어했기 때문에 먼지를 털 때에도 별로 조심하지 않았다. 하루는 꽃병이 내 손에서 미끄러져 피아노 가장자리에 부딪쳤다. 엄마가 나타났다. 엄마는 나를 보고 버럭 화를 내다시피 했다.

"네 손에는 기름칠이라도 했니? 엄마의 밀라노 항아리를 좀 조심해서 다룰 수 없겠어!"

나는 바로 말대꾸를 할 뻔했다. 그래도 나는 엄마의 신경질이 뭇사람들의 그것과 마찬가지로 속에 차곡차곡 쌓인 피곤, 후회, 아픔일 뿐이라고 인정했다. 잠시 후에 나는 그 밀라노 항아리가 어쩌다가 우리 집에 오게 되었는가를 기억해냈다······.

아직 내가 아주 어릴 때였다. 알리시아 언니가 죽기 전이었다. 아마 오데트 언니가 세상을 등지기도 전이었을 것이다. 아빠는 매달 집으로 먹고살 것을 자랑스럽게 짊어지고 왔다······ 그리고 몇 가지 미친 짓거리도 집안으로 끌고 들어왔다. 그때 우리 가족은 무척 행복했다고 생각한다. 우리의 걱정거리가 일상에 관한 것뿐이었기 때문이다. 예를 들면, 우리 집이 자리 잡은 아름다운 빈터가 그대로 유지될 것인가? 언젠가는 누군가가 조악한 건물들을 뚝딱뚝딱 지어 올려 우리 집의 멋진 전망을 망치고 일출의 장관도 빼앗지 않을까? 우리 집은 정동향으로 창문을 여러 개 냈는데, 그때까지만 해도 그쪽으로 난 창문들은 모두 다 볕이 아주 잘 들었다. 당시에는 집을 지으면서 기급적 온종일 따뜻한 햇볕을 많이 받을 수 있도록 창문 방향을 정하려고 무척 공을 들였다. 그렇다, 그랬다고 생각한다. 그때는 그게 우리의 가장 심각한 고민이었고 거의 유일무이한 걱정거리였다. 우리의 햇빛을 잃게 되면 어쩌나!

그러나 한동안은 우리 동네에 살고 싶다는 사람이 거의 없었다. 우리 동네는 시내를 등지고 있었다. 앞쪽으로 벌판밖에 없었다…… 그리고 우리 집 바로 앞의 빈터는 계속 우리 차지였다. 아빠는 시청에서 그 빈터에 넓은 텃밭을 꾸며도 좋다는 허가를 받았다. 조금만 더 나가면 시우족 인디언놀이, 함정놀이를 하기에 딱 좋은 장소가 있었다. 그리고 우리 집 동쪽으로 조금 떨어져 사는 이웃이자 대리석 장수였던 고티에 아저씨 역시 빈터를 개인적으로 이용했다. 부드러운 풀이 무성하게 자라 절반을 가릴 때까지 몇 달이나 대리석 십자가를 쌓아두고, 가끔은 매니토바 특산 돌—순도 높은 흰색의 틴달 대리석—로 만든 천사 상이나 묘석 따위도 늘어놓곤 했던 것이다. 이리하여 우리 집 동쪽 땅은 채소경작지가 나오다가, 그 다음에는 황마 자루로 만든 어린애들의 천막이 드문드문 보이는 수풀이 나오고, 거기서 좀더 가면 시체도 없는 무덤이 펼쳐지는 식이었다. 고티에 아저씨가 완성을 못했거나 도중에 망친 묘석들은 끝맺지 못한 비문碑文을 담고 세월아 네월아 그곳을 지켰다. 좋은 아내…… 좋은 엄마…… 를 기리며…… 가끔은 푸르스름하게 이끼가 긴 돌에서 어떤 구절을 해독해내기도 했다. 22년 3개월 4일을 살고 가다…… 참으로 별나지 않은가, 인간들의 세상에서 살다 간 세월을 하루 단위까지 따져서 헤아리던 시절이었다는 것이.

그런데 하루는 아빠가 잔뜩 흥분해서 집에 돌아와 청천벽력 같은 소식을 전했다.

"무슨 일일지 알아맞춰봐."

엄마는 짐작도 할 수 없었다.

"우리 집 옆 빈터가 팔렸다는군."

그거야말로 마른하늘에 날벼락이었다. 누군가가 그 자리에 집을 짓는다는 말 아닌가. 아빠는 땅을 산 사람이 이탈리아인이라고 했다. 캐나다에 갓 이주한 사람이란다.

"이탈리아인이라고요? 시칠리아 불한당 패거리에 몸담은 사람은 아니겠죠?"

엄마가 말했다.

우리가 이 재앙에 적응할 겨를도 없이 인부들이 바로 다음 날로 우리 집 옆 빈터에 지하실을 파러 왔다. 우리가 보기에는 너무 우리 집에 바짝 붙여서 땅을 파는 것 같았다. 그렇지만 지하실 면적은 협소했다. 그 정도 크기의 집은 우리 집으로 드는 볕을 그리 많이 가리지 않을 것도 같았다.

우리 동네에서 위니펙까지 연결하는 작고 노란 전차에서 키 크고 뚱뚱한 아저씨가 내릴 때에도 우리 식구들은 완전히 마음을 놓지 못했다. 새까만 머리칼, 역시 까맣고 초롱초롱한 두 눈, 끝을 살짝 치켜 뺀 검은 콧수염, 푸른색 작업복과 밀짚모자 차림의 뚱보 아저씨는 새 집을 짓겠다고 달랑 자기 한 몸만 끌고 왔다. 널판들이 도착했다. 잠깐 사이에 까만 수염 아저씨는 널판을 열 장 남짓 잇더니 못질을 하기 시작했고, 그와 동시에 이탈리아어 노래를 흥얼거렸다. 엄마는 그 노래가 어떤 오페라의 아리아일 거라고 했다. 가수가 잠시 쉬는 동안 엄마가 우리 집 회랑에 나가서 말을 걸었다. 그리하여 아저씨 이름이 주세페 사리아노요, 목재 따위를 다듬는 일을 하지만 이번만은 주도적으로 집을 지어볼 생각이라는 말을 들었다. 과연 아저씨는 자기가 살 집을 짓는 중이었다. 조금 있으니 아저씨의 노랫소리가 더욱더 구성지게 울려 퍼졌다.

그러자 엄마는 옆집에 이사 올 사람이 괜찮아 보인다고 하면서 아빠보고 이탈리아 아저씨를 '떠보라고' 했다.

"딴 건 둘째 치고 그 사람이 집을 우리 집만큼 높게 지을 생각인지나 알아봐요."

아빠는 제법 오랫동안 이탈리아 아저씨와 이야기를 나누었는데, 그 아저씨는 아주 간단한 대답도 꼭 이 발에서 저 발로 펄쩍 뛰거나, 이쪽을 보다가 다시 저쪽으로 휙 돌아서고, 온몸을 출렁거리면서 하는 사람이었다. 아빠가 돌아오는 거동을 보아하니 좋은 소식을 듣고 온 게 틀림없었다. 사실 아빠는 혼자 킬킬대며 웃고 있었다. 아빠는 평생 그렇게 웃는 일이 별로 없었는데 그 날만은 어깨가 들썩들썩할 정도로 웃으면서 서둘러 우리에게 이탈리아 아저씨의 말을 전해주었다.

우선 아빠는 이렇게 물었단다.

"집을 크게 지을 생각이십니까?"

아저씨가 그 자리에서 펄쩍 뛰면서 자신 있게 말했다.

"아무렴요…… 네, 아주 근사하고…… 큰 집을 지을 겁니다."

"우리 집만큼 크게요?"

이탈리아 아저씨는 당황한 기색이었다.

"아, 아닙니다. 이런, 이런…… 작은 성 수준으로 지을 생각은 없어요. 우리 집사람은 체구도 왜소하고, 연약하고, 한 손에 잡힐 듯 작고도 작은 여자랍니다. 성처럼 으리으리한 그쪽 집에 들어가면 길을 못 찾아 헤맬걸요. 게다가 한 줌밖에 안 되는 우리 집사람이 그렇게 큰 집을 건사하려면 청소하다 죽게요. 뭐, 그래도 제법 크게는 지을 작정입니다."

아빠는 아저씨의 말에 생각이 미치자 다시 쾌활한 기분이 되었고, 엄마에게 이렇게 말했다.

"그 집을 얼마나 크게 지을지 알겠어…… 내가 예측하기로는 아마도 기껏해야 우리 집 부엌만할 거야…… 아니, 사실 우리 집 부엌에 그런 집 두 채는 들어갈걸."

"이탈리아에서는 그 정도도 큰 집 축에 드나봐요."

엄마도 대꾸했다.

실제로 그 집은 나무로 아담하고 단출하게 지은 단층 방갈로에 불과했고, 우리는 절대로 햇볕을 빼앗길 일이 없음을 알고 기쁜 마음으로 집이 모양새를 갖추는 과정을 지켜보았다.

그때부터인지 조금 나중인지는 잘 모르겠지만 우리 식구들은 이탈리아 아저씨가 우리에게 아무런 해도 끼치지 않았기 때문에 죄다 그를 좋아하기 시작했던가? 어쨌거나 첫날부터 그후에 이어진 나날들을 거치기까지 나는 내처 울타리 구멍으로 아저씨를 염탐하고 있었다. 밭 끄트머리에서 내가 전해주는 소식들에 대해 우리 집 식구들은 조금도 역정을 내지 않는 듯했다. 요컨대 그때까지 이탈리아 아저씨에 대한 우리의 호감은 매우 빈약한 정보에 근거하고 있었다. 집을 아주 작게 지을 것이다. 작고도 작다는 아내가 얼마 전에 밀라노에서 출발했고 집이 완성되면 도착할 것이다. 그리고 하나 더, 오페라를 잘 부른다는 사실이 다였다. 그렇지만 아빠는 그만한 정보면 마땅한 교분을 맺기에 충분하다 여겼던 모양이다. 그도 그럴 것이 난데없이 아빠가 엄마에게 이렇게 선언했기 때문이다.

"그 친구에게 자두나무를 주면 어떨까?"

그 작고 예쁜 나무는 우리 집에 뿌리를 내렸지만 몸통과 가지와 탐스러운 열매를 죄다 울타리 저편으로, 즉 이탈리아 아저씨네 집 쪽으로 드리우며 자라고 있었다. 아빠는 과연 엄마에게 말한 대로 했다. 직접 아저씨를 찾아가 자두나무를 넘겨주었던 것이다.

회랑에서 엄마는 이탈리아 아저씨가 선물을 어떻게 받아들였을지 궁금해하며 소식을 기다렸다. 아빠는 이탈리아 아저씨가 과연 이탈리아 사람답게 감정이 풍부한 것 같다고 했다. 아저씨는 나무가 자기 것이 되자마자 손으로 만져보고, 껍질을 살살 쓰다듬고, 심지어 뽀뽀까지 하면서 이렇게 말했단다. "내가 나무의 주인이 되다니. 캐나다에 이제 막 발을 내디뎠다고 해야 할 내가 다 자라 열매까지 영근 나무를 얻다니. 하늘이 주세페 사리아노와 함께 계시는군요." 아빠는 이탈리아인들은 원래 그런 사람들이라고, 매사에 감정이 넘쳐 정도를 벗어날 정도라고 했다.

이웃의 흘러넘치는 감정이 우리를 사로잡았던가? 그러한 일례였던가? 엄마는 슬슬 이탈리아 아저씨가 먹을 것을 가져오는지, 아저씨에게 따끈한 수프를 보내도 실례가 되지는 않을지 궁금해하기 시작했다…… 나는 냅다 뛰어가 울타리 구멍에 바짝 붙었다. 그러고는 다른 식구들에게 돌아와서 이탈리아 아저씨가 알루미늄 상자에 먹을 것을 담아온다고, 바로 지금도 아저씨는 울타리에 기대어 빵과 날양파를 먹고 병에 입을 대고 붉은색 음료를 마시는 중이라고 보고를 올렸다. 나는 소식을 퍼뜨려놓고 다시 우리의 아저씨를 염탐하러 돌아갔다. 내가 보기에는 아저씨가 털이 너무 많은 것 같았다. 머리털만 그런 게 아니라 살갗도 털에 뒤덮여 거무스레했고, 콧구멍 귓구멍에도 비어져 나온 짧은 털이 보였다. 나는 아저씨를 잘 살펴보려고 울타리 널빤지에 적잖이 큰 구멍을 냈다. 아저씨도 나를 봤을 거라고는 생각지 않는다. 기껏해야 구멍에 바짝 갖다 댄 내 눈밖에 보지 못했을 것이다.

이제 아저씨는 풀밭에 널브러져 밀짚모자를 얼굴에 덮고 잠에 빠졌다. 아저씨의 입에서 홍홍 하는 소리가 가볍게 새어나왔다. 지푸라기 한 가닥이 어딘가를 간질였던 모양인지 아저씨는 이따금 몸을 뒤척이려고 했지만 그러기에는 잠이 너무 깊어서 결국은 도로 벌러덩 뻗어버렸다. 이탈리아에서 온 이 사근사근한 아저씨가 편하게 잠들 수 있도록 내가 할 수 있는 일이 무엇일까 생각했다. 내가 보기에는 아빠도 이 아저씨를 충분히 너그럽게 대한 것은 아니었다. 자두나무는 그렇게 넘겨주고 말고 할 것이 아니었으니까. 그 나무는 이미 이탈리아 아저씨네 집 것이었다. 나는 더 많은 것을 주고 싶었다. 그러다가 아빠의 자그마한 딸기밭에 생각이 미쳤다.

우리가 사는 도시도 그렇고 매니토바 전체를 봐도 그렇고, 그렇게 당도 높은 딸기가 주렁주렁 영그는 밭을 가진 사람은 거의 없었다. 하지만 아빠는 자기가 키우는 딸기를 한 알 한 알 꿰뚫고 있었으니, 안타깝기도 해라. 두 송이는 어느 쪽으로 보나 먹음직스럽게 잘 익었고, 다른 한 송이는 햇볕을 받지 못하는 쪽이 아직 하얗고, 먹을 수 있으려면 한참을 기다려야 할 딸기들도 대여섯 송이 있었다. 아빠가 모르게 딸기를 슬쩍할 방법은 없었다. 아빠가 딸기를 독차지하려고 그랬던 것은 아니다. 다만 아빠는 언젠가 딸기가 그득한 컵을 식탁에 내려놓고 괜히 겸손한 척 "수고를 들이고 말고 할 것도 없었어. 고작해야 한 입씩밖에 안 돌아가겠어."라고 식구들에게 말하는 그 기쁨을 고이 간직하고 싶어했다.

그래서 그 날은 나 역시 기쁨을 위해 규율 따위는 무시해버렸다. 딱 먹기 좋게 익은 딸기 두 송이를 땄고 개수를 보기 좋게 맞추려고 —세 송이는 몰라도 두 송이는 너무 섭섭하니까— 한 면이 아직 익지 않은 딸기도 따버렸다. 그 정도면 굉장히 많았다. 단 한 사람을 위해 딸기를 세 송이나 바치다니. 내가 먹고 싶어서 그랬다면 절대로 한 송이 이상은 따지 않았을 것이다. 하지만 우리의 이탈리아 아저씨는 뚱보가 아닌가. 나는 옷자락을 손으로 잡고 딸기 세 송이를 치맛자락에 담아서 아저씨에게 돌아왔다.

아저씨는 여전히 입을 헤벌리고 곯아떨어져 있었다. 입에서 뿜어 나오는 숨결에 머리카락이 이마에서 살랑거렸다. 나는 아저씨 입에 딸기를 한 송이 밀어 넣고 한 송이를 더 넣었다. 그러자 아저씨의 목울대가 꿀꺽했다. 어쩌면 딸기 맛을 느껴서 그랬을 것이고, 아니면 숨이 막혀서 그랬을 것이다. 어쨌거나 아저씨는 계속 입을 벌리고 있었기 때문에 나는 서둘러 세 번째 딸기마저 밀어 넣었다. 하지만 그 딸기는 제일 덜 익은 놈이었다. 아마 그 놈을 먼저 넣고 제일 맛있게 익은 딸기로 마무리했더라면 좋았을 것이다.

이탈리아 아저씨는 잠에서 확 깼다. 아저씨는 허공에 팔을 마구 저으며 하품을 했다. 나는 아저씨를 가까이서 지켜보려고 풀밭에 쪼그리고 있었다. 아저씨는 눈을 뜨면서 자기를 감시하는 내 눈을 보았다. 아마 그와 동시에 아저씨는 내가 입에 억지로 밀어 넣은 마지막 딸기 맛을 느꼈던 모양이다. 안타깝게도 맛 좋은 두 송이는 목구멍에 그냥 넘어간 게 틀림없었다. 하지만 아저씨는 마지막 딸기를 삼키면서 '이게 딸기로구나' 라고 알아차린 것 같았다. 아저씨는 풀밭에 앉아 껄껄 웃으며 팔을 조금 벌렸다. 그러고는 내 이름을 부르듯 이렇게 말했다.

"딸기야, 꼬마 딸기야. 예쁘고 귀여운 딸기야!"

나는 아저씨가 '딸기' 라고 부르는 게 금방 좋아졌다. 어쩌면 나의 창백하고 초췌하고 조막만한 얼굴, 눈 주위의 거무스레한 무리, 넘어져서 까진 무르팍을 보건대 딸기와는 손톱만큼도 비슷한 구석이 없기 때문이었는지도 모른다. 사실 프티트 미제르라는 애칭이 나에게는 더 잘 어울렸다. 하지만 한 입 물면 너무 맛있는 이 딸기라는 애칭을 내가 얼마나 좋아했는지!
그래서 나는 이탈리아 아저씨에게 물었다.

"아저씨는 시칠리아 불한당이에요?"

"불한당Banditto!"

아저씨가 자지러졌다. 숨넘어가게 웃으니 넉넉하고 두루뭉
술한 뱃살이 출렁댔다. 조금 있다가 아저씨는 풀밭에서 나를
자기 품에 끌어안고 ─이탈리아 사람들은 감정이 풍부하다는
아빠 말은 과연 옳았다─ 가엾은 아내는 늘 병을 달고 살아서
애를 낳을 수 없다고, 아마 자기는 평생 귀여운 딸내미를 볼 수
없을 거라고 했다…… 그렇게 말하며 아저씨는 나에게 뽀뽀를
퍼붓기 시작했다.

나는 딸기 세 송이를 훔친 일을 어떻게 실토해야 할지 몰랐
다. 우물쭈물하며 집에 들어간 나는 슬슬 이야기를 꺼냈다.

"이탈리아 아저씨가 뽀뽀해줬어요."

아빠와 엄마가 그렇고 그런 눈빛 중 하나를 서로에게 보냈
다. 어른들끼리만 주고받는 신호 같은 눈빛들이 있는데, 나는
그런 걸 '그렇고 그런 눈빛'이라고 부른다. 아빠가 주먹에 약간
힘을 주며 자리에서 일어났다.

"너 지금 무슨 소리 하는 거니?"

엄마가 나에게 물었다. 아빠는 투덜거렸다.

"외국인들하고 사귀는 일은 항상 왜 그리 서두르는지."

그러자 엄마는 나에게 남자들은 어쩌고저쩌고 하는 소리를
조금 늘어놓으며 여자아이들은 아무하고나 뽀뽀를 하면 안 된

다고, 아주 드물게 기쁜 일이 있거나 감정이 북받칠 때에만 그럴 수 있는 거라고 했다.

나는 엄마에게 바로 감정이 북받쳐서 뽀뽀를 한 거라고 했다.

아빠 엄마는 그래도 나에게 항상 조심하라고 잔소리를 되풀이했고…… 나는 무슨 조심을 해야 하는 걸까 싶었지만…… 바로 다음날로 이탈리아 아저씨가 우리 아빠에게 딸기 세 송이건을 이야기했고, 아빠는 다시 엄마에게 그 이야기를 했고, 엄마는 다시 이웃사람들에게 떠벌렸으니…… 더 이상은 조심하고 경계할 필요가 없었다. 나는 으쓱했다. 나는 항상 열심히 일하는 사람 옆에 있기를 좋아했다. 아주 어릴 때에도 노는 구경보다 일하는 구경이 더 좋았다. 그런데 이탈리아 아저씨는 얼마나 일을 멋지고 신속하게 해치웠는지 모른다. 눈 깜짝할 사이에 작은 방갈로의 얼개가 짜여졌다. 그러는 중에도 이탈리아 아저씨와 나는 이야기를 나눴다. 아저씨는 집 위에 올라가 다리를 늘어뜨리고 못을 입가에 문 채로 말을 했고, 나는 아래서 해님을 향해 고개를 치켜들고 손으로 눈에 그늘을 드리운 채 떠들었다. 가끔씩 아저씨는 지붕 위에서 큰소리로 아, 아, 아 발성연습을 했다. 오페라 아리아를 부르기 전에 목을 푸는 것이었다. 엄마는 노래를 잘 들으려고 우리 집 회랑으로 나왔다. "마음을 숨길 줄 모르는 사람이에요." 엄마가 아저씨를 두고 한 말이다. 엄마는 이웃에게 자기 목소리가 잘 들리게 손나팔을 만들어 입에 대고는 이렇게 묻곤 했다. "사리아노 부인에게 또 다른 소식 없어요?" 아저씨는 급히 아래로 내려와 호주머니를 뒤져 이탈리아에서 가장 최근에 온 구깃구깃한 편지를 꺼냈다. 아저씨는 편지를 엄마에게 읽어주었다. "……이제 곧 내 남편 주세페에게 가 닿으려 배를 탈 겁니다. 하루하루 시간 가는 것만 헤아리고 있어요…… 지난번 당신이 편지에서 말한 캐나다에서 사귄 좋은 이웃 분들에게도 내 안부를 전해주세요…… 귀여운 딸기 소녀에게도요."

주세페 아저씨는 편지를 다 읽고 나서는 잃어버린 시간을 만회하려는 듯 냉큼 망치질을 하러 올라갔다.

"사리아노 씨는 자기보다 더 행복한 사람을 못 봤겠지요?"

엄마는 이렇게 말하곤 했다. 엄마가 그런 말을 할 때에는 서글퍼서도 아니고 괜히 못된 소리를 하고 싶어서 그러는 것도 아니었다. 돈이나 특권 때문에 일어나는 부러움이 아니라 정말로 마음에서 우러나는 고귀한 부러움을 담아서 하는 말이었다.

방갈로는 완성됐다. 이제 아저씨는 세간을 들였고, 매사에 우리 엄마의 의견을 물으러 왔다. 난로를 어디에 설치하는 게 더 좋을까요? 엄마는 사리아노 부인이 체구가 작으니까 벽장 따위를 손이 미치는 범위에 놓는 게 좋겠다고 했다. 사실 우리 엄마가 아니었으면 주세페 아저씨는 훨씬 더 높은 곳에 벽장을 달았을 것이다.

마침내 이탈리아 아줌마가 도착해서 방갈로에 아저씨와 함께 살게 되었다. 그러나 부부 중 어느 한쪽도 코빼기가 보이지 않았고, 그쪽으로는 사람이 아예 살지도 않는 것 같았다. 엄마는 부부가 한동안은 둘이만 딱 붙어 지내고 싶을 거라면서 나에게 그쪽으로는 가지도 말라고 했다. 하지만 이탈리아 아저씨 생각은 그렇지 않았나보다. 이튿날부터 아침댓바람에 우리 집 쪽으로 "모두 살아는 계십니까?"라고 쩌렁쩌렁 외친 걸 봐서는 그랬다. 아저씨는 우리 식구들에게 소개하려고 남편 뒤에 숨어 있던 부인 리자의 팔을 부드럽게 잡아끌었다.

2

부인은 주세페 아저씨가 보여줬던 사진들을 보고 상상했던 것보다 훨씬 더 마르고 가냘팠다. 목소리도 다정하지만 가느다래서 물이 졸졸 흐르거나 어린 새가 지저귀는 것 같았다. 엄마가 말했다.

"이탈리아어의 억양이 남아서 그래. 이탈리아어는 노래하는 것 같거든."

부인은 어색해하기는 했어도 예의범절이 발랐다. 부인이 수줍음을 조금이나마 극복했고, 어느 날 갑자기 데샹보 거리에서 살게 된 놀라움도 조금 가셨다는 것을 알 수 있었다.

주세페 아저씨는 매일 멀리 집 짓는 현장으로 나가야 했다. 아저씨는 일을 나가기 전에 엄마에게 찾아와 리자가 너무 심심하지 않도록 조금 상대해주면 안 되겠느냐고 청하러 왔다. 우리도 이미 생각하고 있던 바였다. 아저씨는 금방 새로 지은 이 방갈로에서 밀라노는 너무 멀지 않느냐, 그러니 리자가 외로움을 이겨내도록 좀 도와줄 수 있지 않겠느냐고 했다. 엄마는 최선을 다하겠노라 약속했다.

그때부터 주세페 아저씨는 매일 아침 일찍 우리 거리에서 나갔다. 출근길에는 리자 아줌마도 따라 나왔다. 아줌마는 길모퉁이까지 아저씨를 배웅했다. 그러면 아저씨는 아줌마에게 뽀뽀를 하고 열 발짝쯤 떼었다가 다시 아줌마를 보러 돌아왔다. 그러고 나면 거의 늘 막판에는 디딤판을 내려놓고 승객을 기다리는 전차를 놓치지 않기 위해 허겁지겁 뛰어야 했다…… 사실 운전수는 요란하게 종을 울리며 부부의 이별을 재촉하지 않았다.

저녁에는 더욱더 애틋했다. 전차 한 대가 멈췄다. 톱밥을 뒤집어쓴 이탈리아 아저씨가 전차에서 내리는 모습이 보였다. 아저씨 발걸음에서 피곤이 묻어났다. 몸뚱이가 구부정하니 앞으로 쏠려 있었다. 손에 든 공구함도 무거워 보였다. 그러나 방갈로의 창들을 바라보고 아저씨는 금세 어깨를 활짝 폈다. 아저씨는 콧수염을 매만졌다. 그때 리자 아줌마가 아저씨를 마중하러 나왔다. 주세페 아저씨의 걸음이 빨라진다. 공구함은 내려놓고 아내를 번쩍 안아 올렸다. 아내를 들어 올리는가 싶더니 너른 품으로 꼭 안았다. 아저씨가 그러고 있는 동안 이탈리아 아줌마가 땅에 닿지 않는 두 발을 허공에서 버둥대는 모습이 보였다.

엄마는 두 사람이 포옹하는 모습을 좀더 잘 보려고 커튼을 살짝 들어 올리고 창가에 붙어 있었다. 잠시 후에 엄마는 커튼을 내리고 행복과 부러움을 담아 이렇게 말했다.

"아내를 어쩌면 저리도 사랑할까!"

가끔은 이런 말까지 덧붙였다.

"여자의 가장 큰 영예는 사랑받는 거란다. 사랑보다 여자를 더 아름답게 하는 장신구는 없어. 황옥도, 다이아몬드도, 자수정도, 에메랄드도, 루비도 댈 것이 못돼."

그렇지만 내가 보기에 주세페 아저씨의 이탈리아인 아내는 너무 말라빠지고 빈약했다. 나는 곧잘 내 마음대로 아줌마를 방문했다. 그것은 진짜 방문이라고 할 만했는데, 아줌마는 나를 어엿한 어른 대하듯 다른 손님들과 똑같이 대접해주었기 때문이다. 아줌마는 나를 응접실로 데려와 자리를 권했다. 자기는 내 맞은편에 앉았다. 나뿐만 아니라 아줌마도 워낙 작아서 발이 마룻바닥에 완전히 닿지 않았다. 아줌마는 "어머님은 어떻게 지내세요? 아버님은요?"라고 물었다. 나도 공손하게 "잘 지내시지요, 고맙습니다"라고 대답했다. 그 다음에는 내 쪽에서 안부를 물었다. "남편 분께서는 어떻게 지내세요?" 나는 다른 여자애들과도 이런 식으로 경어를 주고받으며 귀부인 놀이하기를 좋아했다.

뒤늦게 알고 보니 리자 아줌마는 남편을 기쁘게 해주려고 교본을 보면서 프랑스어를 배웠는데, 바로 그 교본에 우리가 주고받은 것과 같은 문장들이 잔뜩 나왔었단다. 그런 건 뭐 다 좋다! 아줌마는 그런 문장들을 구사할 때 요구되는 감정을 잘 살릴 줄 알았다. 하지만 어떻게 아줌마가 루비나 에메랄드나 황옥보다 더 아름다운 장신구로 치장을 했다는 건지 여전히 이해가 잘 안 됐다. 더욱이 우리 식구 중 누구도 —그런 말을 자주 입에 올리던 엄마조차도— 그런 보석들을 실제로 본 적이 없었다. 그런데 어떻게 사랑이 더 낫다고 할 수 있는가? "너희 아빠도 너희들을 사랑해. 아빠가 너희들을 위해 얼마나 애쓰고 희생하시는지 보면 알잖니." 엄마는 그렇게 말했다. 그래, 확실히 아빠는 사랑이 넘치는 사람이었다. 그래서 항상 힘들어하고 영원한 고통에 몸부림쳤던 것이다. 그런데 이탈리아 아저씨는 태양처럼 환하게 빛나는 사랑이 얼굴에 씌어 있었다. 그러나 그건 부러워해서 될 일이 아니요, 노력해서 잡을 수 있는 것도 아니었다. 아마도 이탈리아산이 아니면 불가능한 것. 엄마 자신도 인정했다.

"너희에게 분명히 말하지만 저런 사랑을 늘 볼 수 있는 건 아니란다. 저보다 더 보기 힘든 것도 없을걸?"

우리는 주세페 아저씨가 아내라면 껌벅 죽기 때문에, 오로지 그 이유 때문에 아줌마를 좀더 좋아했다. 그게 바른 일일까? 이미 극진한 사랑을 받는 사람이라서 그 사람을 더 좋아한다는 게 이치에 맞는 일일까? 애초부터 사랑받지 못했고 영영 사랑받지 못할 이들을 위해 우리의 사랑을 아껴두는 것이 더 큰 자비라고 생각했어야 하지 않은가.

"하지만 원래 그런 거야. 그 점은 절대 변하지 않을걸. 사람이라면 누구나 자기가 나서서 사랑하는 사람들을 좋아하잖니?"

그러나 리자 아줌마는 점점 더 쇠약해졌다. 이탈리아 아저씨는 이제 완전히 침울해져서 분노를 주체하지 못하고 우리 엄마에게 속내를 털어놓았다. "리자는 죽어요, 난 아내를 잃겠지요. 리자는 작은 새 한 마리만큼도 기운이 없어요…… 외로움에 시달려서 그래요. 난 분위기를 바꿔볼 생각이었는데…… 아니었어요. 내가 아내를 고국 땅에서 떠나게 했네요…… 그래서 그 사람이 시들시들 죽어가는 거예요……." 아저씨는 탄탄한 가슴을 주먹으로 치며 말했다.

"세상에, 무슨 말씀이세요. 부인은 꼭 회복될 거예요. 주세페 사리아노, 그렇게 자책하지 마세요. 이 세상에 댁네 부인보다 행복한 여자는 없다고요……."

3

그러나 백주대낮에 갑자기 골로 간 사람은 아저씨였다. 집 짓는 현장 꼭대기에서 뇌졸중을 일으켰단다. 사람들이 잘 생각해보면 놀랄 일도 아니라고, 아저씨는 대식가에 술도 많이 마셨고 엄청난 다혈질이었으니 피가 진하고 빡빡했을 거란다. 우리의 이탈리아 아저씨가 죽었을 때 사람들이 하는 말이 그랬다.

그러자 이제 이탈리아 아줌마를 우리 곁에 붙잡아놓을 이유가 하나도 없지 않았겠는가. 아줌마는 열두 살짜리 계집애보다 더 작아 보였고 매니토바에서 더 붕 떠 있는 사람 같았다. 이제 아줌마는 주세페 사리아노의 방부 처리한 시신을 관에 넣어 이탈리아로 돌아갈 판이었다.

엄마와 나는 아줌마를 위로하러 찾아갔다. 애도의 뜻을 표하기 위해 엄마는 일부러 검정색 외투를 입고 갔다. 나는 색깔이 칙칙한 옷이라고는 감청색 원피스뿐이라서 그 옷을 입었다. 이탈리아 아줌마는 나 혼자 아저씨 안부를 물으러 가던 때처럼 작은 응접실로 우리를 맞아들였다.

아줌마는 우리를 두 팔 벌려 맞았다. "친애하는 부인, 귀여운 아이, 두 사람은 우리 주세페에게 참으로 잘해줬지요…… 주세페가 여러분을 얼마나 좋아했는지 몰라요."

주세페 아저씨는 시끌벅적하고 슬픔에 젖었을 때조차도 그런 감정을 보란 듯이 드러내곤 했는데 아줌마는 그 와중에도 침착했다. 작은 개울이 비통해하며 아주 나지막하게, 들릴 듯 말 듯 울면서 흐르는 것 같달까. 이탈리아 아줌마가 딱 그랬다. 우리 또한 주세페 사리아노를 잃고 슬퍼하는 마음을 아줌마는 상냥하게 위로하고 있었다.

"그래요. 그러면 사실이군요. 이제 우리는 부인도 떠나보내야 하는군요. 이탈리아로 돌아가시나요?"

리자는 예의바르게 유감을 표하며 말했다.

"주세페 사리아노를 그 땅에 묻어주고 싶어요. 태양이 빛나는 땅에……."

"그래요, 태양! 여기도 태양은 있다고 생각하지만……."

엄마는 그런 이야기를 할 때가 전혀 아닌데도 아줌마에게 청했다.

"이탈리아에 대해서 이러저러한 것들을 좀 이야기해주세요…… 부인은 이탈리아를 다시 보겠지만…… 나란 사람은 평생 이탈리아를 알 기회가 없을 테니 말이에요."

일이 이렇게 되었던 것이다. 엄마는 이탈리아 아줌마 기분이 이탈리아 이야기를 하면 좀 풀릴까 싶어서 그렇게 매달렸다지만 되레 엄마가 이탈리아에 대한 향수를 품게 되었다. 그렇지만 이탈리아와 사랑에 빠지는 엄마의 모습을 지켜보는 것이 리자 아줌마에게도 좋았다. 아줌마는 그림엽서를 통해 이탈리아에 있는 것들을 많이 보여주었다. 로마의 산 피에트로 성당. 천장을 빼곡히 장식하는 그림은 머리 위에 떠 있어서 쳐다보기 힘들 것이 분명했다. 옆으로 삐딱하니 기울어진 탑도 봤다. 폼페이에는 몇백 년 전에 사람들이 죽은 자세 그대로 남아 있고 ─유적 중에는 목에 사슬을 맨 채 화석이 된 개도 있었다─ 무시무시한 화산이 20년에 한 번씩 용암을 토해낸다. 엄마는 이 모든 이야기를 흥미롭게 들었고 장밋빛과 옅은 청색을 띤 밀라노 대성당의 초라한 사진에 유독 관심을 보였다.

엄마는 또 이탈리아 아줌마가 밀라노 거리에서 거의 장님에 가까운 늙은 도공에게 샀다는 파란색 도기를 열광하며 좋아했다. 리자 아줌마는 그 이야기를 하면서 이탈리아 도공들은 길에서 노래를 부르며 일을 한다고 했다. 그들은 가난하고 비참한 생활을 하지만 부자들보다 얼마나 더 행복한지 모른다면서…… 엄마가 이탈리아에 푹 빠지게 된 이유가 그것일까? 엄마는 이탈리아 때문에 그 파란색 도기가 그렇게나 좋았을까?

작별의 날이 되었다. 엄마는 우두커니 서서 어쩔 줄을 몰랐다. 하지만 이탈리아 아줌마는 그렇게 작아도 이별하는 법을 제대로 알고 있었다.

"여기 우리 집에서 마음에 드는 게 뭐 없으세요? 부인께 저나 고인이 된 우리 남편을 추억하게 할 수 있을 법한 물건으로 골라 하나 가지세요. 값나가는 물건은 하나도 없어요. 그러니까 조금이라도 마음이 가는 물건이 있으면……."

그때 나는 엄마의 눈이 엄마 의지와 상관없이 파란 도기 쪽으로 돌아가는 광경을 보았다. 나는 귓가에 대면 파도소리가 들리는 예쁜 조가비 쪽으로 엄마의 시선을 끌고 싶었다. 엄마는 응접실에 예쁜 물건이 너무 많아서 무얼 골라야 할지 모르겠다고 사양하면서도 흘끔흘끔 도기를 곁눈질했다.

이탈리아 아줌마는 콘솔에 놓여 있던 꽃병을 집어서 먼지를 조금 털어내고는 엄마에게 내밀었다.

"어머, 이건 너무 과해요! 이럴 수는 없어요…… 이렇게 예쁜 물건을 내가 받을 수는 없지요……."

"밀라노에 돌아가면 이 비슷한 꽃병이 널리고 널렸어요. 받아주세요. 받아주시면 더없이 기쁘겠어요."

그러자 엄마도 더는 거절하지 못했다. 엄마는 두 팔로 도기를 안고 좀더 잘 감상하려는 듯 팔을 뻗어 멀찍이 들어보더니 잃어버렸다가 되찾은 값나가는 물건처럼 품에 꼭 끌어안았다.

우리는 도기를 들고 집으로 돌아왔다. 도기를 우리 집으로 가져오는 행복이 절절하게 실감났는지 엄마는 조금 전에 이탈리아 아줌마와 나누었던 석별의 정도 잠시 잊은 듯했다.

리자 아줌마를 태우러 택시가 오던 날, 엄마는 회랑에 서서 아줌마가 떠나는 모습을 지켜보았다. 길모퉁이에서 먼지가 일어났다가 도로 가라앉을 때, 멀어져가는 발자국처럼 희미한 자취밖에 보이지 않을 때 엄마는 그 희미한 금빛 자취를 손으로 가리키며 우리에게 이렇게 말했다.

"우리 거리에서 이탈리아의 태양이 떠나가는구나……"

빌헬름

나의 첫 번째 기사님은 홀란드에서 왔고, 이름은 빌헬름이 었으며, 굉장히 고른 치열을 갖고 있었다. 그는 나보다 나이가 훨씬 많았고, 길쭉하고 슬퍼 보이는 —적어도 그의 결점을 바라보면서 내가 느끼는 바는 그랬다— 그의 얼굴을 정작 나는 처음 보았을 때 너무 길고 뾰족하기보다는 생각이 깊어 보인다고 느꼈다. 그렇게 곧고 가지런한 이빨이 의치라는 것을 아직 몰랐을 때다. 나는 빌헬름을 사랑한다고 생각했다. 누군가로 인해 행복하기도 하고 불행하기도 했던 것은 그 사람이 처음이었다. 참으로 심각한 연애였다.

나는 우리 집 가까이에서 살면서 우리 가족과 친하게 지내던 오닐 가에서 그를 처음 만났다. 오닐 가의 커다란 박공집은 데뫼롱 거리에 있었다. 빌헬름은 그집 하숙생이었는데, 그가 살아온 삶에는 의문스러운 점이 꽤 많았다. 그는 당시에 우리 도시에 있던 작은 물감 제조공장에서 화학 쪽 일을 맡아보는 침울하고 키 큰 청년이었고, 앞에서 말했듯이 아일랜드 코크에 살다가 캐나다로 이주한 오닐 가처럼 실향민의 집에 방을 구해 살았다. 결국은 남들처럼 살아가기 위한 머나먼 여정이었다. 생계를 꾸리고, 친구들을 사귀려고 노력하고, 그 나라 말을 배우고, 특히 빌헬름의 경우에는 자기에게 맞지 않은 누군가를 사랑하기 위한 여정. 연애는 원래 그렇게 진부해지기 십상인가? 어쨌든 당시에 나는 그렇게 생각하지 않았다.

우리는 오닐 가에서 저녁에 음악을 연주했다. 캐슬린이 〈마더 매크리Mother Machree〉를 연주하면 우리 엄마는 소파에 앉아 눈물을 훔치며 우리의 주의를 다른 데로 돌리고 자기도 딴청을 부리려고 무던히 애썼다. 아일랜드 노래에 그렇게 마음이 뒤흔들렸다는 표시를 내고 싶지 않았던 것이다. 엘리자베스는 음악이 들리거나 말거나 대수학 문제만 맹렬하게 파고들었다. 엘리자베스는 남자들에게도 관심이 없었다. 하지만 캐슬린과 나는 그쪽으로 고민이 많았다. 우리는 찬밥 신세가 되면 어쩌나, 아무도 사랑해주지 않으면 어쩌나, 단 하나의 절대적 사랑을 놓치면 어쩌나 참으로 겁이 났다.

미시즈 오닐이 늘 하는 말마따나 "분위기를 풀어볼 겸" 나에게 연주를 권할 때면 나는 파데레프스키의 미뉴에트를 쳤고, 그 다음에는 빌헬름이 값비싼 바이올린으로 마스네의 곡을 우리에게 연주해주었다. 그 후에는 앨범을 펼쳐 자기 고국의 풍경을 사진으로 보여주었다. 그의 아버지 집, 그 옆에 바로 붙어 있다는 삼촌 집도 사진으로 봤다. 자기 한 사람만 보고 우리가 생각하는 이상으로 자기 집안이 부유하다는 것을 나에게 알려주고 싶었던 것 같다. 이런 데 있을 사람이 아닌데 어쩔 수 없는 사연으로 고국을 떠나 우리가 사는 소도시에 굴러들어온 낌새였다. 하지만 그는 내가 겉으로 드러나는 바보 같은 사회적 조건들만 보고 자기를 판단할 거라는 걱정을 할 필요가 없었다. 나는 뭇사람들을 오직 '고귀한 사람됨' 하나만으로 보고 싶었으니까. 빌헬름은 나에게 어떻게 로이스달*이 네덜란드의 슬픈 하늘을 온전히 그려냈는지 설명했다. 내가 홀란드를 좋아하게 될 것 같은지, 언젠가 그 나라에 가보고 싶은지 묻기도 했다. 그래서 나는 그렇다고, 운하와 튤립 꽃밭을 정말로 보고 싶다고 대답했다.

그러자 그는 홀란드에서 초콜릿 한 상자를 보내게 해서 나에게 선물했다. 하나하나가 조그만 물병처럼 생겼는데, 한 입 베어 물면 안에서 리큐르가 나오는 초콜릿이었다.

어느 날 저녁, 빌헬름은 정황에 걸맞지 않게 나를 우리 집 앞까지 데려다주겠다는 생각을 품었다. 그 집에서 우리 집은 지척이요, 아직 그렇게 어둡지도 않았는데 말이다. 그는 기사도적인 청년이었다. 남자라면 모름지기 여자를 부모님이 계신 집까지 혼자 돌아가게 해서는 안 된다는 것이 그의 주장이었다. 그 여자가 바로 어제까지 굴렁쇠 놀이, 죽마 타기를 즐기던 철부지라도 말이다.

어이할거나! 빌헬름이 돌아가자마자 엄마는 나의 기사님에

✤ 네덜란드 출신의 유명한 풍경화가.

대해 캐물었다.

"저 멀대 같은 남자는 누구니?"

나는 그가 홀란드에서 온 빌헬름이라고 대답하고 그간 있었던 일을 전부 이야기했다. 초콜릿 상자, 튤립 밭, 빌헬름 고국의 감동적인 하늘, 풍차방앗간 등등…… 그런데 그런 것들은 다 좋았다, 다 괜찮았다. 그런데 나는 왜 겉으로 드러나는 조건에 대한 평소 내 지론에도 불구하고 그의 부친과 삼촌이 함께 작은 회사를 운영한다는 둥 수입이 괜찮은 것 같다는 둥의 말까지 엄마에게 해야 한다고 생각했을까?

그러자 엄마는 나에게 빌헬름에 대한 생각을 완전히 접을 때까지 오닐 가에 가지 말라고 했다.

그러나 빌헬름은 영민했다. 그는 일주일에 하루 이틀 정도는 일찍 퇴근했고, 그런 날에는 수녀원 입구에 와서 나를 기다렸다. 그는 나의 거창한 책 꾸러미—당시 수녀님들은 숙제를 무지막지하게 내줬다—는 물론이요, 내 음악공책이니 메트로놈이니 하는 온갖 짐들을 우리 동네 길모퉁이까지 들어다주었다. 그 지점에 이르면 빌헬음은 슬프고 파란 눈으로 나를 굽어보며 이렇게 말하곤 했다.

"네가 좀더 자라면 오페라에 데려가줄게. 극장에서 하는 오페라."

나는 아직 수녀원에 2년 더 다녀야 했다. 오페라와 극장은 절망적이랄 만치 멀게 느껴졌다. 빌헬름은 하루 빨리 내가 기다란 드레스를 입은 모습을 보고 싶다고, 그때가 되면 자기도 좀이 슬까봐 고이 싸둔 야회용 정장을 꺼내 입고 함께 근사한 모습으로 교향악을 들으러 가자고 했다.

엄마는 결국 빌헬름이 대담하게도 내 책을 들어주고 있다는 사실을 알게 됐고 그 일로 몹시 심사가 뒤틀렸다. 엄마는 나에게 그를 만나지 말라고 했다.

"하지만 그 사람이 보도에서 나와 나란히 걷는 것까지 내가 어쩔 수는 없잖아요, 누구든 보도를 걸어가는 건 자기 마음이니까요."

내가 말했지만 엄마는 그 문제를 일축했다.

"그 사람이 너와 같은 쪽 보도를 걷거든 네가 알아서 반대쪽 보도로 가면 될 것 아냐."

하지만 우리 엄마는 빌헬름에게 질책하는 메시지를 전하며 내게 일렀던 것처럼 그에게도 어느 쪽 보도로만 다니라고 콕 집어 명했던 게 틀림없다. 이제 그는 항상 내가 다니는 건너편 보도로만 다니며 내가 지나갈 때마다 그 자리에 우두커니 서서 바라보기만 했으니까. 그는 내가 지나가는 동안 꼭 모자를 손에 들고 있었다. 그런데 다른 소녀들이 나를 무섭도록 시샘했던 모양이다. 그 애들은 빌헬름이 내가 지나갈 때마다 모자를 벗고 조아리는 모습을 보고 깔깔대고 웃었다. 빌헬름이 그렇게 혼자서 비웃음거리가 되는 것이 나는 죽도록 서글퍼졌다. 그는 이민자였고 우리 아빠는 내게 이민자들은 아무리 동정해도 지나치지 않다고, 실향민에게는 아무리 마음을 써줘도 충분하지 않다고 이골이 나도록 말했었다. 그들은 모국을 떠나온 고통만으로도 충분하니 멸시와 천대까지 더할 필요는 없다는 것이었다. 그런데 어째서 그런 아빠마저 생각을 확 바꿔서 엄마 저리가랄 정도로 홀란드에서 온 빌헬름에게 앙심을 불태웠던가? 조지아나 언니의 결혼 이후로 우리 집에서 연애를 곱게 보는 사람이 아무도 없었던 것은 사실이다. 어쩌면 우리는 모두 식구의 연애에 이미 너무 큰 아픔을 겪었는지도 모른다. 하지만 적어도 나는 ―내가 생각하기에는 그렇다― 아직 연애로 인해 충분히 아파하지 않았다…….

게다가 내가 이미 말했던 대로 빌헬름은 영민했다. 엄마는 그에게 길에서 나와 이야기를 주고받지 말라고 했지만 편지가있다는 점은 잊고 있었다. 빌헬름의 영어 실력은 일취월장했다. 그는 나에게 '나의 사랑하는 아이'라든가 '나의 다정한 소녀여' 등으로 운을 떼는 아름다운 편지들을 보냈다. 나도 그에 질세라 '나의 친애하는 이에게' 운운하며 답장을 보냈다. 엄마는 어느 날 내 방에서 내가 글씨 연습을 하던 연습장을 발견했는데, 거기에는 빌헬름을 향한 나의 정념이 시간이나 잔혹한장벽으로도 꺾을 수 없다고 씌어 있었단다……. 엄마가 내 책상에 펼쳐져 있던 테니슨의 책을 봤더라면 연습장의 글이 그책에서 베껴 쓴 것임을 금세 알았겠지만 엄마는 제정신을 차리기에는 너무 화가 나 있었다. 나는 빌헬름에게 편지 쓰기를 금지당했고, 행여 그의 편지가 엄마의 삼엄한 경비를 뚫고 내게까지 도달하더라도 절대 읽어서는 안 된다고, 그에 대한 생각조차 하지 말라고 엄마는 말했다. 내게 허락된 일이라고는 내 마음이 내켰을 때 그를 위해 기도를 올리는 것뿐이었다.

그때까지 나는 사랑이 투명하고 진솔한 것, 모두가 소중히 여기며 모두를 화목하게 하는 것이어야 한다고 생각했더랬다. 그런데 이게 무슨 일인가? 엄마는 갑자기 감시인이 되어 내 편지 바구니를 뒤지기 시작했고, 나는 나대로 이따금 엄마야말로 세상에서 나에 대한 이해가 가장 부족한 사람이라고 생각하기에 이르렀으니. 정녕 사랑의 성취란 그런 것이었던가! 엄마와 나의 진실하고 아름다운 모녀관계는 어디로 날아갔나? 엄마와 딸 사이에는 항상 안 좋은 시기가 닥치게 마련인가? 사랑이 그 시기를 몰고 오는가? ……도대체, 도대체 사랑이란 무엇인가? ……가까운 이웃인가? 아니면 부유하고 매력적인 그 누군가인가?

그 무렵 빌헬름은 나에게 마음을 전할 길이 달리 없었던 관계로 선물을 잔뜩 보내왔다. 그러나 우리 엄마가 선물들이 당도하기가 무섭게 돌려보냈으므로 나는 그런 사실을 전혀 몰랐다. 악보, 암스테르담에서 보내온 튤립 구근, 브뤼헤 특산품 레이스로 만든 작은 칼라, 향기로운 초콜릿 등이 그렇게 퇴짜를 맞았다.

우리가 서로 이야기를 주고받을 수 있는 방법은 전화밖에 없었다. 엄마도 전화까지는 생각하지 못했다. 확실히 엄마가 모든 방법을 다 염두에 둘 수는 없었다. 사랑은 지극히 영민하니까! 더욱이 엄마가 연애를 하던 시절에는 전화가 없었기 때문에 나에게 전화까지 금할 생각은 못했으리라. 빌헬름은 우리 집으로 자주 전화를 걸었다. 전화를 받은 사람이 내가 아니면 그는 살짝 끊었다. 그래서 엄마는 여러 차례 투덜거리기도 했다. "도대체 무슨 조화람? 전화회사에 편지를 보내야겠어. 아무 것도 아닌 일로 전화기 앞에 불려오는 게 한두 번이라야지. 저쪽에서 한숨소리만 들릴 듯 말 듯 나고 끊어지잖아." 물론 우리 엄마는 빌헬름이라는 청년이 얼마나 끈질긴지 전혀 예상하지 못했다.

하지만 내가 전화를 받아도 빌헬름은 그리 앞서나가지 않았다. 우리가 비밀을 입 밖으로 드러내지 않는 한, 그렇게 해서 전화마저 식구들에게 빼앗길 위험을 초래하지 않는 한, 진정한 대화란 성립할 수 없었다. 더구나 우리는 둘 다 아닌 척 잡아떼는 재주가 젬병이었다. 제르베 오빠는 마음이 맞는 여자친구와 전화 통화를 하면서 기숙학교 남자친구와 이야기를 나누는 척 연기를 해서 식구들 눈을 속였다. 하지만 제르베 오빠를 뭐라고 하려는 게 아니라 —사랑은 사랑이요, 장벽에 부딪칠수록 더욱 고귀해지나니!— 빌헬름과 나는 매사에 너무 고상한 척하느라 열심이었다. 빌헬름은 그저 멀리서 "디어 하트Dear heart……"라고 중얼거릴 뿐이었다. 그 말을 뱉고 나서는 내내 잠잠했다. 나는 이마까지 새빨개져서는 그의 침묵을 1, 2분 정도 가만히 듣고 있었다.

그러던 어느 날 그는 나에게 마음을 전할 기막힌 수단을 찾았다. 내가 '여보세요'라고 했더니 가만히 듣기만 하라는 빌헬름의 목소리가 들렸다. 잠시 후 나는 음을 맞추는 바이올린 소리를, 이어서 〈타이스〉⁺⁺의 첫 소절을 들을 수 있었다……. 빌헬름은 전화로 한 곡 전부를 들려주었다. 캐슬린이 피아노 반주를 해주었던 모양이다. 저만치 거리를 두고 어우러지는 피아노 음이 들렸고, 왠지는 모르지만 그 사실이 살짝 신경에 거슬렸다. 아마도 캐슬린이 아름다운 비밀에 끼어들었다는 생각 때문이었던 듯하다. 하지만 빌헬름이 조금이나마 짜증스러웠던 것은 그때가 처음이었다.

우리 집 전화는 어두컴컴하고 좁은 통로의 끝 벽에 고정되어 있었다. 처음에는 내가 전화기를 붙들고 찍소리 없이 한세월을 보내도 아무도 놀라지 않았다. 그러다 내가 전화를 받을 때마다 입을 꾹 다물고 듣고만 있으니 차츰 식구들도 눈치를 챘다. 그때부터 내가 〈타이스〉를 감상하려 할 때마다 통로 문이 살짝 벌어졌다. 누군가가 문 뒤에 숨어서 나를 감시하고 다른 식구들에게 신호를 보내어 하나 둘 나를 구경하러 오는 것이었다.

제르베 오빠는 최악이었다. 내가 오빠의 비밀을 입 다물어 주었음을 감안하건대, 그건 참으로 못된 짓이었다. 오빠는 이런저런 핑계를 대어 통로를 지나갔다. 그러면서 내가 수화기로 무슨 이야기를 듣고 있는지 알아내려고 용을 썼다. 처음에는 수화기를 귀에 바짝 붙였다. 그러나 나중에는 〈타이스〉가 끝까지 듣기에는 꽤 긴 곡이라는 사실을 슬슬 실감하기 시작했다.

++ 쥘 마스네가 작곡한 3막짜리 오페라.

어느 날 저녁, 나는 제르베 오빠에게 잠시 수화기를 넘겨 빌헬름의 연주를 들려주었다. 어쩌면 오빠도 그 곡에 열광해서 나도 함께 감탄하는 분위기로 묻어가고 싶었는지도 모르겠다. 하지만 제르베 오빠는 폭소를 터뜨렸다. 이어서 방에 가서는 다른 식구들 앞에서 상상의 바이올린을 연주하는 시늉을 하며 볼썽사나운 짓거리를 벌였다. 심지어 화난 표정을 유지하려고 안간힘을 쓰던 엄마조차 웃어버렸다. 길고 음울한 얼굴에 특유의 표정까지 그대로 따라하는 오빠는 뭐라고 해야 할지 모르지만 확실히 빌헬름을 우습게 만들면서도 흉내를 제법 잘 냈다. 나까지 웃어버리고 싶을 정도였다. 슬픔에 잠긴 사람이 바이올린을 연주하는 광경 자체가 제법 우스운 노릇이었으니 말이다.

사실 식구들은 일찍이 그런 방법으로 빌헬름과 나를 떼어놓을 생각은 못했지만, 놀랍게도 바로 그날 저녁부터 그 방법은 눈부신 성공을 거두었다.

하루 종일 내가 지나갈 때마다 누군가가 〈타이스〉의 곡조를 휘파람으로 불었다.

오빠는 홀란드 청년의 엄숙한 걸음걸이, 항상 위로 치켜뜨는 시선을 상스럽게 과장해 보였다. 우리 가족들은 빌헬름이 설교를 준비하는 냉정한 개신교 목사 같다고 했다. 엄마는 '네덜란드인'의 얼굴형이 칼날처럼 삐죽하다는 말까지 덧붙였다. 식구들은 이제 그를 '네덜란드인' 아니면 '홀란드인'으로 지칭하고 있었다. 우리 언니 오데트—에두아르 수녀 말이다—마저 이 소식을 듣고 세상을 등진 처지에도 한몫 끼어들었다. 나의 신실한 언니 오데트는 나에게 외국인 청년을 잊으라고 했다…… 외국인은 외국인일 뿐이라면서 말이다.

어느 날 저녁 나는 〈타이스〉를 듣다가 이렇게 못 박힌 듯 수화기를 붙들고 서 있는 꼬락서니가 바보 같다는 생각이 들었다. 나는 노래가 미처 끝나기도 전에 전화를 끊어버렸다.

그 후로 빌헬름은 다시 내가 지나가는 길에 나타나지 않았다.

아마도 1년쯤 지나서 우리는 그가 홀란드로 돌아갔다는 소식을 들었다.

엄마는 빌헬름이 등장하기 전처럼 공평무사하고 자애로운 사람으로, 내가 그토록 좋아했던 우리 엄마로 돌아왔다. 아빠도 더 이상 홀란드에 적대감을 품지 않았다. 엄마는 미시즈 오닐이 빌헬름은 진중하고 근면하고 자상하고…… 세상에서 제일 괜찮은 청년이라고 했다는 말까지 고백했다. 그리고 엄마는 빌헬름이 고국에 돌아가 자기 가족들과 더불어 사랑받고 지냈으면 좋겠다고…… 그렇게 살 만한 청년이라고 했다.

장신구

내가 어느 날 갑자기 장신구에 사족을 못 쓰는 소녀가 된 것
은 아마 열다섯 살 무렵일 것이다. 장신구에 대한 집착에 사로
잡힌 내내 한 번도 그 집착을 속 시원하게 충족시키지는 못했
다. 당시 내 눈에 비치는 장신구의 품질은 그리 중요하지 않았
다고 본다. 나는 반짝이는 거라면 뭐든지 욕심을 냈지만 돈이
없었기 때문에 한층 더 아름다운 것을 향해 욕망의 수준을 끌
어올리지는 못했다. 위니펙의 울워스 상점이면 족했다. 사슬이
찰랑찰랑 소리를 내는 묵직한 목걸이를 걸어보려다가 어느 날
갑자기 이 광기에 사로잡힌 장소가 바로 그 상점이었으니…….

나에게는 가짜 오닉스 팔찌, 금이나 다이아몬드를 흉내 낸
그 밖의 장신구들이 있었다. 그 장신구들에는 반짝반짝한 작은
돌들이 수백 개나 박혀 있었다. 팔목에 두르는 뱀 모양 팔찌,
거미 모양 브로치, 말 문양이 달린 압핀, 자그마한 개, 눈을 감
은 고양이, 그 밖의 집짐승과 원숭이처럼 별로 정이 가지 않는
동물 모양들, 가짜 진주조개에 딱딱한 유리날개를 붙여서 만든

나비 모양들 따위가 있었다. 이따금 이 장신구들을 한꺼번에 가슴팍에 꽂아보고 무엇이 가장 마음에 드는지 결정을 못 내려 고민하기도 했다. 내가 소장하지 않은 보석은 항상 가장 탐낼 만한 것으로 보였다. 그럴 때면 나는 일종의 절망에 빠지곤 했다. 그러니까 내게 필요한 것들을 기어이 모두 다 갖기란 불가능한가, 앞으로도 결코 가능하지 않을 일이런가? 그 무렵 나의 나날은 불행했다.

어느 날 로베르 오빠가 우리 집에 들러서 평소 귀여워하던 나에게 1달러를 주었고, 나는 즉시 유혹의 궁전으로 달려갔다. 나로서는 1달러를 한꺼번에 몸치장에 쓰는 것이 처음이었다. 욕망의 장을 열어젖히는 돈의 액수가 만만치 않았으므로 나는 몹시 우유부단해졌다. 처음에는 거북이 핀 세트로 마음이 기울었지만 조금 있으니 수갑처럼 묵직한 팔찌에 구미가 당겼다. 그 다음에는 가짜 진주가 갖고 싶었다. 마음이 확실히 정해지지 않을 때마다 나는 습관적으로 가장 요란해 보이는 장신구를 사는 걸로 해결을 보았다. 그러면 실수가 없다고 믿었다. 하지만 오늘날 돌이켜보건대 내 기억이 틀리지 않다면, 나는 결정을 내리지 못하고 다른 상점에 발을 들임으로써 선택 가능한 품목들을 죄다 접하는 고통스러운 시험을 자초했던 것 같다. 입구 가까이 진열된 화장품 코너에서 더 이상 나아가지 않았다. 이미 섬세한 향수병, 장밋빛이나 우윳빛 용기, 점토 재질의 투명하고 날씬한 단지 따위가 반짝반짝 빛나는 통에 홀딱 넋이 나갔지만 그보다도 계산대 점원을 보고 감탄하느라 제정신이 아니었다. 원숙하고 약간 생기를 잃은 듯한 그 여자는 그 모든 화장품들의 우수 어린 미덕을 본인의 얼굴로 드러내고 있었다.

그녀는 나보다 두 배는 더 나이가 많거나 어쩌면 그 이상이었을 것이다. 파랗게 칠한 눈꺼풀, 스페인 빗을 찔러 고정한 숱 많은 검은 머리, 새로 그린 눈썹, 무감각한 얼굴이었다. 그런데 그 얼굴에는 삶이 더 이상 그녀를 아프게 할 수 없을 것 같은, 절대로 상처받지 않을 것 같기도 하고 뭘 좀 아는 것 같기도 한 면도 있었다. 어쨌거나 나는 그 누구든 그 여자보다 더 닮고 싶었던 적은 없었으니 그녀의 얼굴에서 꽤나 강렬한 매력을 느꼈던 셈이다. 그 여자에게는 애들 장난 같은 일이었다. 그녀는 나를 보자마자 벌써부터 늙어서의 모습이 살짝 보인다는 듯 나를 노화에 대한 두려움으로 단단히 구워삶았고, 골무만한 크림 한 병 값으로 1달러 지폐를 어렵잖게 가져갈 수 있었다.

그때 내가 어찌나 졸라댔던지 딱한 우리 엄마는 기어이 하이힐을 사주고 말았다. 그 죽마 같은 구두를 신고 똑바로 서는 법을 배우느라, 나아가 그 높이에서 걷는 법을 익히느라 고생깨나 했다. 그러나 나 자신을 향한 사랑을 위해서라면…… 그보다 더한 형벌도 얼마든지 견뎠으리라. 나는 내 방에 혼자 틀어박혀서 구두를 신었다. 목에는 색색의 유리알을 엮은 기다란 목걸이를 일고여덟 번 칭칭 휘감았다. 가끔은 부적들을 엮은 듯 거무스레해진 나뭇조각, 반달, 보름달이 주렁주렁 달린 또 다른 목걸이를 하기도 했다. 팔에는 뱀 모양 팔찌, 모조 오닉스, 모조 대모갑玳瑁甲, 가짜 루비 따위를 꼈다. 귀에는 도마뱀

귀걸이를 달았다. 허리와 머리채에는 다이아몬드처럼 반짝반짝한 장신구를 했다. 언니의 물건 중에서 분과 입술연지도 찾았다. 하루는 입술을 쥐 잡아먹은 듯 칠하고 볼도 아픈 사람처럼 벌겋게 칠했다. 이렇게 몸치장을 마치고 나는 불상 앞에 양반다리를 하고 앉아서 나 자신을 위해 향을 피웠다. 불상은 안에 향 나는 종이를 집어넣고 그 다음에 머리 모양의 덮개를 닫는 구조였다. 그러면 부처는 연기와 향기를 포식하고는 ―지금 생각하면 빈정거리는 듯한 태도로― 콧구멍으로 뿜어낸다. 배불뚝이 불상과 나의 불안, 나의 외모 집착증을 연결하는 취미는 어디서 뚱딴지처럼 나왔을까? 불상은 나를, 나는 불상을 바라보았다.

　나는 증인이 필요했지만 살아 있는 사람들에게 내 꼴을 보여줄 수는 없다고 생각했나보다. 만약 우리 아빠가 우연히 거창한 내 꼬락서니를 봤더라면 무섭도록 화를 냈을 것이다. 아빠보다 참을성이 많고 차분한 엄마는 나의 몹쓸 병이 빨리 낫기를 바랐던 것 같다. 엄마는 다정하게 나를 타일렀다. "너는 예전 모습이 훨씬 더 나았어. 소박하고 자연스러운 본래 모습이." 하지만 엄마는 자기 자신이 된다는 것이야말로 가장 어려운 일이라는 것을 몰랐지 싶다. 엄마는 내가 하는 대로 내버려뒀다. 게다가 어떻게 자신의 옛날 모습으로 돌아갈 수 있겠는가! 내가 봐도 못 알아보겠는 거울 속의 계집애, 조언도 구하고 수많은 놀라움을 기대하게 하는 소녀, 하루가 다르게 대담해지는 이 수수께끼 같은 소녀가 그 순간으로서는 다양한 내 모습중에서 가장 과감하고 가장 진실한 본연의 자태 아니었겠는가?

그래서 나는 불상과 다소 흡사한 자세로 바닥에 웅크린 채 얼굴로 뿜어 나오는 연기에 숨이 막혀 헐떡거리고 있었다. 눈꺼풀을 반쯤 감고 장신구는 머리에, 반지를 손가락에 주렁주렁 단 채 나의 딱한 꿈들을 곰곰이 살폈다. 분명히 다소 권태롭기도 했기에 뭔가 만족할 만한 새로운 시도를 하고 싶었다.

하루는 아버지가 외출한 것을 알고 하이힐을 신은 채 엉거주춤 계단 난간을 부여잡고 내려왔다. 그 다음 과감하게도 한 걸음에 나아가 식구들에게 내 모습을 보였다. 팔찌들을 한꺼번에 짤랑거리는 연습도 해놓았겠다, 머리끝부터 발끝까지 휘황찬란하게 꾸미고 무심하니 거만한 표정을 지으며 등장했다. 모두 배를 잡고 웃었다. 내가 정신 나간 짓을 할 때마다 좋아라하며 한술 더 떠서 부추기기까지 하는 로베르 오빠가 호주머니에 손을 넣고 1달러 지폐를 또 꺼냈다.

"자, 네가 모으는 장신구 중에서 부족한 게 분명히 있겠지. 받아, 그래야 더 예쁘게 꾸미지……."

엄마는 땅이 꺼져라 한숨을 쉬었다.

"로베르, 왜 애한테 몹쓸 버릇을 들이니?"

내 방으로 돌아오는데 식구들이 나를 놓고 이러쿵저러쿵 하는 말이 들렸다.

"모름지기 여자라면 누구나 딱하고 세속적인 마음이 조금은 있게 마련이야. 하지만 너희 남자들은 여자의 그런 세속적인 면을 숭상하지……."

엄마가 말했다.

"물론이죠."

로베르 오빠는 킬킬대며 대꾸했다.

"너희를 갖고 노는 여자, 모질고 가차 없는 게임을 숱하게 꾸미는 여자, 그래, 남자들은 그런 여자들의 편을 들어줘. 사실 남녀평등이란 없지. 충실, 정직, 올바름, 멋진 수수함 같은 미덕들을 남자들은 자기 것으로만 삼으려 해. 그러면서 여자들은 변덕을 부리고 잘못 어긋나야만 우러러보지. 이건 정말 안 좋은 일이야. 일단은 너희 남자들이 그로 인해 제일 먼저 고통 받게 될 테니까 안 좋지. 그리고 너희들이 약삭빠른 어린애 상태로 붙잡아놓기 좋아하는 여자들에게도 결코 좋지 않은 일이야. 아! 남녀를 막론하고 모두에게 똑같은 미덕들이 동일하게 좋게 여겨진다면……"

나는 치맛자락을 살랑거리며 걷는 법을 열심히 연습했던 것도 잊고 생각에 골똘히 잠겨 내 방으로 돌아왔다. 향내 나는 불상을 찾았다. 불상은 추하고 뚱뚱한 작은 남자, 사실은 진저리나는 몰골이었다. 나는 전처럼 다리를 앞으로 모아서 구부리고 거울 속의 내 모습을 들여다보았다…… 하지만 세속적인 내 영혼은 더 이상 아무것도 보여줄 게 없었다. 뭐야, 그 영혼이 나에게 기대했던 게 전부 다 뭐였지? 언니의 분을 약간 훔치고, 입술을 칠하고, 빌어먹을 싸구려 장신구를 짤랑대다가 나중에는 실망해서 하품이나 하고 늘어지기 바랐던 거냐고! 내가 어쩌면 그렇게 야만인, 꼬맹이, 노예처럼 굴 수 있었담!

나는 갑자기 팔에서 오닉스니 팔뚝을 휘감은 뱀이니, 이미 헐겁게 꽂은 바람에 반쯤은 달아나고 없었던 반짝이 장식들을 마구 벗어버렸다. 그것들을 바구니 속에 처넣었다. 어쩌면 공범이었고 어쩌면 너그러운 검열관이었을 불상도 함께 처넣었다. 개수대에서 내 몸에 남은 향내를 몽땅 씻어냈다. 그랬다, 나는 갑자기 지상의 남녀평등을 갈망하며 뺨에 불이 나도록 비누질을 해댔다.

물론 나는 여전히 현명하게 굴기보다는 정신나간 아이처럼 행동했다. 타고난 구불구불한 머리채까지 마뜩찮아 머리를 감고 또 감았으니까. 그러고는 서둘러 무릎을 꿇었다. 회개했다. 그러나 내 영혼은 아직도 제정신이 아니었다. 내 영혼은 그 자리에서 당장 문둥병자들을 돌보러 아프리카로 떠나야 한다고 하지 않았겠는가!

연못의 목소리

4월에 즈음한 어느 날 저녁, 우리 집에서 멀지 않은 연못에서 날카롭고 떨리는 듯한 음악소리 같은 것이 나기 시작했다. 그래도 꽤나 애잔하게 들리던 그 소리는 거의 여름이 다 가도록 이어졌고 햇빛과 흙에 연못물이 거의 다 말라버릴 때까지도 그치지 않았다.

작은 소리꾼들, 수백 마리 개구리들은 보이지 않았다. 무력한 겨울을 나고 진흙바닥에서 벗어난 개구리들이 이 새되고 가느다란 목소리를 되찾아 서로 이야기를 나누고 이 늪 저 늪에서 인사를 나누었던 것일까? 아니면 한 번쯤 기묘한 음악으로 우리네 가슴을 뒤흔들 속셈으로 끈적끈적한 바닥을 빠져나와 다시금 살아가게 된 것일까? 처음에는 서로 동떨어지고 이리저리 흩어졌던 소리들이 결국은 서로 어우러지고 머지않아 길게 이어지는 부르짖음이 되었다.

아직도 봄밤이면 우리 집에서 들리던 그 소리가 귓전에 쟁쟁하다. 어린 시절을 향한, 그 시절의 조금은 야성적인 기쁨을 향한 부름보다 더 크고 높은 소리를 나는 아직 듣지 못했다.

나는 여전히 다락방에 자주 올라갔다. 열심히 공부하는 학생이 된 후에도, 나이가 좀 들어서 이른바 청춘의 초입에 들어선 때까지도 그랬다. 거기에는 뭐하러 올라갔을까? 나 자신을 되찾으려는 듯 다락방으로 향하던 그날 저녁에 나는 아마 열여섯 살이었을 것이다. 나중에 커서 뭐가 될까…… 나는 무슨 일을 하면서 살아가게 될까…… 그래, 바로 그런 물음들을 나는 슬슬 떠올리기 시작했다. 아마도 내 앞날에 대한 선택을 내려야 할 때가 왔다고, 언젠가 나 자신도 낯선 모습으로 살아가기 위해 결정을 해야 할 때라고 생각했던 것 같다.

그리고 그날 저녁 다락방 작은 창문에 다가가 가까운 연못의 울음소리에 귀를 기울이니 세월이 우리 앞에 펼치는 어둡고 광막한 땅이 ―나타났다는 표현을 쓸 수 있다면 말이지만― 홀연히 나타났다. 그랬다, 내 앞에 드러난 고장은 그랬다. 가없이 넓지만 온전히 내 것이요, 그럼에도 아직 다 발견하지는 못한 고장이었다.

그날 저녁 개구리들은 목청을 돋우어 비탄의 부르짖음, 그와 동시에 승리의 부르짖음을 이루었다…… 그들은 마치 출발을 고지하는 듯했다. 그때 나는 내가 나중에 무엇이 될 것인가는 몰랐지만 그렇게 되기 위해 길을 떠나야 한다는 것은 알았다. 다락방에 처박혀 있는 동시에 머나먼 미래의 고독에 빠진 기분이었다. 저 멀리 그곳에서 나는 나 자신에게 길을 보여주고 있었다, 나를 부르며 이렇게 말하고 있었다. "그래, 어서 와.

이리로 지나가야만 해."

　그렇게 해서 나는 글을 쓸 생각을 했다. 무엇을 쓸지, 왜 쓰는지, 그런 건 전혀 몰랐다. 벼락처럼 마음을 사로잡는 사랑처럼 그렇게 글쓰기는 다가왔다. 실로 사랑처럼 순수하고 단순한 하나의 사태였다. 아직 할 말은 아무것도 없지만…… 무엇인가 할 말이 생기기를 바랐다.

　내가 그 자리에서 뛰어들었던가? 이 바로크적인 명령에 즉각적으로 따랐던가? 부드러운 봄바람이 내 머리칼을 흩트리고 허다한 개굴개굴 소리가 밤을 가득 채우는데, 나는 사랑하고 사랑받고 싶다는 욕구를 느끼듯 글을 쓰고 싶다는 마음을 느꼈다. 아직은 희미하지만 기분 좋고, 조금은 서글프기도 한 마음이었다. 주위에는 온통 어린 시절에 읽던 책들, 바로 이 다락방에서 선창에서 떨어지는 한 줄기 햇살과 먼지가 춤추는 와중에 읽고 또 읽었던 책들 천지였다. 그 책들이 내게 안겨준 행복을 나 역시 돌려주고 싶었다. 나는 모두의 눈을 피해 숨어서 책을 읽는 아이였고, 이제 나 자신이 소중히 여김 받는 한 권의 책이 되고 싶었다. 익명의 존재, 여자, 아이, 친구의 손에서 넘어가는 몇 장의 삶이 되어 다만 몇 시간만이라도 그들을 내 곁에 붙잡아둘 수 있으리라. 이에 비길 만한 소유가 있을까? 이보다 우애 넘치는 침묵, 이보다 완벽한 이해가 있을까?

　그런데 미래에 있는 또 다른 내가 그 경지까지 와보라고 나를 부르지 않는가. 이 또 다른 나 자신—오, 무지의 달콤함이여!—은 그날 저녁 내가 입고 있던 것과 같은 넓은 세일러 칼라의 감청색 블라우스를 입었고, 그 날의 나와 똑같이 생각에 잠긴 누리끼리한 얼굴을 한 손에 괴고 있어서 전혀 늙어 보이지 않았다.

어느 날 저녁, 엄마가 천장이 낮은 그 방으로 나를 찾으러 왔다. 나는 차츰 구분하는 법을 배우게 된 수많은 밤의 소리들에 홀려서, 내게 떡하니 주어진 것 같기도 하고 내가 받아들인 것 같기도 한 임무의 미스터리에 압도적으로 매혹되어서 더 이상 어떤 것도 감행하지 못한 채 다락방에서 도무지 내려갈 줄 모르고 있었다. 연못의 노래가 잦아들었다. 이제 작은 소리들은 분리되어 서로를 부르고 대꾸하는 것 같았고, 어쩌면 서로 이별을 고하는 것도 같았다.

엄마가 내게 말했다.

"왜 항상 여기에만 처박혀 있니? 네 나이에는 어울리지 않는 짓이야. 테니스라도 치든가, 친구들이라도 만나렴. 얼굴이 아주 해쓱하구나. 그래도 지금이 한창 좋은 때란다. 이렇게 좋은 때를 좀더 재미있게 즐기지 그래?"

그래서 나는 심각하게 사실대로 선언했다. 나는 글을 써야 한다고…… 그러자면 다락방에 올라와 서로 엇갈리는 연못의 소리들에 한참동안 귀를 기울여야 하지 않았겠는가…… 그렇게나 많고 많은 것들을 풀어헤쳐야 하지 않았겠는가.

엄마는 당혹스러운 듯했다. 그렇지만 내가 일상보다 허구를 더 좋아하게 되었다면 그건 어디까지나 엄마 때문이었다. 엄마는 나에게 이미지의 힘, 적확한 단어 하나가 드러내 보이는 사물의 경이로움, 수수하지만 아름다운 문장이 담을 수 있는 모든 사랑을 가르친 장본인이었다.

"글쓰기는 가혹하지. 그거야말로 세상에서 가장 까다롭고 요구가 많은 일일 게다…… 정말로 진실한 글을 쓰려면 말이야. 말하자면, 자기를 두 쪽으로 쪼개는 셈이 아닐까. 한쪽은 아등바등 살아야 하고, 다른 쪽은 응시하고 판단하는 거지……"

엄마는 또 이런 말도 했다.

"우선 재능이 있어야 해. 재능이 없다면 얼마나 애가 타겠니. 하지만 재능이 있어도 아마 힘들기는 마찬가지일 게야…… 말이 좋아 재능이지, 어쩌면 명령이라고 하는 게 마땅할지도 모르거든. 글쓰기의 재능은 아주 기묘하지." 엄마의 말이 이어졌다. "전혀 인간적이지 않은 재능이랄까. 엄마는 남들이 그런 재능을 결코 용서하지 않는다고 생각한단다. 글쓰기의 재능은 남들과 괴리시키는 불운과도 흡사하다고 할까, 거의 모두가 우리를 떠나게 만든달까……"

엄마는 어쩌면 그렇게 정확하게 일러줄 수 있었을까? 엄마의 말을 듣는 동안 나는 그 말이 이미 체험했던 일처럼 진실하게 다가옴을 느꼈다.

엄마는 먼 곳을 바라보았고, 나를 잘 감싸고 보호하려는 마음이 절절했던 탓에 두 눈 가득 번민이 깃들었다.

"글을 쓴다는 것은 빼도 박도 못하게 남들과 멀어지는 것 아니겠니…… 철저히 혼자가 되는 거야, 애야."

잠시 내리던 비가 그치자 개구리들이 다시 매혹적인 권태의 노래를 부르기 시작했다. 우리는 장차 가야 할 먼 길을, 삶이 우리에게 궁극적으로 빚어줄 얼굴을 일찌감치 그리워하는가보다 생각한다. 우리 자신을 알고 싶다는 호기심, 우리가 앞서 나가도록 가장 잘 끌어주는 힘이 어쩌면 바로 그 호기심인지도 모른다…… 나는 엄마에게 말했다.

"가끔은 말이 진실의 경지에 이르기도 해요. 그리고 말이 없다면 우리가 말할 수 있는 진실이란 과연 그러하다, 사실이다, 이 정도밖에 없겠지요."

그러자 엄마는 참으로 안타깝고 무력한 몸짓을 해 보였다.

엄마는 이 말을 남기고 자리를 떴다.

"앞날은 끔찍한 거란다. 미래는 언제나 조금은 실패이게 마련인걸."

엄마는 밤과 고독한 다락방과 어두운 고장의 먹먹한 슬픔 속에 나 혼자 남겨두고 내려갔다.

그래도 나는 여전히 모든 것을 갖기 바랐다. 안식처럼 따뜻하고 진실한 삶—이따금 가혹한 진실을 견딜 수 없더라도—과 영혼 깊은 곳의 울림을 포착할 수 있는 시간을 모두 바랐다. 걷는 시간과 잠시 멈춰 서서 이해하는 시간이 다 내 것이기를 바랐다. 길에서 조금 비껴나는 때도 있고 남들을 얼른 따라가서 신나게 외치는 때도 있었으면 했다.

"나 여기 있어요, 내가 여러분을 위해 길에서 찾은 것이 바로 여기 있다고요…… 나를 기다렸어요? ……기다리지 않았나요? ……아, 그렇다면 나를 기다려주세요!"

폭풍우

　겨울, 매니토바, 우리 삼촌이 아끼던 근사한 농장, 꺼져가는
태양이 불안스런 색조를 띠기 시작하면 열여섯 살 때의 우리는
휴일을 앞두고 그곳에서 잠을 청했던가? 우리는 시도 때도 없
이 깨어서 바람이 지붕 위로 너무 무섭게 휘몰아치지 않는지
귀를 곤두세웠고, 금세 양모이불을 턱까지 끌어당기고는 까무
룩 다시 잠에 빠져들었다.

　그런데 그 휴일 아침에 일어나보니 전날 밤 소리 없이 내린
눈이 쌓여 있었다. 눈은 덩치 큰 고양이가 앞발을 털토시처럼
모으고 꼼짝 않듯이 땅바닥에 딱 달라붙어 그 자리에 잠들어
있었다. 사촌 리타, 리타의 형제인 필리프와 아드리앵 오빠와
방학을 보내고 있던 나는 인근에 사는 젊은이들을 만나러 가도
괜찮겠다고 생각했다. 나는 잘 모르지만 사촌과 절친한 게랭
가 사람들이니 분명히 상냥하고 좋은 사람들일 것이었다. 끔찍
한 도로를 12마일이나 달려가 만날 사람들이니, 나는 그 미지
의 인물들을 좋아할 준비가 다 되어 있었다!

우리는 그 집에서 저녁을 먹는 시간에 맞춰 가야 했으므로 가는 길이 두 시간 걸린다고 잡고 오후 네 시에 출발하기로 했다. 돌아오는 길에 대해서 염려는 했는지! 금세 밤이 떨어지고 매섭게 추울 것이 분명했다. 하지만 그쯤이야! 우리는 떠나는 것만 중요했고 사촌들과 나는 손에 손을 맞잡고 목청이 터져라 노래를 부르며 집안을 쏘다니며 춤을 췄다. 당시에 몸이 좋지 않았던 가엾은 숙모는 우리에게 아무리 신이 나도 좀 적당히 하라고, 적어도 너무 시끄럽게는 하지 말라고 애원했다.

오후 두 시쯤 하늘이 어둑어둑해졌다. 작은 숲 속에 지은 니콜라 삼촌 집에서는 회랑과 아주 가까이 사시나무밖에 보이지 않았다. 작은 나무들은 해님을 향해 검은 나뭇가지를 치켜들고 있었고, 해님은 차츰 안개처럼 나무들의 몸짓을, 좀더 시간이 흐르니 나무들 그 자체를 삼켜버렸다. 어느새 우리는 숲 속의 집이 아니라 어딘지도 모를 별천지에 와 있는 듯, 이를테면 첩첩산중에 딱 한 채뿐인 산장에 와 있는 것 같았다. 눈이 서서히 땅에서 일어나 마구 흩날리더니 높이 일어나 대기를 가득 채웠다. 하지만 사촌오빠 필리프는 깔깔 웃으며 게렝 가로 가는 길은 손바닥 보듯 훤하니 가루처럼 날리는 눈발도 아무 문제가 되지 않을 거라고 큰소리쳤다.

그래서 이제 어떤 이동수단을 이용하느냐가 문제가 되었다. 우리 삼촌 집에는 겨울 길에 이용하는 수단이 여러 가지 있었는데, 우선 양측 차양 막에 사각 운모판을 덧댄 낡은 포드 자동차가 한 대 있었지만 당시에는 제설장치가 없었으므로 눈을 헤치고 나아갈 수 없어서 사용 빈도는 매우 낮았다. 그 외에는 여러 명이 앉을 수 있는 긴 썰매가 있었고, 작고 낮은 차체가 날에 붙어 있어서 구름처럼 눈밭을 스치고 지나가는 '커터cutter'라는 썰매도 있었다. 그러나 커터에는 우리 모두 편하게 앉을 수가 없었다. 마지막으로 '캐빈cabin'이라는 것이 있었다.

추위가 점점 더 기승을 부리기에 우리는 캐빈을 타기로 작정했다

아, 그 시절의 좋았던 캐빈이라니!

캐빈은 일종의 아주 작은 집이다. 폭보다 높이가 조금 더 되고 뒷문이 있으며 앞에 틈이 나 있어서 그리로 고삐를 내놓게 되어 있고 그 바로 위쪽에는 유리창을 끼운 창틀이 있다. 안에는 긴 의자가 두 줄로 있는데 앞뒤로 서로 마주보는 구조일 수도 있고 캐빈의 규모에 따라 양쪽 측면으로 서로 마주보는 구조일 수도 있다. 이따금 내부에 작은 난로를 설치하고 천정으로 관을 연결해 연기가 빠지게 하기도 한다. 물론 그 시절에 연기가 모락모락 올라오는 이 작은 통나무집들이 얼어붙은 들판을 달리는 광경을 보는 것보다 더 신나는 건 없었다. 아주 먼 곳에서 털옷을 껴입은 사람들이 그런 통나무집을 타고서 우리집 대문 앞까지 찾아온다면! 그렇지만 삼촌네 캐빈은 예전에 길에서 한 번 크게 덜컹거리며 깜부기불과 그밖에 잡동사니를 쏟아버렸고 그때 불을 피해 밖으로 나갔던 승객들이 얼어 죽기 일보 직전까지 갔던 사고가 난 적 있어서 내부에 설치했던 난로를 아예 떼어버렸다.

그래도 우리의 캐빈은 질 좋은 전나무 목재로 지은 데다가 속에 거친 갈색 종이로 도배도 하고 긴 의자 시트는 푹신하니 속도 채웠으므로 여간 안락하지 않았다. 물론 불편한 점도 많았고, 그중에서도 속도가 별로 나지 않는다는 점은 우리에게 결정적이었다. 미끄럼날에 너무 높게 세우기도 했고 연결부위가 튼튼하지 않았던 탓에 너무 빨리 달리면 캐빈이 엎어지기 십상이었다. 게다가 심하게 덜컹거리며 안에 탄 사람들을 패대기치기 때문에 완전히 초죽음이 되어 내릴 때도 있었다. 하지만 그래서 여럿이 함께 타고 한데 왁시글거리는 재미가 쏠쏠했다.

오후 3시 반쯤, 우리는 서로 다닥다닥 붙어서 따뜻한 물소 가죽을 걸치고 뜨겁게 덥혀둔 벽돌로 발을 녹이며 진짜로 폭풍을 헤치고 나아가는 기분에 들떠 희희낙락했다.

우리 삼촌은 아주 저기압이었다. 삼촌도 반경 20마일 이내에 춤판이 벌어지면 냅다 달려가던 시절이 있었다는 것도 잊고 우리에게 날씨가 이렇게 고약한 날에는 등 따시게 집에 붙어 있는 게 수라고 야단을 쳤다. 어쨌거나 우리가 꼭 집을 나서야 했다면 적어도 길 표지나 모퉁이를 제대로 볼 수 없는 캐빈보다는 썰매를 탔어야 했다.

그러나 필리프는 고삐를 당겼고 캐빈은 길을 떠났다. 우리는 왁자하니 웃고 서로 이리저리 부대끼느라 코가 맞부딪칠 지경이었다. 우리가 가는 길이 평지였는데도 이 형편없는 이동수단이 어찌나 요란하게 덜컹거리는지 나지막한 오르막이나 눈

뭉치만 만나도 험준하고 높은 산길을 타는 듯한 착각—평원뿐인 우리 고장에서는 나름 매혹적인 착각—이 들었다.

농장 내의 작은 길로 지나는 동안에는 필리프가 숲의 지리를 얼추 알고 가는 듯했다. 그러나 공공도로로 나오자마자 길을 찾을 수 있는 지표가 전혀 보이지 않았다. 나무들은 길에서 너무 멀어 우리 눈에 전혀 띄지 않았던 것이다. 게다가 캐빈의 유리 창틀은 성에가 끼어 완전히 불투명해졌다. 사실 바깥이라고 해봤자 무엇을 볼 수 있었겠는가!

카페오레 색상의 아주 희미한 빛이 이따금 유리 창틀에 나타났다. 그 미약한 낮의 신호마저 차츰 어두워졌다. 오후 네 시밖에 안 됐는데 우리 주위는 어두컴컴했다.

그래서 우리는 랜턴을 켜고 그 고리를 천장에 매달려고 애썼다. 그러나 캐빈이 워낙 난폭하게 흔들려서 언제고 누가 그 랜턴에 박치기를 할지 모른다는 위험이 있었고, 우리는 결국 한 사람씩 돌아가며 손으로 랜턴을 들고 있기로 했다. 그리고 곧 우리는 랜턴을 어떤 각도로 드느냐에 따라 얼굴이 왜곡되어 달라 보인다는 것을 깨닫고는 랜턴을 왔다갔다 흔들거나 예기치 못했던 웃기는 효과를 얻어내려고 요리조리 움직이며 놀게 됐다.

그러나 날씨는 점점 더 추워졌다. 각자 벙어리장갑을 끼고 목에 두른 두툼한 양모 목도리를 바짝 여몄다.

유리 창틀에 눈을 갖다 대고 있던 필리프 오빠는 바깥에서 뭔가를 보겠다는 시도마저 포기했다. 오빠는 말들이 골치 아픈 갈림길이 나올 때까지는 알아서 잘 달릴 거라면서 고삐도 당기지 않았다. 그런 갈림길이 나오면 전화선을 찾아야 한다고, 전화선만 잘 따라가면서 전신주들을 하나하나 거치면 게랭 가에 도착할 거라고 했다…… 애들 장난 같은 소리였다!

우리 넷은 완전히 자유의 몸이 되어 앞가림을 할 나이가 되면 무슨 일을 할 것인가에 대해 이야기를 조금 나누었다. 필리프 오빠는 아주 큰 식당을 열고 재즈 악단을 무대에 세울 거라고 했는데, 물론 오빠가 현실화하기에는 참으로 무리가 있는 발상이었다. 그때도 이미 좀 성마르고 가시 돋친 데가 있었던 아드리앵—그리고 필리프 오빠보다 인물이 훨씬 떨어졌다—은 자기 뜻에 맞는 행복을 상상하기보다는 다른 사람들의 행복을 더 바라는 듯했다. 그가 넌지시 하고 싶은 말은, 자기에게 이게 있었더라면, 혹은 저게 있었더라면 뭔가를 제대로 건질 수도 있으려만 상황이 안 받쳐준다, 이런 것이었다. 어쩔 수 없는 몽상가 리타는 평생 결혼을 하지 않겠다고 했다…… 남자들은 너무 어리석다는 것이었다. 그리고 나는 내가 그렇게나 좋아하던 리타 언니에게 뺨을 비볐다. 그 무렵 세 명의 사촌들이 좋아서 어쩔 줄 몰랐던 나는 우리의 따뜻한 우애를 따뜻한 몸뚱이처럼 생생하게 느낄 수 있었다. 나는 사촌들에게 말했다.

"우리 모두 늙고 추하고 꼬장꼬장한 모습이 되기 전에 함께 죽어버리면 어떨까? 얼마나 간단한 일이야. 이 폭풍 속을 두 발로 걸어가기만 하면 될걸."

사촌언니가 가볍게 흠칫하더니 우리는 추하고 꼬장꼬장한

늙은이가 되기까지 아직도 시간이 많다고 했다…… 적어도 즐길 것은 즐기고 가야 하지 않겠는가?

바로 그 순간 캐빈이 가파른 비탈에 부딪힌 것처럼 심하게 몇번 덜컹거리더니 그 자리에서 멈춰버렸다.

우리의 웃음이 딱 그쳤다. 함께 죽어버리고 싶다는 나의 바람 때문이었나, 문득 몹시 편찮은 숙모 생각이 나서였을까? 우리는 지금까지 품었던 생각을 무르고 싶은 듯 불안한 눈으로 서로를 바라보았다. 우리는 하나같이 긴장된 얼굴로 숨을 죽이고 있었다.

필리프 오빠가 문을 열었더니 폭풍이 악귀처럼 캐빈 속으로 들이닥쳤다.

오빠는 밖에서 소리쳤다. "나와서 좀 봐…… 뭘 좀 알아먹을 수 있는지."

우리는 한 사람씩 밖으로 나왔다. 바람이 너무 거세어 허리도 못 펴고 숨도 못 쉴 지경이었으며 눈앞도 분간이 안 갔다. 눈발이 불에 달군 바늘처럼 눈을 찔렀다. 그런데 그 와중에도 문짝이 닫히지 않도록 부여잡고 무엇을 보았던가. 고분고분 말 잘 듣는 눈처럼 바람에 완전히 내맡겨진 것은 없나니! 바람은 살짝 부풀어 오른 이 미세한 눈 먼지를 지천에 붕 띄워놓았다. 아, 흑백을 뒤섞고 희롱하는 이 아름다운 유희여!

폭풍이 언제나 나에게 불러일으키는 흥분은 너무나 강렬해서 나는 미처 위기의식조차 느끼지 못했다. 나는 캐빈 옆에 서서 바람소리를 들었다. 처음에는 바람이 하는 말을 들으려고,

그 우렁찬 심벌즈 소리를 알아들으려고 귀를 기울였고, 그 다음에는 길게 늘어지는 구슬픈 탄식소리를 들었다. 바람은 어떻게 악기 하나 동원하지 않고 저 혼자 이렇게나 다양한 소리를 내고, 웃음과 고통이 이따금 폭발하는 완벽한 오케스트라를 꾸리는 걸까? 아주 오랜 후에 '발퀴레의 외침'⁺을 들을 기회가 있었는데, 이것이 그 옛날에 들었던 바로 그 음악이로구나, 매니토바에서 바람이 수천 마리 말을 몰 듯 눈발을 몰고 가던 그때의 소리로구나 하는 생각이 들었다.

우리 중에서는 그래도 가장 연장자였던 필리프 오빠가 염려를 표했다.

"도대체 여기가 어디지…… 어쨌든 함께 잘 버텨보자. 잠깐이라도 우리 중 누군가가 안 보였다가는…… 안 돼지!"

오빠는 이어서 자기 동생 아드리앵에게 말했다.

"눈 치우는 걸 도와줘. 캐빈이 도로에서 벗어난 게 틀림없어. 고랑 같은 데 처박힌 것 같아. 눈을 파보고 그렇다는 걸 알게 되면 적어도……."

고작 두 발짝 떨어져 있을까 말까였는데도 나는 오빠의 목소리가 잘 들리지 않았다.

그때 바람이 너무 지난하고 말도 안 되게 울어 젖히기 시작해서 나는 어둠에 떨어진 아름다운 대천사大天使—적어도 악마가 되기 전에는 그렇게 불렀으니까—를 생각했다. 그러자 확신

⁺ 바그너의 오페라 〈니벨룽의 반지〉 제1야 '발퀴레'에 나오는 곡.

이 생겼다. 바람은 루시퍼인데 겨울의 어느 밤 한두 번은 매니토바가 그의 수중에 떨어지는 거라고.

두 사촌형제는 추위에 부들부들 떨면서 눈을 파서 지형을 파악하려고 안간힘을 썼다. 눈 밑에 두둑한 이랑이 있는 걸로 보아 사람이 쟁기로 일군 밭이 분명하다고 했다. 하지만 그 사실이 우리에게 무엇을 가르쳐주나? 가깝든 멀든 간에 농가에 밭이 있다는 건 당연하지 않나?

"가을에는 모두 땅을 일구는걸……."

아드리앵이 비관적인 말투로 내뱉었다.

그가 몇 발짝 멀어지기라도 하듯 목소리가 잦아들었다. 갑자기 누가 내 팔을 잡았다. 내 꼴과 마찬가지로 희미한 사람의 형태가 나를 잡아끌었다. 눈을 맞아 젖은 입술이 나의 입술과 맞닿았다. 이제 막 자라기 시작한 콧수염으로 나와 두근대는 가슴을 맞대고 있는 그 사람이 필리프 오빠라는 것을 알 수 있었다. 바람이 한참이나 몰아치며 난폭하게 우리를 떼어놓으려 들었기에 오빠는 한동안 나를 그렇게 안고 있었다. 하지만 다른 사촌들이 다가오자 오빠는 나를 풀어주었다. 오빠가 입을 열자 목소리가 그새 늙어버린 듯 고작 몇분 사이에 진짜 사나이처럼 진중하게 느껴졌다.

"다시 길을 떠나자. 말들이 알아서 길을 찾을 거야."

이제 무덤처럼 썰렁해진 캐빈 안으로 다시 들어가 말들이 이끄는 대로 길을 떠났다. 우리는 이제 꿀 먹은 벙어리처럼 입을 다물고 한 시간 가까이 나아갔다. 그런데 다시 한 번 캐빈이 뭔가에 요란하게 부딪치고 두세 번 요동을 치더니 멈춰버리는 게 아닌가.

끔찍하게 추웠다. 너무 추워서 어깨가 가만히 있지 못했다. 우리는 앞 사람 외투자락을 꼭 붙잡아 짧은 한 줄을 이루며 캐빈에서 다시 나왔다. 폭풍 너머 현실의 한 조각이나마 분별하려고 매달렸다. 나는 휘날리는 눈발에도 눈을 똑바로 떴다. 눈은 불꽃처럼 안구를 찔렀다. 그렇지만 눈발에 따갑게 쏘이지 않는 곳, 손발이나 등은 추워서 얼어붙었다. 그때 무서운 폐가 비슷한 형체가 희미하고 음침하게 시야에 들어왔다. 사람이 산 적도 없고, 불을 밝힌 적도 없는, 무시무시한 유령의 집 같았다.

우리는 그 소름 끼치는 검은 집까지 걸어갔다. 열 발짝 조금 넘게 걸어 추위에 곱아든 손으로 그 집에 닿을 수 있었다. 이게 도대체 뭘까? ……손끝의 감촉은 축축했고 단단함이나 저항을 느낄 수 없었다…… 조금 있다가 우리는 큰 웃음을 터뜨렸다. 우리가 벌벌 떨며 다가가 조심스레 둘러쌌던 그 집은 그냥 거대한 짚더미였던 것이다.

그 정도 짚더미는 농가라면 어디든지, 그야말로 아무데서나 볼 수 있었다. 그 짚더미의 형태로 추리할 수 있는 게 있다면?

"이건 라보시에르 집안의 짚더미야…… 프레네트 집안일 수도 있고…… 프랑스인들…… 스코틀랜드인들…… 누구의 것이든 될 수 있어. 다시 떠나자. 중요한 건 얼어 죽지 않는 거야."

필리프 오빠가 중얼중얼 주워섬기고는 그렇게 말했다.

나는 캐빈으로 들어가기 전에 김이 모락모락 나는 말들의 옆구리를 따라 면상을 살펴보고 왔다. 가엾게도 말들의 눈은 안쓰럽기 짝이 없었다. 콧구멍에서 솟은 김이 눈꺼풀에 얼어붙었던 것이다. 말들은 얼음이 잔뜩 긴 탓에 눈도 제대로 못 떴다. 우리는 말들의 대가리 위에서 손을 ㅎㅎ 불어 눈꺼풀에 들러붙은 얼음을 녹이고 떼어주었다. 말들의 눈동자는 약간 놀라는 빛을 띠는가 싶더니 차츰 생기를 되찾아 우리를 보고 깜박거렸다…… 그리고 다시 한 번 길을 떠났다.

말들은 좀더 자신이 생긴 듯 한참이나 달렸다. 서로 고개를 기대는 품이 꼭 피차 용기를 북돋아주는 것 같았다. 우리는 잠이 들었지만 필리프 오빠가 연신 우리를 흔들어 깨웠다. "잠들면 안 돼. 추위와 싸워야 한다고……." 그날 밤 가장 힘들었던 것이 바로 잠과의 싸움이었다.

나중에 말들이 다시 한 번 멈췄고, 우리는 눈밭에 덩그러니 서 있는 기묘하고 음산한 검은 집과 다시 마주쳤다. 이제 겁은 나지 않았다. 하지만 이 짚더미가 아까 우리가 봤던 짚더미와 같은 것일까, 아니면 다른 것일까?

"아까 그거가 분명해. 돌풍이 치니까 말들이 제자리를 뱅뱅돈 거야."

필리프 오빠가 말했다. 그러자 아드리앵은 일종의 절망에 빠지고 말았다.

"아무리 가봤자 이놈의 짚더미로 돌아오고 말 거야. 어쩔 수가 없어."

아드리앵은 탄식했다. 그리고는 작년인가 재작년 겨울에 어떤 농장 사람이 이렇게 눈발이 거센 밤에 집에서 농장 건물까지 가다가 길을 잃었다는 이야기를 했다.

"입 다물어."

필리프 오빠가 아드리앵에게 명령했다.

하지만 이 실언대장은 비극적인 사례들을 하나씩 들어 보였다.

"여기 있자."

"여기가 도대체 어딜까?"

"몇 마일이나 온 거지?"

우리의 머릿속은 온갖 의문들로 가득 찼다.

그러다 갑자기 나는 불안해서 외쳤다. "리타! 리타! 리타!" 1분도 지나지 않았지만 조금 전부터 리타 언니의 목소리가 다른 사람들 목소리 틈에서 들리지 않았기 때문이다. 그러자 멀찍이서 나에게 대꾸하는 소리가 들렸다. "난 여기 있어……." 그와 동시에 사촌언니의 손이 내 손을 맞잡았다. 우리는 장님처럼 더듬더듬 서툰 몸짓으로 기쁨의 키스를 나누었다.

그러고서 얼마 지나지도 않아 나는 눈보라 위에서 솟아나는 빛을 본 것 같았지만 금세 스러져버렸기에 내 눈을 의심했다. 그래도 나는 사촌들에게 말했다.

"저기, 아주 멀지만 빛을 본 것 같아."

우리 넷은 서로 바짝 붙어서 소용돌이치는 눈보라를 오랫동안 뚫어져라 바라보았다.

그러자 다시 한 번 희미한 빛이 높게 이는 파도를 타고 심연에서 솟아오른 선박의 정박등처럼 눈앞에 나타났다. 아드리앵도 기적처럼 나와 동시에 한없이 펼쳐진 눈보라 천지에서 그 작은 점을 보고 말았다. 아드리앵이 외쳤다.

"그래, 맞아, 맞다고! 정말이야. 저기 불빛이 있어!"

우리는 말의 고삐를 잡아당기며 그 빛을 향해 걸어갔다. 이제 모두 한꺼번에 빛을 보지 않고 한 사람씩 돌아가면서 빛을 보고 방향을 잡았다. 5분쯤 걸었더니 빛은 좀더 확실하게, 손에 잡힐 듯 뚜렷이 보였다. 거의 동시에 나는 나무와 부딪쳤다.

"나무들이야…… 여기는."

필리프 오빠는 깜짝 놀라서 외쳤다가 뭔가 생각하는 듯하더니 안심된다는 말투로 돌아왔다.

갑자기 아직 흐릿하고 멀지만 거대한 집채가 나타났다.

"네모진 집이야."

리타 언니도 기뻐하며 말했다.

"여기 집들은 다 네모지거든……"

아드리앵이 딴지를 걸었다. 조금 있으니 그도 더 이상 투덜거리지 않고 살짝 휘파람까지 불면서 발길을 재촉했다.

몇 발짝을 더 걸어가 그 네모진 집의 어둡게 그늘진 쪽을 돌아 나왔다. 말들이 우리를 제치고 앞서가려고 안달을 했다. 불이 들어온 창문 하나가 어둠 속의 네모로 보였다. 드디어 시렁

위에 늘 놓여 있는 램프가, 거기서 멀지 않은 곳에 불빛을 받아 빛나는 낡은 괘종시계가, 흔들의자는 물론이요 쿠션 위에 웅크리고 잠든 고양이까지 보였다. 모든 게 제자리를 지키고 있었다!

램프를 눈높이까지 치켜든 삼촌이 문턱에 나타났다. 삼촌의 얼굴에 우리가 돌아왔다는 안도감과 별로 난처해하지도 않는 우리의 기색에 놀랐다는 빛이 동시에 떠올랐다.

"들어와, 어서 들어와라. 요 정신 나간 철부지 패거리들. 네 놈들이 중간에 돌아올 줄은 알았다…… 결국 정신을 차렸구나, 이 딱한 바보 녀석들아!"

낮과 밤

우리 아빠는 낮에는 늘 우울하고 딴생각에 빠져 지내도 밤이 오면 조금 기운을 차렸다. 해가 뉘엿뉘엿 넘어가고 빛이 꺼지면 끊임없이 눈앞에 아른대던 끔찍한 진실에서 비로소 풀려나는 사람 같았다고 할까. 아빠는 식민지 출장에서 돌아와 위니펙 사무실에 들렀다가 자기 앞으로 도착한 이 편지를 펼치던 그 날이 자꾸만 되살아났던 것일까. "어쩌고저쩌고 한 이유로…… 귀하의 사임을 청합니다…… 귀하가 식민지 정착자들을 위해 헌신적인 삶을 살았으며 가치 있는 일을 추진했던 점은 인정하며 귀하를 위해 좋은 말을 해준 정착자들도 다수 있으나…… 다른 사람들을 고려하여…… 새로운 정년퇴직법에 따라……."

내 생각에 아빠는 이 편지를 처음 읽자마자 바로 다 외워버렸고 머릿속에서 그 단어들을 영영 떨치지 못했던 것 같다. 아빠는 며칠 동안은 이 처사에 반발해서 엄마와 몇몇 친구들의 부추김을 받아 정부에 청원을 넣으려고 했다. 그러나 아빠는 이미 자신감이 곤두박질해서 이 사람 저 사람 찾아가 떳떳하게 자신을 변론하기에는 무리였다. 어쩌면 아빠는 무엇보다도 자신의 장점과 살아온 이력을 그럴싸하게 내보여야 한다는 점이 끔찍해서 뒷걸음질을 쳤는지 모른다. 왜냐하면 그 편지를 받고서부터 아빠는 자신의 인격이나 능력에 대한 자신감을 잃었을 뿐 아니라 한 번도 쓸모 있는 사람이었던 적이 없었다는 자괴감마저 느꼈기 때문이다. 아빠가 이룩한 모든 값진 성취들이 편지 한 통에 날아간 셈이었고, 아빠는 그저 하루하루 이 실패의 십자가를 걸머지기 위해 살아갈 뿐이었다. 다행스럽게도 밤은 여전히 아빠에게 다정했다. 우리 거리의 소박하고 향내 그윽한 밤을 아빠는 손님을 맞듯 반겨 맞았다. 순전히 신체적으로 한결 편해져서 그랬을까? 아니면 여전히 밤 시간만은 아빠의 혼을 사로잡고 행복에 대한 소망을 되살려내는 힘을 가지고 있었던 것일까? 어쨌든 아빠가 밤만 되면 살아난다는 사실은 식구들 모두 익히 잘 알고 있었고, 아빠에게 무슨 허락 받을 일이 있으면 엄마가 "어두워지거든……"이라고 추천하는 대로 밤이 오기까지 기다렸다.

그러나 엄마는 낮의 사람이었다. 우리 엄마처럼 일찍 잠자리를 박차고 일어나는 사람은 평생 못 봤을 정도다. 엄마는 여름에는 동이 트고 첫 햇살이 비추기 무섭게 뛰어나가 꽃을 돌보았고 그 꽃들은 엄마 자신처럼 건강이 넘쳐흘렀다. 엄마는 우리가 침대에서 늦장 부리는 꼴을 못 보는 사람이었다. 시끄럽게 해서 식구들을 깨우면 안 된다는 생각을 하면서도 금세 기운이 뻗쳐서 조심성이고 뭐고 내팽개쳤다. 아니, 어쩌면 우리를 깨우고 싶다는 무의식적인 욕망에 이끌려 그렇게나 기세 좋게 냄비를 흔들어댔는지도 모르겠다. 심지어 겨울에도 엄마는 아침댓바람부터 일어나 불을 피웠고 이제 아빠가 건강이 무척 좋지 않았으므로 죽을 끓였다. 그 다음에는 매서운 추위와 어둠을 무릅쓰고 첫 미사를 올리기 위해 총총히 나갔다. 우리가 잠자리에서 일어날 때쯤이면 집이 이미 훈훈했고 잠은 진주에 떨친 듯 활기가 넘쳤다. 그랬다. 엄마는 밝은 빛이 함께하고 지켜주는 동안에 허다한 일거리들을 처리했다. 그러다 해가 떨어지면 대번에 축 처지는 것이었다. 엄마는 하품이 늘어졌다. 전깃불 덕분에 억지로 연장되는 낮에만 엄마는 나이 든 태를 냈다. 엄마를 보면 낮에는 활짝 피었다가 밤이 되면 애처롭게 수그러드는 꽃이 생각났다. 저녁 8시쯤 되어 찾아올 손님이 없거나 이미 꾸벅꾸벅 졸기 시작한 엄마를 정신 바짝 들게 할 만한 특별한 일이 없으면, 엄마는 우리에게 이렇게 말했다.

"그래, 엄마는 자러 간다. 졸려서 쓰러질 것 같구나."

그러고는 우리에게도 자러 가자고 했다.

"너무 말도 안 되게 늦게까지 깨어 있으면 안 된다."

엄마는 일찍 자고 일찍 일어나는 것이 건강을 지키는 비결 중 하나라고 생각했다. 그리고 전깃불은 시력에 안 좋다고 했다.

하지만 아빠는 그때쯤 되어야 슬슬 살아나기 시작했다. 아! 아빠는 손수 진하고 맛난 커피를 끓여서 그 덕을 톡톡히 보기는 했다. 엄마가 끓이는 맹탕 커피와는 완전히 반대였다. 그래서 그날 저녁도 아빠는 커피향이 퍼지는 주전자를 난롯불에 얹어놓고 지켜보다가 엄마를 쳐다보았다.

"벌써?"

아빠는 어제오늘 일도 아닌데 엄마가 저녁 8시에 벌써 잠을 자러 간다고 늘 놀라워했고, 엄마는 엄마대로 아빠가 해 떠 있는 시간에는 계속 잠만 잔다고 생각했다.

엄마는 일어나서 우리만 남겨두고 들어갔다. 엄마는 아빠와 서른여섯 해를 함께 살았으니 잔소리고 충고고 간에 먹히지 않을 줄 뻔히 알았을 텐데도 여느 날과 다름없이 그날 저녁도 아빠에게 한소리 했다.

"에두아르, 정말이지 당신은 이해가 안 돼요. 저녁 8시에 커피라뇨! 게다가 그 정도면 그냥 커피가 아니라 커피진액이에요. 그런 걸 마시니 흥분해서 병도 나고 잠도 못 드는 것 아니예요. 당신은 밤낮이 완전히 바뀌었어요."

아빠는 한두 번 듣는 이야기도 아니니 대꾸조차 하지 않았다. 낮이었으면 꽤 뾰족하게 받아들이고 한바탕했을 것이다. 하지만 이 시각만 되면 아빠는 제멋대로 구는 고집이 더 심해지기는 해도 아주 너그러운 사람이 됐다. 밤이 아빠에게 주는 안도감은 너무나 소중했기에 결코 포기할 수 없었다. 분명히 아빠는 필요하다면 자신에게 남은 건강과 목숨을 그 대가로 치를 준비도 되어 있으리라. 나는 이따금 아빠를 보면서 벌써부터 그런 생각을 했었다. '아빠는 삶에 별로 연연하지 않아.

아마 많은 이들이 삶에 집착하겠지만 인생의 어떤 순간에는 더러 그렇지 않을 수도 있겠지…….'

"그래, 들어가구려. 당신이야 암탉처럼 해 지기 전에도 잘 수 있는 사람이잖소. 어떻게 그럴 수 있나 모르겠다니까…… 가서 자구려, 딱한 엄마."

아빠는 이제 늙은이가 다 됐고 엄마가 아빠보다 한참 젊은데도 다른 식구들처럼 엄마를 '엄마'라고 불렀다.

하지만 그날 저녁에 엄마는 아빠가 자기 마음대로 구는 꼴을 유독 보아 넘기지 못하는 듯했다. 자기 건강을 갉아먹는 아빠, 저승길을 재촉하는 것 같은 아빠를 더 이상은 봐줄 수 없다는 듯이 엄마는 지겨워 죽겠다는 표정을 지었다. 엄마는 최후의 일격, 최후의 기도를 뱉지 않기 위해 이를 악물고 자신을 다 잡았을 것이다. 엄마는 팔을 축 늘어뜨리고 그 자리를 떴다. 어린 나는 사랑하는 사람들을 정신 차리게 하기가 얼마나 절망적인 일인가를 똑똑히 알았다.

엄마는 나에게 '너도 너무 늦게까지 있으면 안 돼. 적어도 너만은 엄마의 본을 받아야지……'라는 뜻으로 손짓을 해 보였다. 어쩌면 그 자그마한 손짓으로 엄마는 나에게 한편이 되어달라고 애처롭게 부탁했던 것이리라…….

나 자신으로 말하자면 낮과 밤 사이에서 망설이는 편이었다. 나도 일찍 자고 일찍 일어날 때에는 엄마처럼 서둘러 잠자리를 박차고 나가고 싶고, 달려가 창문을 활짝 열고 싶고 그랬다. 많은 이들이 그렇듯 아침이 만들어내는 독특한 기분, 즉 사물들을 소유한 것 같은 느낌을 나는 엄마에게 물려받았다. 아침에는 세상이 태초의 모습 같았다. 아침은 내 인생이 씌어지는 새로운 석판이었다. 머리칼을 백 번 빗질해야지, 수녀원학교 교복에 새 칼라를 달아야지, 배운 것을 복습해야지…… 잠자리에서 일어날 때면 머릿속에 온갖 결의가 가득했다. 그렇지만 늦게까지 깨어 있을 때, 처음에 쏟아지는 졸음을 무사히 극복하기만 하면 나는 일종의 과도한 흥분 상태에 빠졌다. 아침의 아름다운 평화와는 사뭇 다르지만 그 상태도 나름대로 얼마나 경이로운지! 나에게 아침은 논리의 시간, 밤은 논리보다 더 진실할 수도 있는 그 무엇의 시간 같았으니…… 어쨌거나 저녁이 가까워질수록 나는 또래보다 성숙한 아이가 되었다. 내 경험을 넘어서는 관용이 생겼다고나 할까. 내가 쓰는 글의 단어, 문장은 주로 아침에 나온다는 것을 알아차렸다. 그러나 글에 담긴 생각 그 자체는 ─혹은 생각이 소중하지만 형태가 잡혀 있지 않더라도 그 주위를 에워싸는 후광이─ 밤에 절실하게 다가왔다. 나는 부모님이 낮과 밤을 확실히 갈라놓은 내 본성의 두 측면에 어정쩡하게 걸쳐져 있었다.

그날 저녁에 나는 아녜스 언니와 마찬가지로 아빠 옆에 좀 더 머물렀다. 아빠는 우리를 붙잡아두려고 빤히 보이는 수를 썼다…… 우선 손잡이가 긴 포크에 꽂아서 잉걸불에 살짝 구운 빵을 아빠가 마시는 진한 블랙커피와 함께 내주었다. 이 모호한 꼬임에 넘어간 우리가 서둘러 자러 들어갈 기색을 보이지 않으면 이따금 아빠는 이런저런 이야기를 시작했다. 커피가 확실한 각성효과를 발휘해서 어느 때보다 정신이 말짱했기 때문에 아빠는 딱 맞는 단어들을 택해서 그린 듯 생생하고 정확하게 묘사했다. 드물게나마 아빠가 자기 살아온 이야기를 할 때는 바로 이런 기회, 사방이 거의 어두워지고 딱 맞게 후끈후끈한 난롯가에 둘러앉았을 때였다.

한 번은 아빠가 악보대 같은 작은 책상을 놓고 식민화 지역 지도를 벽에 붙여놓은 작은 방으로 우리를 데려갔다. 구석구석까지 세세하게 나타난 지도라서 서스캐처원 주의 한 귀퉁이만으로도 벽 전체를 도배할 수 있을 정도였다. 아빠는 그날 저녁 지도 한 장을 펼치고는 옛날에 메논파 100여 명이 정착했었다는 지역을 보여주었다. 아빠는 "내 사람들, 내 정착민들"이라고 부르곤 했다. 혹은 '나의'라는 소유격을 유난히 강조해서 "나의 이민자들"이라고 불렀는데, 그 억양 때문에 이민자들은 이 방인이라는 의미를 지니기보다는 아빠와 기묘한 친척 관계라도 되는 듯했다. "여기서 내가 아주 두둑이 쌓인 검은 흙을 발견했지. 진짜 '검보$_{gumbo}$'⁺였어. 농사짓기에 특히 좋은 토양이라 1에이커당 120말이나 수확할 수 있었지."

아빠는 또 다른 지도의 끈을 풀고는 아빠가 세운 갈리시아인 부락의 위치를 손가락으로 가리켜 보였다. 나는 아빠가 평원의 야트막하고 작은 집들을 보여주고 아무것도 없던 광막한 곳에 새로운 삶의 터전이 생기는 것을 가르쳐주던 그때부

✛ 아메리카 대륙 서부에서 볼 수 있는 찰진 흙.

터…… 어쩌면 그 집들 안에서 식탁에 둘러앉은 사람들까지 보여주던 그때부터 지도에 각별한 애정을 품게 됐다. 적어도 한번은 아빠도 지도를 마주하고 과거의 기나긴 여행들을 새록새록 되살리며 흥분했었고, 어쩌면 다만 몇 분이나마 그 편지 일은 잊었을 것이다. "……하여 보다 젊은 사람이 귀하의 일을 대신하는 것이 좋을 듯하며…… 보다 현대적인 방식을 적용할 필요가 있으니……." 그 편지는 단 하나의 진실한 이유, 하지만 아빠에게는 상처가 덜 되었을 이유를 대지 않기 위해 허다한 이유들을 나열했다. "귀하의 직책은 훌륭한 정당에 속한 사람에게 주어질 것입니다…… 우리에게 필요한 것은 국가의 봉사자가 아니라 우리에게 도움이 되는 봉사자가……."

아빠의 작은 사무실에는 윌프리드 로리어 경의 전신 초상화도 있었다. 초상화 속의 국가원수는 국민 앞에서 연설을 할 때 습관적으로 취하는 자세를 고스란히 보여주었다. 높게 들린 이마는 이제 막 떠오른 생각으로 빛나는 듯했고, 오른손은 명백한 사실을 보여주려는 듯 쫙 펴진 채 들려 있었다. 바람이라도 부는 듯 길고 부드러운 백발은 뒤로 나부끼고 있었다. 아빠는 로리어 경에 대해 이렇게 말했다. "사람들이 그에 대해 뭐라고 떠들든 간에 너는 그 분이 캐나다인들을 하나로 모으고 절대 분열하지 않도록 애쓴 사람이라는 사실을 기억해라. 어떤 사람이 패배하고 굴복당할 때, 그 사람이 죽을 때, 이건 한 인간에게 바칠 수 있는 최고의 찬사지."

아! 내가 밤에 좀더 잘 버틸 수 있었더라면 아빠를 좀더 잘 알았을 텐데. 그러나 그때는 내가 좀더 참을성 있게 깨어서 기다렸더라면 아빠가 침묵에서 벗어날 수도 있었을 거라는 사실을 알지 못했다.

아빠가 마지막으로 우리에게 이야기했을 때의 화제는 베리긴[*]에 대한 것이었지 싶다.

"두호보르파는 자기네 교주 베리긴이 그리스도의 환생이라고 믿고 있지. 그래서 교주의 말씀을 잘 들으면 절대로 과오를 범할 일이 없다고 생각한단다. 딱한 사람들 같으니! 그 정도로 베리긴에게 홀려 있으니 그 자의 잘못을 보지 못하는 거야. 혹은 그 자가 잘못하는 걸 뻔히 보면서도 자기네들의 아버지 베리긴은 하느님의 정수나 다름없으니 무슨 일을 해도 괜찮다고 생각한달까…… 원래 악은 하느님의 탓으로 돌릴 수 없으니까 말이야. 그렇기 때문에 베리긴은 자기네 교파 사람들에게 혹독한 고행과 금욕과 절제를 요구할 수 있는 게지. 그러면서 정작자기는…… 나는 시시때때로 그 사람을 만나봤단다. 호사스럽게 입고, 배불리 먹고, 젊은 여자들을 거느리며 살았지. 베리긴이 여행을 한 번 떠날 때마다 흰옷을 입고 꽃으로 아름답게 꾸민 새파란 아가씨들이 그를 호위했단다. 아, 우리는 정말 오랫동안 그에게 속았지. 겉 다르고 속 다른 짓을 했거든. 말로는 자기네 교파 사람들을 국가의 법에 복속시키겠다고, 오타와 정부와 협조하겠다고 떠들어놓고 점점 더 신도들을 맞이 간 신비

---

[*] 두호보르파의 다수파 지도자였던 표트르 베리긴을 가리킨다.

주의로 몰고 갔던 거야. 내가 그 인간을 좀더 잘 알았더라면 좋았을 텐데. 어쩌면 그 괴상한 성격에서 악마적인 면을 제대로 볼 수도 있었을 게야. 자기 자신보다는 남들을 조종해서 누렸던 음험한 만족감을 알 수도 있었을 테지…….''

그 말을 듣고 아녜스 언니가 투덜거렸다.

"맙소사, 아빠, 시간이 벌써 이렇게 됐어요. 난 내일 엄마가 대청소하는 것도 도와드려야 하는데…….''

그렇지만 언니는 아빠에게 우리나라 이야기, 과거의 이야기를 듣는 걸 누구보다도 좋아라했다. 아빠가 자신의 불행을 잊는 모습을 보는 게 좋았던 것이다. 하지만 아녜스 언니도 워낙 허약한 체질이라 잠을 자지 않고 밤늦게까지 버티면 초죽음이 될 게 뻔했고, 될 수 있는 대로 엄마를 거들기 위해 기력을 비축하는 데 신경을 썼다. 차츰 아녜스 언니는 스스로 노력한 탓도 있고 그러기를 좋아한 탓도 있어서 우리 집에서 아주 유용하고 조용하며 눈에 띄지 않는 위치…… 말하자면 마르다*** 같은 위치를 차지하게 되었다. 언니는 그날 밤 엄습하는 피로와 늘 달고 사는 두통을 참느라 속으로 어지간히 발버둥 쳤을 것이다.

"아빠, 열한 시 반이에요!"

아빠는 호주머니에서 큼직한 회중시계를 꺼냈다.

"아니다, 아녜스. 그냥 열한 시야.''

✛✛✛ 성경에서 마리아에 비해 덜 두드러지는 마르다를 가리킨다.

"성당의 삼종기도 종에 시계를 맞춰놓았다는 거, 아빠도 잘 아시면서 왜 그러세요."

"가끔은 성당 종 시간보다 더 빨리 가기도 한단다."

하지만 시간을 자꾸 들먹이는 바람에 아빠의 흥이 깨진 것은 분명했다. 아빠는 아녜스 언니를 염려스럽게 바라보았다.

"그래, 정말 네 얼굴이 초췌하고 핏기가 없구나. 너도 그러다 나가떨어질라."

언니는 아빠 이마에 키스를 하고 너무 피곤했는지 가구들을 붙잡고 겨우겨우 걸음을 옮겨 나갔다.

희미한 불빛이 비치는 난롯가에는 아빠와 나만 남았다. 아빠는 한여름 밤에도 "불은 살려놓아야지"라면서 난롯불을 피워놓았다. 아빠의 유일한 벗이 그 불밖에 없을 때가 많았기 때문이다. 아빠는 나에게 자기 커피를 내밀었다.

"작은 잔으로 딱 한 번만이다. 그 정도는 너에게도 해가 되지 않겠지."

눈 가리고 아웅 하는 요령이 무척 뛰어났던 아빠는 진실을 구미에 맞게 요리해서 짐짓 심각한 말투로 나에게 말했다.

"커피를 마시면 잠이 안 온다는데 난 그런 적이 한 번도 없단다. 기억력을 향상시키고, 느낌을 정리하고, 가끔은 맛이나 이름을 떠올리는 데 도움을 주는 정도일 뿐이지. 어쩌면 좀더 어린 사람에게는……."

내가 팔을 괴고 있던 탁자 구석에서 모락모락 김이 나던 커피 잔을 아빠가 내밀어서 나는 그 잔을 받았다. 나는 눈이 저절로 스르르 감겼다. 아직 마치지 못한 숙제, 이제 곧 다가올 시험을 생각하니 약간의 후회가 밀려왔다. 나는 커피를 조금 마셨다.

"네 것은 좀 묽게 했다. 맛은 안 좋아. 원래 커피는 물을 타면 버리거든. 너희 엄마도 제대로 된 커피를 마셔야 할 텐데. 그러면 저녁 늦게까지도 좀 깨어 있을 수 있으련만……"

"하지만 엄마는 새벽 다섯 시에 일어나잖아요, 아빠."

"그래, 아빠가 절대로 이해 못하는 게 바로 그거야. 너희 엄마는 동트자마자 활개치고 다녀야 직성이 풀리잖니."

나는 아빠가 그런 식으로 살살 약을 올리듯 농담하는 말은 처음 들었다. 부엌의 아늑한 어둠 속에서 사방의 문을 꽁꽁 닫아놓고 뒷짐을 진 채 왔다 갔다 하는 아빠는 유연하고 이런저런 계획을 잔뜩 품고 있었다. 아빠가 내 쪽으로 다시 오는데 한층 기세 좋게 타오르는 난롯불에 번득이는 안광眼光을 볼 수 있었다. 아빠의 두 눈에는 자신감이 넘쳤다. 그러나 아빠의 구부정한 등, 삶이 얼굴에 파놓은 황량한 금들도 보였다. 분명히 그 순간 나는 이렇게 생각했다. '아, 아빠는 끝난 사람이구나!'

아빠가 갑자기 나에게 물었다.

"프티트, 너는 아빠의 생각에 대해서 어떻게 생각할까? 너희 엄마는 내 생각을 믿어주지 않아. 하지만 어쨌거나 일흔두 살에도 여전히 쓸모 있는 사람이 될 수도 있잖니…… 대단치는 않더라도 말이야……"

아빠는 나를 자신과 눈높이를 겨루는 어른으로 대하고자

내 곁에 가까이 와서 앉았다. 그런데 나는 되레 어린애와 앉아 있는 기분이었다. 지지리도 말 안 듣는 딱한 아이를 상대하는 것 같았다.

"아빠는 아주 적기는 해도 아직 돈이 있단다. 예전에 벌어 두었던 돈에서 조금 남은 게 있거든. 아빠가 그 돈으로 사업을 하나 벌인다면, 그러니까 식료품점을 연다면 그래도 수지가 맞을 거라는 생각 안 드니? 우리 식구들이 교대로 가게를 보면 되잖아. 물론 아빠가 제일 자주 가게를 지키겠지. 내가 홍정하고 거래하는 감각은 있다고 생각하는데…….."

그건 정말 말도 안 되는 계획이었다. 지금은 사람들이 도망가지나 않으면 다행인 아빠, 하루 종일 수발을 들어야 하는 아빠, 밤을 새고 나면 뻗어서 꼼짝도 못하는 아빠가 장사를 한다고? 아침 여섯 시쯤이면 아빠는 홍분을 가라앉히고 겨우 잠이 들곤 했다. 이따금 심연에 빠진 사람처럼 아빠의 벌어진 입술 주름에, 피폐해진 얼굴에 끔찍한 실패가 노골적으로 번지곤 했다.

아빠는 계속해서 자기 계획에 대해 이야기했다.

"내가 만약 여섯 달밖에 못 산다면 저축한 돈을 최대한 찔끔찔끔 오래 쓰려고 해야겠지. 하지만 아직도 몇 년은 더 살 수 있다면 우리에게 남은 약간의 돈을 투자해서 다른 벌이를 구하는 게 현명하지 않겠니? 이를테면 버섯 재배에 손을 댄다든가."

이제 나는 아빠의 말을 따라갈 여력이 없었다. 졸음이 워낙 쏟아졌기 때문에 커피는 각성효과를 발휘하기는커녕 나를 더

노곤하게 만드는 것 같았다.

"아빠, 자정이 넘었어요."

"자정이라." 아빠는 이렇게 대꾸했지만 한없는 세월을 찾은 사람답게 이렇게 덧붙였다. "세상에, 시간 참 잘 간다!"

"내일 있을 수업의 복습도 안 했어요…… 현대사 수업인데."

"아, 그래! 현대사. 그래. 넌 아직 학생이지."

아빠는 애수 어린 말투로 내뱉었다.

아주 일상적인 사실을 확인한 데 지나지 않았지만 아빠는 자기 나이를 떠올린 탓인지 무섭도록 침통해 보였다.

"나이를 먹어서 애들을 낳는 게 아니었어. 자식을 알지도 못하고, 자기 자신인데도 제대로 아는 것 없이 그냥 세상을 떠나게 되니까. 그건 가슴이 찢어지는 상실이지……."

아빠는 또 갑자기 나에게 물었다.

"한 시간만 더 아빠랑 있어줄 순 없니?"

그 순간 나는 그 비이성적인 간청의 의미만 겨우 알아들었다. 정확한 단어와 표현이 생각난 것은 나중이었다…… 이제 곧 치러야 할 시험, 좋은 성적을 받아야 한다는 생각, 좋은 점수, 말하자면 나의 앞날 ―사람들 말마따나 나도 준비해야 할 미래가 있었다― 그랬다, 그 순간 아빠와 나 사이를 가로막은 것은 분명히 나의 앞날이었을 것이다. 그래서 나는 아빠에게 이렇게 말했다.

"아빠, 밤을 꼴딱 새는 것보다는 일찍 주무시는 게 좋을 것 같아요. 잠을 잘 자지 않으면 낮에 아무것도 제대로 할 수 없잖아요."

"너도 네 엄마와 똑같이 말하는구나."

아빠는 그렇게 말했지만 나를 딱하게 여겼다.

"가엾은 것. 선 채로 잠들겠구나…… 그래, 가라. 가서 자야지."

아빠는 그래놓고서 금방 씁쓸하다는 듯이 나를 살짝 흉보았다.

"결국은 너도 네 엄마와 똑같아. 어쩌면 너까지 그러니. 너희들은 모두 엄마 차지지…… 너희 엄마 말이야!"

나는 엄마를 향한 충성심에 발끈해서 대꾸했다.

"그래도 아빠는 우리가 아빠 같기를 바라진 않잖아요!"

"암, 바라지 않지. 그건 당연히 아니지."

아빠는 단박에 인정했다…… 나는 아빠가 눈을 크게 부릅뜨고 고독의 광기로 들어가는 모습을 보았다.

아빠는 블랙커피를 한 잔 더 마셨다. 나도 엄마와 똑같은 생각이 들었다. '어쩔 수 없어. 아빠는 불행을 자초하는 사람이야.' 나는 올라가서 침대에 누웠다. 아마 아빠는 밤새도록 그렇게 서성거렸을 것이다. 아빠 혼자만 내버려두면 늘 그 모양이었다. 아빠는 아래층 통로를 따라서 부엌을 가로지르며 걸음을 자꾸 옮겼다. 서성대다가 난로의 불을 살리는 것조차 잊을 정도로. 가끔 밤에 깨어 있으면 자꾸만 활발하게 일어나는 생각에, 어쩌면 사람들을 사막으로 데려가는 여러 가지 망상들 중

하나에 푹 빠진 남자의 단조롭고 규칙적인 발소리가 들렸다.

이튿날 아빠는 하루 종일 일어나지 못했다. 기운이 하나도 없었던 것이다. 그 무렵부터 견디기 시작한 끔찍한 통증에 대해서도 별 말이 없었다. 어쩌면 아빠는 이미 오래 전부터 그렇게 엄습하는 고통을 꾹 참고 있었는지도 모른다. 아빠는 예의 익숙한 그 우직스러움으로 신음소리 한 번 내지 않고 이렇게 입을 열었다. "그래, 정말로 이제는 안 되겠구나. 아파서 못 참겠으니 통증을 덜어줄 만한 것을 좀 다오. 이런 아픔을 또 견디기에는 너무 늙어서 안 되겠다……." 우리는 아빠에게 모르핀을 줄 수밖에 없었다.

아빠는 간이 완전히 상했다. 그래도 늘 커피를 마시는 시간이 되자 한두 번은 자기도 커피를 달라고 했다. 의사는 엄마에게 이렇게 말했다.

"이 상황에서 드려봤자 뭐가 달라지겠습니까."

하지만 커피도 마지막에 가서는 아빠의 믿음을 저버리고 구역질만 일으켰다.

엄마는 아빠를 보살폈다. 그러나 엄마는 뼛속까지 낮의 사람인지라 무력해진 남편을 바라보는 비통함과 염려에도 불구하고 고개를 떨어뜨리고 어린애처럼 잠의 안식처로 까무룩 빠져들곤 했다…… 그러다 불안이 대뜸 엄마를 사로잡을 때까지는 그랬다.

아빠는 당신에게 가장 가혹했던 시간에, 해가 세상에 떠오를 무렵에 숨을 거두었다.

밥벌이란

1

어느 날 저녁, 석회 물을 칠해서 새하얗고 유별났던 나의 작은 다락방, 내가 바라는 대로 잡다한 물건들이 아무렇게 널브러져 있던 이 피난처에 엄마가 계단을 두 층이나 허겁지겁 올라와서는 숨을 헐떡였다. 엄마는 흘긋 눈을 돌려 엉덩이 놓을 곳을 찾았다. 내가 의자란 시시하고 진부한 물건이라고 주장하며 내 방에서는 땅바닥에 방석만 깔고 앉았기 때문이다. 작가란 세상에서 가장 독립적인 존재―혹은 가장 고독한 존재― 라는 것을, 작가란 사막에서도 동족들에 대한 소통의 욕구를 느끼는 한 얼마든지 글을 잘 쓸 수 있다는 것을 아직 몰랐던 나는 예술가 놀이를 하고 있었다. 어쨌거나 나는 나 자신을 위해 어떤 '분위기'를 꾸며내는 데 매달렸고 엄마는 내 방을 '수리수리 마수리' 라고 부르면서 이곳에 발을 들일 때마다 난감해했다. 하지만 그게 뭐 놀랄 일이겠는가? 그 무렵에는 매일 보는 나도 '난감무지로소이다' 였으니. 엄마는 좁은 긴 의자에 아주 불편하게 앉아서 곧장 용건을 꺼냈다.

"크리스틴, 무슨 일을 하면서 살 건지 생각해봤니? 이제 너도 졸업반이잖아. 찬찬히 생각해봤어?"

"하지만, 엄마, 저는 글을 쓰고 싶은데요……."

"엄마는 진지하게 말하는 거야, 크리스틴. 너도 직업을 선택해야만 할 거야. (엄마의 입술이 살짝 떨렸다.) 밥벌이를 해야지……."

물론 그동안 밥벌이라는 말을 한두 번 들어본 게 아니었지만 나하고는 전혀 상관없는 일처럼 여겨졌던 것도 사실이다. 그런데 그날 저녁에는 이 말이 오로지 나 자신을 향한 것이었다. 밥벌이라니! 그 말이 얼마나 비루하고, 자기밖에 모르고, 탐욕스럽게 다가왔는지 모른다. 밥벌이를 해야만 사는 건가? 단 한 번의 생애를 아름다운 충동으로 사는 게 더 가치 있지 않을까? ……혹은 차라리 삶을 잃는 게 낫지 않나? 아니면, 삶을 유희하고, 목숨을 무릅쓰고…… 아아, 나도 모른다! 하지만 하루하루를 고만고만한 밥벌이로 살아가다니! ……그날 저녁 나는 꼭 누구에게 '살아 있다는 사실 하나만으로도 넌 돈을 치러야 해'라는 말을 까놓고 듣는 기분이었다.

그보다 더 실망스러운 발견은 일찍이 없었지 싶다. 인생이 고스란히 돈에 팔려간다는 사실을 발견했다. 모든 노동, 모든 꿈이 수익이라는 잣대로 평가받는다는 것을 알았다.

"아, 아마 글을 써서 밥벌이를 할 수 있겠지요…… 조금만 더 있으면요…… 그렇게 오래 걸리지는 않을 거예요."

"얘가 왜 이렇게 딱하게 굴어." 엄마는 잠시 침묵을 지키다가 한숨을 한 번 쉬고 말을 이었다. "우선은 살고 봐야지. 네게는 아직 시간이 많아. 글을 써서 밥벌이를 할 때까지는 무슨 일을 하면서 살 건지 생각해봤니?"

조금 있다가 엄마는 속내를 털어놓았다.

"아빠가 예전에 벌어서 물려준 재산은 이제 거의 다 바닥났단다. 엄마도 정말 아껴 쓰려고 노력했어. 하지만 이제 곧 우리는 땡전 한푼 안 남을 거야."

그 무렵 나는 엄마가 돈 계산에 끝없이 매달리며 분투하는 모습을 똑똑히 보아왔다. 그것이 엄마가 맡은 혹독한 책임이었다. 오만 가지 일들이 떠올라 목이 메었다. 엄마는 저녁 늦게까지 잘 보이지도 않는 불빛 아래서 옷가지를 수선했다. 푼돈이나마 아끼려면 불을 낮추어야 했으므로 우리보고 일찍 잠자리에 들라고 했다. "잠들면 추운 걸 잘 모르게 된단다……" 엄마가 내 도움을 받을 수도 있었을 텐데 되레 소나타 공부나 하라면서 내 등을 떠밀곤 했던 적이 얼마나 많았는지도 생각했다. 그때마다 엄마는 말했다. "엄마는 네가 설거지 해주는 것보다 반에서 일등을 하는 게 훨씬 더 기쁘단다." 한 번은 내가 극구 고집을 부려 엄마 대신 수동 식기세척기를 돌렸는데 엄마는 이렇게 말했다. "네가 정말로 엄마를 편하게 해주고 싶다면 어서 가. 엄마가 이걸 돌리는 동안 〈음악의 순간〉을 피아노로 쳐다오. 그 곡이 엄마한테 희한한 요술을 부리거든. 참 경쾌하고 흥겨운 노래라서 피로가 싹 가신단다."

그래, 과연 그랬다. 하지만 그날 저녁에 내 기분은 널뛰듯 했다. 정말로 간절히 돈을 벌고 싶었다. 엄마 때문에 돈을 많이 벌어야겠다는 결심마저 했었던 것 같다. 나는 엄마 앞에서 선 언했다.

"내일부터 일을 구하러 다닐게요. 무슨 일이든 괜찮아요. 가게나 사무실에서……."

"네가 가게에서 무슨 일을 해. 게다가 점원이 되는 것도 어 느 정도 경력이 있어야 해. 그런 건 아니다. 내일 당장 일을 해 야 한다거나 무슨 일을 해도 상관없다는 게 아냐. 엄마는 아직 1년 정도 너를 공부시킬 수 있어."

그러고 나서 엄마는 마음속으로 간절히 바라던 바를 고백 했다.

"크리스틴, 너도 좋다면 교사가 되렴. 엄마가 보기에 여자 에게 그보다 더 보람 있고 좋은 직업은 없어……."

엄마는 딸들을 모두 교사로 만들고 싶어했다. 어쩌면 엄 마가 희생해야 했던 많고 많은 꿈 중에서 교사가 되고 싶었던 꿈도 내쳐 마음속에 간직하고 있었기 때문이리라.

"하지만 교사는 돈을 잘 못 벌어요."

"아, 그런 말은 하지 마라. 인생을 어떻게 돈벌이로만 가늠 하겠니?"

"밥벌이를 해야 하니까 쏠쏠하게 돈 들어오는 일을 해야 죠……."

"살려면 벌어야지. 하지만 벌기 위해 삶을 팔지는 마라. 그건 완전히 별개야. 크리스틴, 곰곰이 생각해보렴. 엄마는 네가 교사가 되는 모습을 보는 것보다 더 기쁜 일이 없을 거야. 게다가 넌 뛰어난 교사가 될 게다. 잘 생각하기 바란다."

나도 내 정체를 아직 잘 모르는데 나를 사랑하는 사람들이 나를 위해 꾸는 꿈을 이루기 위해 힘쓰지 못할 이유가 무엇이겠는가! 나는 1년간의 사범학교 공부를 마치고 우리 지역의 대평원에 위치한 작은 촌락에서 처음 교편을 잡았다. 손바닥만하고 평평한 마을, 그러니까 정말로 평지에 자리 잡은 마을이라는 뜻이다. 마을은 온통 붉은색, 서부의 철도역에서 으레 볼 수 있는 어둡고 칙칙한 붉은색 천지였다. 아마 캐나다국영철도회사CNR에서 화가를 보내어 기차역과 철로의 자그마한 부속 건물들, 이를테면 연장 따위를 보관하는 간이 막사나 급수탑, 지금은 역장과 그 직원들의 숙직실로 용도 변경된 객차들을 그리게 했을 것이다. 그러고도 남은 객차들은 마을 주민들이 헐값에 사거나 공짜로 얻어서 사방에 그림을 그려 넣었다. 적어도 내가 마을에 처음 도착해서 본 바로는 그랬다. 심지어 밀 저장 승강기조차 예의 붉은색이었다. 바람이 불면 몇 장씩 들썩들썩하는 함석판을 얹은 집, 내가 앞으로 머물게 될 그 집조차도 붉은색이었다. 새하얗게 칠한 학교 건물만 예외적으로 튀었다. 이 붉은 마을의 이름은 그때에도 지금도 카디널Cardinal, 심홍색이다!

내가 하숙하게 된 집 주인 아주머니는 나를 보고 이렇게 말했다.

"어머나! 설마 학교 선생님은 아니겠죠? 어머, 세상에, 말도 안 돼요."

아주머니는 안경을 고쳐 쓰고 나를 자세히 바라보았다.

"애들이 한 입에 꿀꺽 삼켜버리겠네."

카디널에서 맞이한 첫날밤에 바람은 마을 초입에 외따로 떨어진 이 집 지붕의 함석판들을 무섭게 들었다 놓았다 했다…… 하지만 사실은 작고 외로운 나무 두 그루가 집 옆을 지키며 함께 바람의 모진 고문에 오락가락하고 있었다. 그 두 그루 나무는 마을 전체를 통틀어 유일하게 볼 수 있는 나무라 해도 과언이 아니었다. 그 나무들은 나에게 무척 소중해져 나중에 그중 한 그루가 추위에 죽어버렸을 때에는 몹시 마음이 아팠다.

그러나 그 첫날밤에 바람은 나에게 참 모질게 말을 걸었다. 어째서 마을이 이렇게 주구장창 뻘겋기만 할까? 황폐하고 지리멸렬한 붉은색 아닌가? 몇몇 사람들에게 들은 말도 있었다. "그 마을은 인심이 고약해요. 누구를 미워하거나 뭔가를 죽도록 싫어하는 사람들만 모여 산대요……." 그래, 하지만 우리나라에서는 어떤 마을이든 그 마을이 온통 시뻘겋든지, 헐벗은 평원에 홀로 덩그러니 서 있든지, 항상 미움 말고도 다른 무엇을 품고 있게 마련이다!

다음날 나는 마을의 반대편 끝까지 걸어갔다. 그래봤자 쭉 뻗은 거리를 —사실은 그 공공도로도 그냥 흙길이었을 뿐이지만— 따라 걷기만 하면 되었다. 마을은 정말 볼 것도 없고 너무 조용해서 아무것도 없는 빈터를 걸을 때보다 걸음이 느려질 일도 없었다. 집집마다 누군가가 창문에 붙어서 나를 주시하고 있었지 싶다. 커튼 너머의 그들은 발소리가 요란하게 울리는 나무보도를 아침부터 기세 좋게 밟으며 경계심 많은 마을 반대편까지 밥벌이를 하러 간다는 것이 어떤 것인지 알았으려나!

하지만 일단 거래에 뛰어들었으니 충실하게 해내고 싶었다. '이 마을에서 월급을 가져가는 이상 나도 그만큼 내 노동의 시간을 내놓겠어……' 아니, 그런 식으로 그 마을과 맺어지고 싶지는 않았다. 내가 할 수 있는 거라면 뭐든지 다 주리라. 그러면 마을은 그 대가로 나에게 무엇을 줄까? 나도 그게 뭔지는 잘 몰랐지만 그래도 확실한 믿음은 있었다.

2

첫 수업에 들어가 보니 아이들이 많지 않았다. 대부분 아주 어린애들이었다. 수업은 순조롭게 풀렸다. 나는 맨 처음에 지리 수업을 시작했다. 지리는 학창시절 내가 제일 좋아하는 과목이기도 했다. 나는 지리는 특별한 노력이 필요치 않고, 나라별로 색깔을 달리하는 커다란 지도 덕분에 과목 자체가 워낙 흥미로워서 아이들에게 가르치면서 실수할 일도 없을 거라고 생각했다. 게다가 지리는 역사와 다르다. 지리 공부를 할 때에는 이 나라 사람은 어떻고 저 나라 사람은 저렇고 할 일이 없다. 전쟁이나 편 가르기가 끼어들 여지도 없다. 나는 세계 곳곳의 다양한 문화들을, 사탕수수, 타피오카, 바나나, 오렌지, 설탕, 당밀이 어디에서 나는가를 이야기했다. 아이들은 자기들이 제일 좋아하는 먹을거리가 어디서 나는지 알게 되어 아주 신난다는 기색이었다. 나는 캐나다의 밀은 세계적으로 알아주고 식생활에 꼭 필요하다고, 그러니까 우리도 어떤 의미에서는 남들의 행복을 위해 일하고 있다고 말해주었다.

정오에 붉은 함석지붕의 하숙집으로 돌아왔더니 투팽 부인이 서둘러 물었다.

"어땠어요? 애들이 선생님을 우습게 여기지 않던가요?"

나중에 투팽 부인은 좀 묘한 계기로 나와 아주 친해졌다. 부인이 세상에서 제일 잘하는 것이 카드 점치기였기 때문에 하루도 빼놓지 않고 나에게 카드를 들이댔다. 부인은 내가 여행을 아주 많이 하게 될 거라고, 금발 남자, 갈색 머리 남자 들을 만나게 될 거라고 예언했다······.

더욱이 이 예언은 아주 금방 실현되었다. 실제로 그 다음 일요일부터 꽤 많은 젊은이들이 함석지붕 집에 나타났기 때문이다. 한꺼번에 네댓 명이 오기도 했으니 그들이 모두 주변의 농가에서 온 청년들은 아니었다. 실제로 상당히 먼 마을에서 온 사람들도 있었다. 일요일 정장을 갖춰 입은 청년들이 말 한 마디 없이 앉아 있는 광경에 적잖이 놀랐지만 나는 그냥 뱁콕 근처의 낮은 언덕배기들로 향하는 철로를 따라서 산책을 나가버렸다. 저녁이 되기 직전에야 하숙집에 돌아와 보니 문 앞 벤치에 아무도 없었다. 투팽 부인이 나를 따로 불러서 말했다.

"좋다는 남자들을 그렇게 팽개치고 내빼다니, 참 희한한 아가씨네요. 당분간은 인기가 있겠어요. 그건 분명해요. 하지만 선생님이 계속 이런 식으로 개별 행동을 하면 인기가 떨어질 거예요. 내 말을 믿어요."

"하지만 어째서 그 사람들이 저를 좋아한다는 거죠? 모두 오늘 난생 처음 보는 남자들인데요. 게다가 무슨 생각으로 그렇게 떼를 지어 왔대요?"

내가 투팽 부인에게 물었다.

"이 동네서는 새로운 여교사가 올 때마다 금방 다 알려져요. 하지만 나는 선생님의 태도가 남자친구들을 너무 오랫동안 따돌리지 않았는지 걱정되네요. 올 겨울에 아무도 선생님을 파티에 데려가주지 않으면 아마 후회하게 될 걸요. 이쪽 남자들은 뒤끝이 좀 있답니다."

"그러면 제가 어떻게 해야 하는데요?"

"제일 마음에 드는 젊은이 옆에 가서 앉으세요. 그런 식으로 선생님이 누구에게 끌리는지 드러내는 거예요. 지금은 소 잃고 외양간 고치는 격이 아닌가 좀 걱정되기도 하네요."

그때부터 나는 일요일마다 좀 진저리를 내면서도 가가호호 방문하여 참으로 어둡기 그지없는 마을 주민들과 안면을 트기 시작했다. 대부분은 나와 친해졌다. 어느 집을 찾아가나 대부분의 여자들이 카드점을 쳐주었다. 그때쯤 되니 이 마을 사람들이 그동안 얼마나 예측할 수 없는 새로운 소식에 목말라 지냈는지 이해가 됐다. 더욱이 카디널은 예측할 수 없는 일이란 거의 일어나지 않는 아주 작은 마을이었다. 이곳에서는 모든 것이 한결같았다. 농사일은 전부 다 1년 중에 각기 정해진 때가 있었고, 다른 때에는 무력하니 축축 늘어졌다. 무엇보다도 바람은 그치지도 않고 신음을 토했다. 카드점이 보여주는 꿈들마저 단조로웠다.

그러나 투팽 부인은 나에게 경고했다.

"다 큰 어른들이 학교에 오면서부터 선생님의 불행이 시작돼요. 당분간은 청년들이 부모를 도와 가을걷이와 탈곡에 힘쓰느라 학교에 못 올 거예요. 하지만 10월쯤 되면 '강적'들이 고개를 내밀기 시작할 테지요. 우리 아가씨 선생님, 참 안됐어요."

다행히도 그들은 한 사람 한 사람 차례로 나타났기 때문에 한 명씩 해치울 수 있었다……. 사실 나는 이 다루기 힘든 청년들이야말로 가장 흥미로운 학생들이 아니었던가 생각한다. 그들 때문에 나는 유능하고 공정한 교사가 되어야만 했다. 버거운 일들을 많이 떠안아야 했지만, 그것도 좋다. 그들은 뻣뻣한 로프를 타고 올라가게 해놓고는 일단 내가 올라가자 내려오지 못하게 했다. 산수, 교리교육, 문법, 모든 과목이 흥미진진해야만 했다. 반항아가 전혀 없는 교실은 따분해지리라.

이리하여 붉은 마을과 나는 서로를 알게 됐다. 그래도 나는 그 마을이 못 말리게 좋아하는 그 예측 불가능한 새로움을 조금은 줄 수 있었고, 영원히 잊을 수 없는 그 마을은 나에게 밥벌이의 고귀함을 알려주었다. 그리고 겨울은 아주 빨리 우리를 찾아왔다.

3

우리 마을 큰길에 갑작스레 찾아온 겨울을 얼마나 또렷하게 기억하는지 모른다. 11월 초입이었다. 두꺼운 얼음, 눈, 겨울의 온갖 골칫거리들이 단 하룻밤 사이에 이 야트막한 도로를 장악했다. 바람이 고함을 지르며 그 골칫거리들을 세차게 후려치고 마구 밀어냈다. 다음날 우리 마을은 고립됐다. 무릎까지 푹푹 빠지는 눈밭 속에서 어떻게든 길을 내고 가보려고 고생했다. 그러나 한편으로는 눈에 확 띄는 자취를 뒤로 남기며 눈밭을 가로지르는 재미가 쏠쏠했다.

그날 아침 수업에 출석하는 학생이 많지 않을 줄은 알고 있었다. 실제로 오전 열 시가 됐지만 교실에는 마을 안쪽에 사는 어린 학생들뿐이었다. 집집마다 창문으로 내가 지나가는 걸 봤을 테고 그래서 내가 뚫어놓은 길을 따라가면 학교에 갈 수 있겠다고 생각했을 것이다. 바람이 내가 지나간 자리에 다시 눈밭을 채워 넣고 있었으므로 학생들은 등교를 서둘렀다.

그러나 농장에 사는 아이들은 나타나지 않았다. 서른다섯 명의 학생들을 데리고 수업하는 데 익숙했던 터라 올망졸망 나를 둘러싼 열두 명의 아이들은 너무 얌전하고 고분고분해 보였다. 아이들이 배운 내용을 줄줄 읊고 숙제를 나에게 보여주는 데 재미있는 이야기를 해주는 것 말고 내가 할 수 있는 일이 뭐가 있었겠는가? 나는 사태를 낙관하는 착각을 저지를 수 없었다. 악천후로 농가의 아이들이 집밖으로 나올 수 없는 경우는 앞으로도 많을 테니까. 그러니 마을 아이들의 학습 진도를 재촉했다가는 나중에 농가의 아이들이 도저히 따라잡을 수 없을 만큼 격차가 벌어질 것이었다. 그러면 그 애들은 공부에 대한 의욕을 잃지 않겠는가. 물론 농장 아이들이 없는 틈을 타서 다른 아이들에게만 재미있는 이야기를 해준다는 것도 섭섭하기는 할 것이다. 그래도 나는 그 편을 택했다.

생생한 기억으로 남아 있는 그날, 따뜻한 학교에 있던 우리는 세상과 고립되었다. 지하에 있는 아주 큰 난로의 온풍구가 교실로 나 있어서 훈훈함이 감돌았다. 가장 나이가 많은 학생 중 한 사람이었던 꺽다리 엘루아가 가끔 나를 쳐다보며 일종의 말없는 물음을 던졌다. 그러면 나는 '그렇게 하렴'이라는 뜻으로 눈치를 주었다. 엘루아는 바닥에 난 뚜껑 문을 열고 지하에 내려가 난롯불에 장작을 좀더 집어넣었다. 금세 교실은 한결 후끈해졌지만 밖에서는 밀가루의 소용돌이 같은 눈발이 더 세게 휘몰아쳤다. 잠깐이지만 이런 생각도 들었다. '여기서 애들이랑 2, 3일 이렇게 갇혀 지내도 재미있겠는걸, 아니면 겨울 내내라도!'

그렇지만 결석한 학생들이 슬슬 보고 싶어졌다. 나는 창문으로 다가가 높게 일어나는 눈보라 너머 먼 곳을, 내가 뚫고 온 눈길 언저리를 살펴보았다. 하지만 그래봤자 학교에서 지척인데도 전혀 눈으로 분간이 안 갔다.

그런데 나선형으로 빙글빙글 돌며 탑을 이루듯 솟구치는 눈보라 너머로 불현듯 빨간색이 눈에 띄었다. 그랬다, 기다란 두 장의 목도리 끝자락이 소용돌이치는 눈보라처럼 바람에 붐떠 있었다. 꼬마 뤼시앵과 그 여동생 뤼시엔이 틀림없었다―나는 아이들의 목도리를 훤히 알고 있었는데 그 두 아이는 빨간색 목도리였다. 그집 부모는 모르비앙* 출신으로 카디널에 정착한 지는 5, 6년밖에 되지 않았다. 부모는 모두 글을 읽을 줄도 쓸 줄도 몰랐다.

꼬마는 거의 얼음장이 되어 시뻘건 볼을 하고 교실에 도착했다. 급격한 온도 변화를 피하기 위해 나는 눈을 퍼서 아이들의 손을 문질러주었다. 뻣뻣해진 외투를 벗는 것도 도와주고 잠시 따뜻한 온풍구 위에서 몸을 녹이라고 했다. 그 다음에야 아이들은 읽기 책과 공책을 챙겨서 내 책상으로 왔다.

그날 아침에 그집 부모가 2마일이나 되는 눈 천지를 뚫고 학교에 가겠다는 아이들을 말리느라 어지간히 열이 뻗쳤었다는 이야기는 나중에 들었다.

그 아이들이 내 말은 잘 들었다. 내 눈을 똑바로 바라보는

✤ 프랑스 브르타뉴 지방.

아이들의 눈에는 완벽한 믿음이 있었다. 내가 이 세상은 적들이 들끓는다고, 그러니까 사람들을 미워하고 모든 나라 사람들을 원수로 삼아야 한다고 말했어도 그 애들은 내 말을 믿었을 것이다……

함께 있는 우리는 따뜻했다. 두 아이는 지난 시간에 배운 단어들을 좔좔 읊었다. 우리 바로 옆에서 몰아치는 돌풍은 이해받지 못한 채 질질 울며 문짝에 발길질하는 아이 같았다. 나는 완전히 알지도 못한 채 ─우리가 느끼는 기쁨은 가끔 우리에게 확실히 다가오는 데 오랜 시간이 걸린다─ 내 생애에서 가장 귀한 행복 하나를 느끼고 있었다. 온 세상이 한 아이 아니었던가? 그때는 하루의 아침이 아니었던가……

부록 - 가브리엘 루아 연표

Rue Deschambault

가브리엘 루아 연표

1909 3월 22일   생 보니파스매니토바에서 출생.

1915~1928   생 보니파스의 생 조제프 아카데미에서 수학.

1928~1929   위니펙 사범학교에서 교육학 전공.

1929~1930   마르샹과 카디널에서 처음으로 교편을 잡음.

1930~1937   생 보니파스 프로방셰르 학교남학교에서 교사생
활. 그와 동시에 몰리에르 서클에서 연극 활동
에 몰두함.

1937   여름 프티트 풀 도 학교에서 임시직.

1937~1939   영국과 프랑스에 체류하며 극작법을 공부하고
두루 여행을 함.

1939~1945   유럽에서 돌아와 퀘벡에 정착하여 몬트리올 지
역 언론에 기사를 팔아 생활하는 동시에 《싸구려
행복》의 집필에 매달림. 몬트리올을 근거지로 삼
았으나 로든과 포르 다니엘에도 자주 체류함.

1945 6월	몬트리올에서 《싸구려 행복Bonheur d' Occasion》 출간.
1947	《싸구려 행복》이 영어로 번역되고(영문판 제목은 'The Tin Flute') 미국 리터러리 길드 북클럽이 선정한 5월의 책으로 소개됨. 6월에 유니버설 영화사에서 영화 판권을 사들임. 8월에 마르셀 카보트와 결혼함. 9월에 캐나다 총독상 수상. 11월에 《싸구려 행복》 프랑스어판이 프랑스에서 페미나상을 수상함.
1947~1950	1947년 9월 말에 남편과 함께 파리로 떠나 3년을 지냄. 브르타뉴, 스위스, 영국에도 체류함.
1950	몬트리올에서 《물닭이 둥지를 트는 곳La Petite Poule d' Eau》 출간. 다음 해에 파리에서도 출간되고 영문판 번역본('Where Nests the Water Hen')도 뉴욕에서 출간.
1950~1952	프랑스에서 돌아와 라살 시에, 이후에는 퀘벡에 정착해서 죽을 때까지 그곳을 떠나지 않음.
1954	몬트리올과 파리에서 《알렉상드르 셴베르Alexander Chenevert》 출간. 이듬해에 영문판('The Casher')도 출간.
1955	몬트리올과 파리에서 《데샹보 거리Rue Dechambault》 출간. 1956년에 영문판('The Street of Riches')이 출간되고 캐나다 총독상 수상.

1956	뒤베르네 상 수상.

1956   뒤베르네 상 수상.

1957   프티트 리비에르 생 프랑수아에 여름별장 구입.

1961   남편과 함께 언게이바와 그리스를 여행함. 가을
        에 몬트리올에서 《비밀의 산La Montagne secrète》 출
        간. 프랑스 국내판과 영문판('The Hidden
        Mountain')은 이듬해 출간.

1964   겨울 언니 안나의 임종을 지키기 위해 애리조나
        주에 체류.

1966   《알타몽의 길》과 영문판('The Road Past Altamont')
        출간.

1967   몬트리올 만국박람회 기념선집에서 '인간의 대
        지'라는 주제로 글 한 편을 게재. 7월에는 캐나
        다 기사단으로 추대됨.

1968   라발 대학에서 명예박사학위 수여.

1970   3월에 언니 베르나데트의 임종을 지키기 위해
        생 보니파스 여행. 가을에 《휴식 없는 강La Livière
        sans repos》과 영문판('Windflower') 출간.

1971   다비드상 수상.

1972   《유쾌했던 그해 여름Cet été qui chantait》 출간. 영문
        판('Enchanted Summer')은 1976년에 출간.

1975   《세상 끝의 정원Un Jardin au bout du monde》 출간.
        영문판('Garden in the wind')은 1977년에 출
        간.

1976	아이들을 위한 그림책 《나의 암소 보시Ma vache Bossie》 출간.
1977	《내 생애의 아이들Ces enfants de ma vie》을 출간하고 캐나다 총독상 수상. 영문판('Children of My Heart')은 1979년에 출간.
1978	캐나다 예술위원회가 수여하는 몰슨상 수상. 《지상의 여린 빛Fragiles Lumière de la terre》을 발표. 영문판('The Fragile Lights of Earth')은 1982년에 출간.
1979	두 번째 어린이책 《짧은 꼬리Courte-Queue》를 발표하고 캐나다 예술위원회가 수여하는 청소년 문학상을 수상. 이듬해에 영문판('Cliptaill') 출간.
1982	《무슨 고민을 하니, 에블린?De quoi t'ennuis-tu, Eveline?》 발표.
1983	7월 13일에 퀘벡 시립병원에서 사망.
1984	미완의 자서전 《비탄과 환희La Détresse et l'Enchantement》 출간.

역자 후기

그리운 것에 대해 끊임없이 말하는 것이 작가의 숙명인가. 이 책 《데샹보 거리》를 읽으면서 떠오른 생각이다.

'캐나다 문학의 큰 부인'으로 칭송받는 가브리엘 루아가 1955년에 발표한 이 작품은 작가의 어린 시절에 대한 자전적 회고가 잘 살아 있는 단편집이다.

작중 화자 크리스틴은 작가 가브리엘 루아가 그랬듯이 캐나다의 매니토바 주 위니펙 근교의 작은 거리에서 식민청 관리인 아버지와 감성적인 어머니의 막내딸로 살아간다.(원래는 동생이 한 명 있었지만 어려서 뇌막염으로 죽은 것으로 보인다.) 그들은 프랑스계 캐나다인 집안이지만 그들이 살던 매니토바 주는 퀘벡 주 같은 전형적인 프랑스 문화권이라기보다는 다양한 나라의 언어와 문화가 혼재하는 다문화 생활권이었다. 20세기 초의 신대륙 캐나다, 이곳에서는 이탈리아, 아일랜드, 네덜란드 등 세계 방방곡곡에서 저마다 사연을 안고 온 사람들이 한 동네에 집을 짓는

다. 종교의 자유 혹은 맹신에 취한 슬라브족 이민자들이 있는가 하면 실향의 아픔보다 풍요로운 미래의 꿈에 벅찬 이민자들도 있다. 기회의 땅에서 일확천금을 얻는 자가 있는가 하면 그저 운이 나빠서라고 하기에는 너무 허망한 최후도 있다. 다양한 인간 군상과 시대의 혼란 가운데에서도 아이를 보듬어주는 가족과 이웃이 있다면, 그 아이는 자라서 그 어지러운 어린 시절 기억의 와중에서도 어떤 의미를 발견할 수 있을 것이다.

가브리엘 루아는 이 책에 수록된 18편의 이야기를 통해 어린 시절의 추억을 일종의 작가수업으로 탈바꿈시켰다. 작가에게 고향과 어린 시절은 아무리 끌어다 써도 마르지 않는 샘이런가. 작가는 흡사 그 시절의 어린 소녀로 돌아간 듯 투명하고 담담하게 추억의 편린들을 내보인다. 이질적인 인종과 문화를 받아들이는 체험, 가슴 아픈 가족사, 자유를 향한 엄마의 갈망, 식민청 관리로서 아빠가 느껴야 했던 좌절, 최초의 연애감정, 독립적인 한 개체로서의 첫 출발…… 그러한 추억의 편린들이 아름답게 맞춰지면서 떠오르는 것은 소녀가 찾은 꿈이다. 어머니가 남다른 통찰력으로 꿰뚫어보았듯이 그것은 남들과 가깝게 이어주는 동시에 남들과 괴리되게 만드는 꿈, 사람들을 마음 깊이 사랑하게 하지만 그와 동시에 그들을 영원히 떠나야만 하는 꿈이다. 글쓰기, 모든 이들에게 공감하되 철저히 혼자여야 할 그 천형(天刑)을 온몸으로 부딪쳐 깨달은 작가는 과연 무엇이 자신을 글쓰기로 이끌었는가를 기억의 첫 번째 조각부터 곰곰이 되짚어보는 듯하다.

작중 화자 크리스틴은 또 다른 자전적 작품 《알타몽의 길La Route d' Altamont》에서도 다시 한 번 화자로 등장한다. 《데샹보 거리》가 자잘하지만 눈부시게 반짝이는 유년의 조각들을 보여준다면, 이 작품은 한결 두툼해졌지만 한 톤 가라앉은 이야기를 들려준다. 작가가 성숙한 만큼 화자는 한층 더 묵히고 걸러낸 통찰력을 발휘한다. 마치 짝을 이루는 듯한 이 두 권의 소설은 '어떻게 해서 가브리엘 루아는 대작가가 되었는가?'라는 물음에 작가 스스로 제시한 답변 같다.

이 책의 번역 대본으로는 Les éditions du Boréal의 *Rue Deschambault*를 사용했고, 프랑스어와 영어가 부분적으로 공존하는 작품과 시대적 배경을 감안하여 University of Nebraska Press의 영문판 번역본 *Street of Riches*(Harry Binsse 번역)를 참조했다.

원문의 호칭 구분을 따라 영어권 이민자는 '미시즈' '미스터' 등으로, 작가에게 친숙한 프랑스어권 이민자는 '부인' '아줌마' '아저씨' 등으로 표기했다. 다만 음역으로 표기하기에 너무 긴 영어 대사는 가독성을 고려해 '영어로 말했다'라는 식으로 처리했다. 이 책에서는 프랑스어와 영어가 혼재하는 분위기를 내는 것보다 화자의 목소리에 집중하게 하는 것이 우선이라고 생각해서였다.

자신의 뿌리와 내면을 탐색하는 매혹적인 목소리와《초원의 집》을 방불케 하는 서부개척 시대에 대한 향수까지 느낄 수 있어서 독자로서도 기억할 만한 작품이었다. 좋은 책을 작업할 기회를 준 이상북스에도 감사드린다.

2009년 10월

이세진